戦国を生き抜いた男

織田・豊臣・徳川と主君を渡り歩いた侍、本城惣右衛門武功録

浅倉徹
Asakura Toru

原書房

この小説は、天理大学附属天理図書館所蔵の歴史史料「本城惣右衛門覚書」と、それを研究した白峰旬「「戦功覚書」としての『本城惣右衛門覚書』（その1）――本城惣右衛門は下級武士なのか――」（『別府大学大学院紀要』二二、二〇二〇年）を参考にしたフィクションである。

目次

一　丹波の山猿　008

山賊働き

赤井忠家と荻野直正

小室城の戦

はじめての武功

二　明智勢の丹波侵攻　036

村の沙汰人

黒井城の戦

長田村の戦

荒木城の戦

三　父子の別れ　066
金山城の戦
鉄炮
香良・由良村の戦
味間南の戦
四　丹波国降伏　090
丹波国諸城の陥落
山家城の戦
本能寺の変
虎口を逃る
五　さらば故郷　122
堀尾吉晴の温顔
松ヶ島城の戦
水はじき
革陣羽織の恨み

六　天下人の弟　151
懐かしい声
羽柴秀長の一声
山賊の恋
龍神城の戦
松倉重信の申し出

七　天下の役人　190
伏見城の戦
感状拝領
関ヶ原参戦せず

八　公儀の役目　214
浪々の日々
赤井忠泰のささやき
別離
山猿の一党
山猿の窮地

九　大坂冬の陣　246
陣借
知己との再会
一〇　大坂夏の陣　260
天下の孤城
若江村の戦
隅取紙の無念
一一　武功覚書　276
備前国岡山城池田家
知己との再々会
中将忠直の葛藤
武功覚書

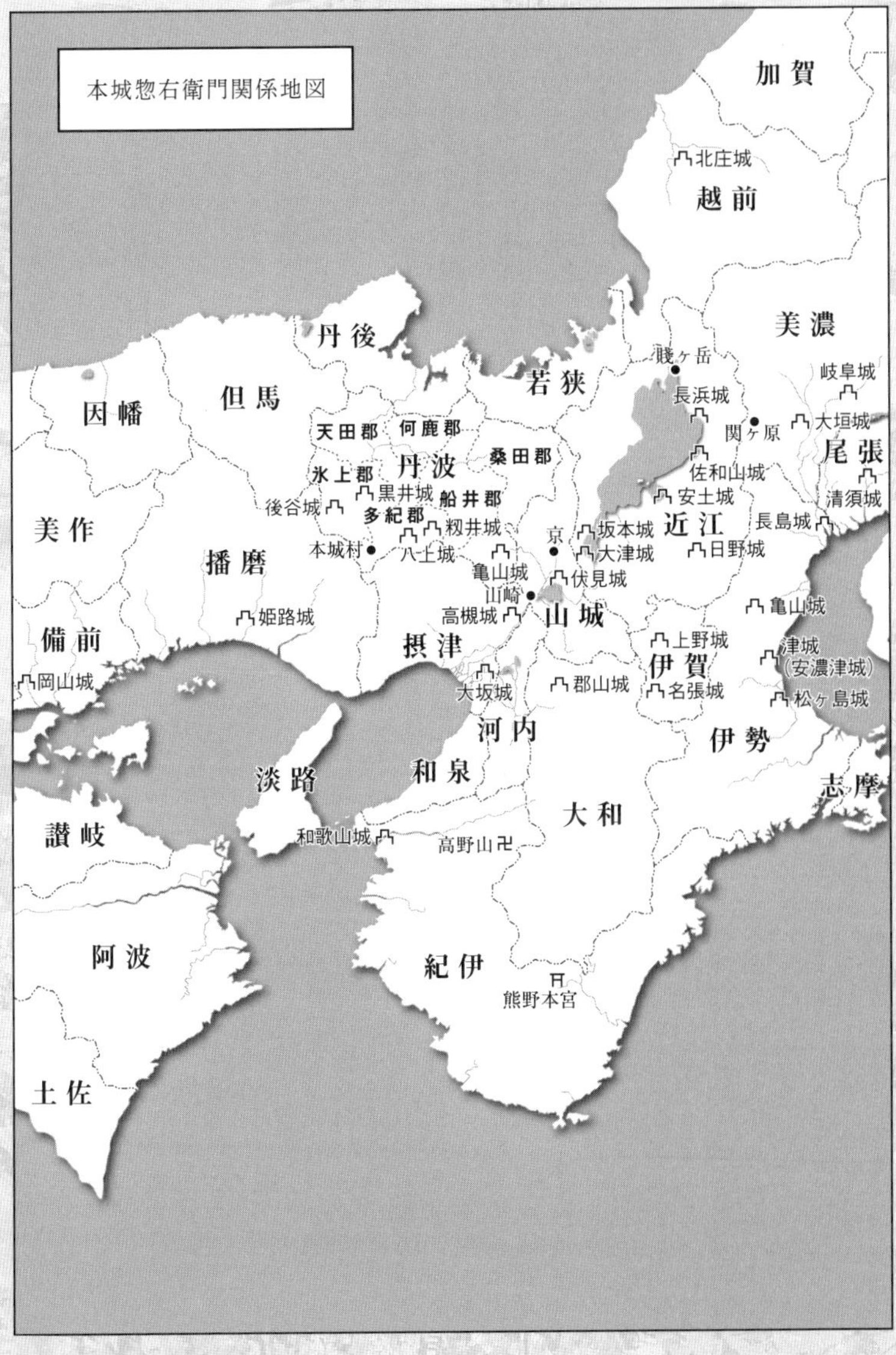
加賀
北庄城
越前
美濃
丹後
若狭
賤ヶ岳
岐阜城
長浜城
関ヶ原
大垣城
尾張
因幡
但馬
天田郡
何鹿郡
桑田郡
丹波
氷上郡
佐和山城
黒井城
船井郡
安土城
清須城
後谷城
多紀郡
近江
長島城
美作
籾井城
京
坂本城
本城村
八上城
大津城
日野城
播磨
亀山城
山崎
伏見城
姫路城
高槻城
山城
亀山城
備前
摂津
上野城
津城
（安濃津城）
伊賀
岡山城
大坂城
郡山城
名張城
松ヶ島城
河内
伊勢
淡路
和泉
志摩
大和
讃岐
和歌山城
高野山
阿波
紀伊
熊野本宮
土佐
本城惣右衛門関係地図

一　丹波の山猿

山賊働き

「あれか……」

と、つぶやいた若い男の眼下を商人《あきんど》の一行が進んでいる。

ときは、天正元年（一五七三）の夏の終わりごろである。

東からきた商人の一行は蟬の声がうるさい青黒い山道をのろのろと歩んでいて、よく見れば、中心にいる者はなかなか上等な着物を着ている。

「間違いなくあれは、大黒屋の一行だの」

紺糸で威《おど》した腹巻をつけ、太刀を横たえた若い男が念を押すと、後ろにひかえていた同年配の中間《ちゅうげん》らしき男が、

「はい。あれは、京は六条で豆を扱う大黒屋の一行に違いありませぬ」

と、答えた。

それを聞くと、男たちは、おもむろにそれぞれの得物《えもの》に手をやった。年嵩《としかさ》の郎党は地に置いた槍をひろって軽くしごき、若い男と同年配らしきもう一人の若い郎党は弓の弦《つる》を気にした。弓を持った男は西国者にしては眉が濃い。この者たちは、山賊である。

さきほど受け答えをした若い中間は、身じろぎもせず、商隊をみている。この者は遠目がきくようだったが、表情に乏しい。中間とは、非武士身分の武家奉公人である。

「最前、申し上げましたとおり、一行を守る牢人らしき武士は全部で五。騎馬が二、徒歩《かち》が三でござる」

「む」

山賊一味の主人らしき若い男は、低くうなると、かたわらに置いていた古びた黒塗りの面頬《めんぼお》を顔につけた。面頬には、やはり、紺糸で威された首覆いがついている。

暑さと蟬の声が商隊の注意を奪っているらしい。商人一行の顔がみえるほどの近さとなった。

若い男は弓を持った郎党に低くいった。

「先頭の騎馬武者の喉笛を狙え」

郎党は叩頭し、ぎりぎりと弓をひきしぼり、ひょう、と射た。

男たちは弧線を描いた矢羽を一瞬見入った後、ばらばらと山道に降り、猛然と駆けた。

面頬をつけた若い男は、馬からどうっ、と落ちる騎馬武者に一瞥《いちべつ》をくれつつ、山猿のような身のこなしで跳躍し、ほとんど茫然と立ち尽くした半武装の男の胸に、裂ぱくの気合とともに、槍

を突き立てた。若い男は着地をすると同時にざっ、と血しぶきをあげる槍を手繰り寄せる。すると、そこに年嵩の郎党が、

「若。うしろ」

と、声をかける。面頬の若い男は心得たもので、勢いそのままに槍の石突で後方より斬りかかってきた武士の鳩尾《みぞおち》を突いた。ぐっ、と息がつまった武士がたたらを踏んであとじさったところを、その年嵩の郎党が、

「えっし」

と、唸り声をあげつつ、串刺しにした。若い男は面頬の奥から叫ぶ。

「護衛の武士以外、命はとらぬ。金目のものを置いていけ」

すると、商隊の最後尾あたりにいた髭面の騎馬武者が弓を持った徒立《かちだち》の武士を随《したが》え、突進してきた。最初に落馬したのでなければ、こちらの髭面が護衛の武士の宰領役か。面頬の若い男と年嵩の郎党が、少々、手ごわしとみて、低く槍をかまえたが、後ろから、再び、ひょう、と音がして徒立の武士は転がった。

残った髭面の騎馬武者は、赤い口をあけ、

「な、名を名乗れ」

と、いった。

若い男は面頬の奥から、

「丹波の山猿……」

と、答えた。髭面の騎馬武者は、吠えた。

「や、山猿じゃと。この、くされ山賊めが……」

髭面武者は、馬を乗りよせざま、若い男に槍を繰り出した。しかし、面頬の若い男はこれをなんなくかわし、自身の槍を馬上の脇腹に突き通した。若い男は、面倒くさそうに、槍を引き抜くと、落馬して次第に動かなくなる髭面武者にいった。

「牢人に四の五の、いわれとうないわ」

若い男は槍を水平に向け直すと、一団の中心にいる上等な着物の商人を睨みすえた。

「護衛の者はかたづけた。そなたらは、いかがするぞ」

すると、一団の中心にいた商人は、わっ、と短い叫び声をあげつつ懐の銭袋を捨て、従者たちは小荷駄を置き、もときた山道を一目散に逃げていった。

年嵩の郎党が片膝をついていう。

「若。見事なお手並みでござる」

面貌の若い男は、誉められたにもかかわらず、一瞬、立ち止まった。

が、ふむ。というと踵《きびす》を返し、表情に乏しい中間の男に槍を投げ渡して歩き始めた。若い男は歩き始めた後、面頬をはずし、やはり、立ち止まってこれも、いらいらと、中間に渡した。

面頬をはずした男の顔は、若かった。一五、六歳であろう。山賊に違いなかろうが、妙に白く、目も涼やかで、武士というより、公家《くげ》のような細おもての顔だった。

　年嵩の郎党は若い男に近づいて気づかわしげにいった。

「若。小太郎様。儂ら、丹波の地侍《じざむらい》にとっては、山賊も立派な生業《なりわい》でござる。その上、当、本城家は大侍《おおざむらい》ではござらん。これをやらねば、立ちゆきませぬ」

　若い男の名は本城《ほんじょう》小太郎という。

「脇谷忠太《わきやちゅうた》よ。分かっておるわ。良いから、早う銭と売れそうな武具を拾うてまいれ。波多野《はたの》様や籾井《もみい》様の手の者に気取《けど》られては面倒じゃ」

　小太郎は、うるさそうに手を振り、すたすたと西の方に歩いていく。


　ここは、丹波国東部、桑田《くわだ》郡の山道である。気の毒な商人は丹波名産の豆を買いつけにきた京都六条の新興商人であった。今朝ほど、小太郎は山城国と丹波国の国境あたりに潜ませていた探索が得手な中間の伝蔵《でんぞう》より、襲うに手ごろな商人が丹波の山道に入ったとの注進をうけた。そこで、本城家一の郎党にして実直な脇谷忠太と、二の郎党にして弓が得意な青山与次《よじ》を引き連れ、籾井家の多紀《たき》郡籾井城より少し東の地点で待ち受け、襲ったということである。

「若、実入りは、銭で一〇貫文。売れそうな武具も幾つかござったゆえ、あわせて一五貫文にもなり申そう」

　郎党二名より報告を受けると小太郎は、軽く頷き、

「ほう。それは父上も喜ばれよう」

と、いった。

翌日、小太郎が本城家の屋敷に戻ると、居残っていた三の郎党、長崎《ながさき》三郎《さぶろう》より声をかけられた。三郎は四〇歳手前で、昔、足にうけた傷がもとで歩行に少々、不自由があるが、性質は明るい。

「旦那様がお待ちです」

頷いた小太郎が奥へ通ると、三〇代半ばで、苦み走った顔の武士があぐらをかいて敷物に座っている。

「戻ったか。銭一〇貫文も稼いできたそうだの」

男は小太郎の父である。父は郎党の脇谷忠太あたりから成果を聞いたらしい。太刀をかたわらに置いた小太郎は、少々威儀を正して答えた。

「は。父上。首尾よういきましてござりまする。他に売れそうな武具も奪うて参りました」

小太郎の父の名は本城惣《そう》右《え》衛門《もん》という。本城家は昔よりこの丹波国市原庄本城村を本拠とする地侍である。とはいえ、村全部を支配しているのではなく、今はわずかに、五〇石ほどの田畑をなんとか維持しているに過ぎない。小太郎の母はお冬《ふゆ》というが、離縁により、生家のある京都に戻って二、三年がたつ。脇谷忠太によれば、なんでも、お冬は、丹波国氷上《ひかみ》郡黒井城主、荻《おぎ》野《の》悪《あく》右《え》衛門《もん》直《なお》正《まさ》の継室《けいしつ》、つまりは後添えである近衛《このえ》氏の侍女《じじょ》であったそうだ。この近衛氏は前関白近衛前久《さきひさ》の妹であった。

小太郎は父が母の話をしたがらないので、先年、思い切って忠太に聞いたことがある。

「母上は荻野直正様のご継室近衛氏の侍女であったのか」

「はあ」

忠太にしても、歯切れは悪かった。それにしても、公家最高の名門、摂関家近衛家当主の妹が、山深い丹波黒井城主の荻野直正に嫁いだのは、奇異である。小太郎が忠太にそれを指摘すると、

「ま。その。荻野家やそのご本家の赤井《あかい》家は以前より近衛家とおつきあいがありまして」

と、忠太はいった。

なんでも、一度、嫁いだ近衛前久の妹が不縁となって近衛家に出戻っていたことを聞きつけた直正が前久に降嫁を願い出たから実現した話であったのだという。そのため、前久は、政治的事情で京都を追われた際は、妹の再嫁先である直正の黒井城下に避難したことが何度かあるという。

「ははあ。では、母上はその荻野家継室となった近衛様おん妹御とともに京から参られ、その後、父上と婚姻されたということか」

小太郎としては、得心しかけた。ただ、忠太によるとそれは順序が少し違うという。

惣右衛門とお冬の婚姻は、荻野直正と近衛前久の妹の婚姻よりも数年前のことだったらしい。

惣右衛門は、赤井家や黒井家の用事で京都の近衛家に通う使者の護衛役として何度か上洛《じょうらく》するうち、近衛家屋敷で侍女をしていたお冬を見初め、なかば盗み出すように丹波の山奥に連れ帰

り、妻にしたのだという。

　これには、小太郎も少々、あきれた。

「なんと。まるきり、山賊だの」

「はあ」

　忠太もなにやらすまなさそうな顔になった。とはいえ、話は続けてくれ、前久の妹が直正に再嫁すると、前久の妹のさびしさを少しでも紛らわそうとした直正に乞われ、お冬は黒井城の奥で直正継室近衛氏の侍女をつとめることになったといった。お冬は、同じ京生まれということもあってか、幾つか年上の近衛氏に、まるで、妹のようにかわいがられたという。

「ふうむ。して……」

　小太郎は、その時、お冬と惣右衛門の離縁の理由についても忠太に尋ねた。忠太は、お冬が黒井城の奥に出仕するようになり、次第に本城村に戻ってくることが少なくなったため、自然、不和になったのではありますまいかといった。小太郎はそれがすべてではあるまいと思ったが、興を失ったこともあり、そのときの忠太への物問はそこでやめた。

　――母上のう。まるで覚えておらぬ……。

　こうしたことで、小太郎に兄弟姉妹はいない。必然的に本城家の惣領息子、嫡男《ちゃくなん》ということになる。小太郎は本城家の後を継げば、父同様、惣右衛門を名乗ることになろう。

　まだ、若く、容貌みにくからぬ父の惣右衛門には、後添えの話があとをたたないらしいが、今のところ、再縁談はまとまっていない。

そんな、本城家の母屋は狭く、どこにいても、庭で飼っている鶏の声と、放し飼いにしている犬の鳴き声が聞こえる。犬は茶色で、山に猟にいくときにはかかせない存在だった。

屋敷の造りも質素そのもので、母屋と侍長屋と中間長屋と厩《うまや》があるに過ぎない。近隣の大百姓の屋敷とたいして変わらず、違いといえば、武家様の門くらいであろうか。馬は当主惣右衛門が乗る栗毛の一頭のみしかいない。先年までもう一頭、惣右衛門の黒毛の愛馬がいたが、老いたこともあり、屋敷前の門田を耕す百姓に農耕馬として下げ渡されていた。小太郎が乗る馬はない。山賊働きによって奪ってくることはできるが、秣《まぐさ》料が馬鹿にならないので、馬は奪っても売るか乗り捨てにせよ、と父にいわれている。

そんな本城家にも勢力が振るった時期があるにはあったらしい。丸に本の字を描いた家相伝の旗指物《はたさしもの》を翻《ひるがえ》し、本城村の南の方角にあたる播磨《はりま》国に攻め入り、米、銭、財物、牛馬、そして人間を奪う、いわゆる乱取《らんどり》にあけくれたことさえあった。しかし、そんな本城家の全盛期は遠く過ぎ去り、今は、惣右衛門の母、つまりは小太郎の祖母の実家で、数郡に一族が散らばる大侍、大《おお》槻《つき》家一党の一員として、わずかに食いつないでいるに過ぎない。

そして、本城家は、大侍の大槻一党とともに、北に二つ、三つ山を隔てたところにある丹波国氷上郡後谷《ごや》城の城主、赤井家の傘下に入っていた。

赤井忠家と荻野直正

本城惣右衛門と小太郎父子の主人の家、丹波国氷上郡後谷城主の赤井家についてであれば、いつか尋ねたときも、惣右衛門の口はなめらかだった。

「赤井のお家はの……」

赤井家は、父の惣右衛門が語るのによれば、遠く、保元《ほうげん》・平治《へいじ》のころに信濃《しなの》国佐久《さく》郡蘆田《あした》から丹波国に移住したという伝承を持つ。元の名字を蘆田といったらしい。但し、丹波国氷上郡にも蘆田荘という土地があるため、そちらの土豪の末ともいう。武家の名門、清和源氏の流れをくむともいうが、本当かどうか、分からない。この蘆田一族のうち、氷上郡赤井野《あかいの》で勢力を拡大した家があり、この家が赤井氏を称したらしいが、なぜ、赤井野氏にならなかったのかは、今となっては、分からない。

当時の赤井家の当主は赤井五郎忠家《ただいえ》といった。まだ若く、小太郎より一〇そこら上の二五歳に過ぎないらしい。忠家は実の叔父にして名将の聞こえ高い、黒井城主荻野悪右衛門直正の補佐のよろしきを得、奥丹波三郡といわれる氷上、天田《あまだ》、何鹿《いかるが》郡で勢力を振るっていた。その上、忠家は、縁戚である東隣の有力国衆《くにしゅう》波多野家、そのまた東隣の有力国衆籾井家との関係を深め、勢力を安定化させていた。忠家は、丹波北隣の但馬国や丹後国にまで攻め込むこともあるらしい。この時期の忠家は国衆というより、奥丹波三郡の小名か、少々、大袈裟にいえば、大名であった。

小太郎はそれを聞き、父にいったものだった。

「お若いのに、たいしたものですな」

「ふむ」

父の惣右衛門も大きく頷いた。

そんな赤井忠家は、京都西隣の丹波国を本拠とするだけあって、山深い国の大名ながら、中央政局とも無関係ではなかった。忠家は、尾張《おわり》国と美濃《みの》国を支配する新興の有力大名、織田信長《おだのぶなが》に擁され、永禄一一年（一五六八）に室町幕府の第一五代征夷大将軍に任官していた足利義昭《あしかがよしあき》を支持しているのだという。

ただ、本城惣右衛門と小太郎の父子は、そんな若き大名、赤井忠家の完全な家臣ではなく、赤井家傘下の地侍衆に過ぎなかった。赤井家から陣触《じんぶ》れがくれば、大侍の大槻一党と協議しつつ、その軍勢に参加するが、赤井家に忠誠を誓っている譜代の侍とは違う。赤井家への忠誠心は、まさにほどほど、といったところである。戦場を流れ歩き、合戦ごとに大名や小名に銭米で雇われる陣借《じんがり》衆の忠誠心よりかは、多少まし、といった程度のものである。

「我等は赤井家の地侍衆なのですか……」

「そうじゃ。しかし、あまり、卑下するには及ばぬ」

惣右衛門はそういった。地侍衆は譜代の侍衆と違い、赤井家の後谷城に日夜、祗候《しこう》せねばならないことはないから、気ままで良いのだという。

「ただの……」

惣右衛門も頬を指でかく。

何せ、銭がない。それに、もともと、丹波国は豆や木の実や鹿や猪といった山のものは豊富ながら、山だらけの国であるだけに耕地がせまい。だから、決して豊かな国ではない。そうしたことで、丹波国の武士は、多少は名の知れた家の者でも、山賊稼ぎをして苦しい生活の足しにしている。本城家もその例に洩れないのだという。

惣右衛門は少々、おどけた顔をした。

「赤井家の譜代の侍ですら、頬かむりして山賊働きをせぬでもないとも聞こえておるぞ」

「ほう」

「山賊働きは丹波武士の習いよ」


小太郎は、山賊働きについての報告を終えると、自室に戻った。ただ、自室といっても、父の居間の隣の小部屋に過ぎない。小太郎は刀掛けに太刀を置くと、そのまま仰臥《ぎょうが》した。力が有り余っている一六歳の身としては、山賊働き一つしたからといって、疲れるわけがない。疲れたわけではないのだが、何かやるせない。

――山賊か……。

小太郎は山賊働きからの帰り道、一の郎党の脇谷忠太より、主筋の赤井家と中央政局の関わりについて、さんざん聞かされた。どうやら、父の惣右衛門が道々聞かせよ、とでも言い付けたらしい。忠太の飛ばす唾に辟易《へきえき》した小太郎が逆側をそっと振り向くと、眉の濃い二の郎党、青山与次が苦笑している。こちらは歳が近いので友垣のような郎党だ。

とはいえ、小太郎は、忠太の話を聞いていないわけではなかった。話のなかで、小太郎がもっとも驚いたのは、主家赤井家と世を席巻する織田信長の関係の変化であった。

この七月に将軍足利義昭が信長によって京都から追放されたというのである。確か、信長は、これまでは、義昭の庇護者だったはずである。小太郎には初耳だったが、どうやら、義昭は信長の傀儡《かいらい》将軍としての扱いに不満を持ち、密かに信長打倒の計画を張り巡らした末、山城国久世《くぜ》郡槇島《まきしま》城で挙兵に及び、もろくも信長に敗れ去ったらしい。しかし、信長は義昭から嫡子を人質にとったのみで、殺しはしなかったし、あまつさえ、朝廷に願い出ての征夷大将軍職の没収すらしなかったという。

――公方《くぼう》様が負けた……。しかし、殺されなかったとは……。

公方殺しに例がないわけではない。

屋敷に戻った際、小太郎は、父の惣右衛門に聞いた。

「なぜ、織田様は公方義昭様を弑《しい》したてまつらなんだのでござりまするか。なぜ、朝廷に義昭様の征夷大将軍職の没収をお願いされなかったのでござりまするか」

すると、父は難しい顔をし、幕府を解体した織田様も、義昭様のお命を縮めたり、将軍職を奪いたてまつったりしては、外聞が悪すぎるとのご判断であろうよといった。

ただ、赤井家では当主忠家と叔父の荻野直正が協議に協議を重ね、京都を追われた将軍義昭を支持し続ける姿勢をとり続けることにしたという。伝統的権威を有する義昭を捨てかねたとか、新興勢力である信長への反感が強かったとかであるらしい。

いずれにせよ、将軍義昭支持の継続は、赤井家が、ここまで友好関係を保ってきた信長との断交を選んだことを意味した。だから、このところ、畿内南部を流浪中とかいう義昭や義昭与党の大名たちからの密使が、頻繁に赤井忠家のもとを訪れ、朝な夕な信長打倒についての協議をおこなっているという。

——織田様と戦うのか……。

若い小太郎からすれば、何やらかび臭い金襴《きんらん》のような印象の将軍義昭よりも、新しい権力者、織田信長のみずみずしい威勢に惹かれるところもあった。とはいえ、敗残の将軍義昭から頼むといわれてこれを支持することにした赤井忠家と荻野直正の俠気を好もしくも思った。

小太郎の鼻孔は膨らむ。しかし、

——世の中が変わろうとしているというのに、儂は山賊働きか……。

小太郎の小部屋は、主が吐く、湿った長い息で満ちた。

小室城の戦

天正二年（一五七四）の秋、鶏の声がけたたましい本城家屋敷に馬蹄《ばてい》の音が轟いた。茶色の猟犬も、大騒ぎする鶏に、負けじとばかりに吠えている。

「父上。何かございましたか」

小太郎が父の惣右衛門に尋ねると、父は機嫌の悪くない顔で答えた。

「うむ。赤井の殿よりの陣触れじゃ。蘆田様をお攻めになるそうじゃ」

「蘆田様……」

父の惣右衛門によれば、丹波国の氷上郡東蘆田の小室《こむろ》城を本拠とする蘆田家は、赤井家からみると、やっかいな家らしい。

というのは、本来、蘆田家は赤井家の本家なのである。それが戦国乱世の内に勢力が逆転し、数度の合戦を経て、分家の赤井家が本家の蘆田家を従え、みずから蘆田家本家の名跡を奪ったらしい。いわゆる、下剋上である。だから、赤井忠家は、蘆田忠家と名乗ったり、呼ばれたりすることもあった。小太郎としては、本当は、赤井家は蘆田家の分家どころか、どこぞから来た山賊よ、という噂を聞いたこともあるが、それについて父の惣右衛門に聞くと、よく知らぬし、今となってはどうでもよいことと、そっけなかった。

その、やっかいな蘆田家には、赤井忠家が将軍足利義昭支持を続け、織田信長と断交したのが好機とみえたらしい。そこで、密使を往来させて信長と通じ、蘆田家本家の名跡と名声を取り戻すべく、小室城で反赤井家の挙兵をしたということだった。

「今後、織田家と赤井・荻野家の戦は避けられまい。赤井の殿と荻野様による蘆田家の小室城攻めは、その前の足固めでもあろうよ」

惣右衛門は少々遠い目をした後、小太郎をぐっとにらまえた。

「小太郎よ。こたびはそちに、初陣をしてもらわねばなるまい」

翌早朝、本城家の人々は出陣した。出陣といっても、武士身分は当主の惣右衛門、嫡子の小太郎、一の郎党の脇谷忠太、二の郎党の青山与次の四人であった。あとは中間の伝蔵と、近隣の農家から徴発した小荷駄持ちの下人数名という人数《にんずう》であった。留守を任された三の郎党、長崎三郎に見送られた武士身分の四人は、甲冑を着て丸に本の字の旗指物を背に差していたが、騎乗は当主惣右衛門一人であった。

惣右衛門は、いわゆる当世具足の黒漆塗五枚胴に日輪の前立《まえだて》つきの頭形《ずなり》兜、小太郎は紺糸威の胴丸に半月の前立つきの頭形兜、与次は色々威の腹巻に前立なしの頭形兜だった。ただ、みな、鎧と兜、そして、篭手、臑当《すねあて》がまるで揃っていなかった。この不揃いは、たび重なる山賊働きによる鹵獲品《ろかくひん》のうち、これはと思ったものを売らずに着用しているからであった。槍や太刀も同様である。伝蔵は揃いもなにもない、軽装の腹当に鉢金つきの鉢巻をしていたが、脇谷忠太にいたっては、当世具足の胴丸の上に古風な大鍬形のついた兜をかぶっている。

小太郎は忠太にからかうような顔をむけた。

「忠太よ。いかになんでも、兜と胴丸の様子が違いすぎようが」

「ははは。若。この大鍬形つきの古風な筋兜、拙者には験《げん》が良いのでござるよ」

本城家の人数は、一旦、山間の道を西にくだり、加古川沿いの道を北へと進み、昼過ぎに赤井忠家の本拠城、後谷城の近くに到着した。といっても、白山《はくさん》にある要害の城にのぼるわけではない。着到の手続きは山の麓にある忠家の常の屋敷でおこなうことになっていた。忠家の常の屋敷は白山の麓と加古川の間にある新郷《しんごう》という集落にあった。このあたり一帯を赤井野という。この赤井野の新郷では、市日になると、上市《かみいち》と呼ばれる市場が立ち、その南の谷村《たにむら》には下市《しもいち》と呼ばれる市場が立った。最近は、赤井家の常の屋敷を中心に武士の屋敷が増えたこともあり、市日以外にも商いをおこなう常設の店《たな》も増えてきた。さすがに、筵《むしろ》に品物を置いただけのところが多いが、なかなか立派な小屋掛けをしているところもある。そうしたことで、この両集落は後谷城の城下町の様相を呈し、昨今、丹波西部で、随一の賑わいをみせている。

「これは本城惣右衛門様。いつもごひいきに」

「お。但馬屋どの」

今、馬上の惣右衛門に挨拶したのは、なじみの商人だった。但馬からやってきたとかで但馬屋という。山賊働きで手に入れた武具、馬、そして、人身を買い取ってくれるありがたい存在である。その上、高利貸しまでやっている、本城家でも多少、銭を借りているので、惣右衛門も会釈せざるをえない。但馬屋が脂肪でたるんだ口を開く。

「小室城を攻められるとか」

「はは。但馬屋どのは早耳でござるのう」

「乱取のお品、お待ちしております。見目良い女子と稚児には銭をはずみますよ」

「……」

犬畜生にも劣るやつとはいえない。その言葉は自分たちにはねかえってくるからだ。惣右衛門も苦笑する他ない。但馬屋は、でっぷりした後ろ姿をみせて、もう、歩みさった。どうやら、顔なじみの武士を探しては、同じような念押しをしているらしい。商売仇が何軒かあるせいであろう。但馬屋は人を無口にさせる。

やがて、本城家の人数は、城下の賑わいをぬってつきあいのある禅宗の寺に入った。そこで、小荷駄などを一旦、おろし、一息入れた。そして、赤井家の常の屋敷に出仕し、着到の手続きをすませた。赤井家からは矢と多少の兵粮の配給があった。寺に戻ろうとすると、奥より赤井家の侍が来た。めずらしいことに、惣右衛門と小太郎は主君赤井忠家に拝謁することを許されたという。本城家は赤井家傘下の地侍衆に過ぎなかったが、小太郎が初陣することでもあり、また、忠家が、つきあいのある京都の将軍家や摂関家の近衛家などに物を贈る際、惣右衛門に護衛を頼んだことが何度かあるゆえの各別な措置らしかった。

常の屋敷の奥の間で惣右衛門の挨拶が終わると、小太郎は上段の座から声をかけられた。

「惣右衛門の子か。予が五郎忠家じゃ」

「は。本城惣右衛門が一子、小太郎にござりまする」

「む。初陣であるとか。励んでくれよ」

「は。あいつとめまする」

小具足の上に陣羽織を羽織った赤井忠家は、若く、人の良さそうな顔をしている。小太郎は緊張しながらも、ふと、心になごみを覚えた。しかし、その脇より重厚な気迫を感じて自然に目をやると、分厚い胸板の男がこちらをみていた。

「儂が黒井城主の荻野悪右衛門直正じゃ。小太郎とか。見知りおけ」

男は忠家の実の叔父にして赤井家の家老のような存在の荻野直正であった。今日は、赤井勢あげての小室城攻めということで、その采配をとるべく後谷城に参上したということらしい。直正は赤井家で絶大な力を持ち、赤井家の実質的な当主は直正であると噂する者もいた。

——おお。悪右衛門様か……。

当節、悪とは、その恐るべき、抜群の能力を持つ者をさす。必ずしも、悪い綽名《あだな》ということではない。

「は。父とともに、あいつとめまする」

小太郎が答えると、直正は小太郎の顔や首にある傷痕を早くもみとめたらしく、声をあげて笑った。

「ふふふ。こたびが初陣とは申せ、すでに刀槍の味を知っておるのようじゃの。さすが、丹波者よ。したが、山道での稼ぎはほどほどにの。もっとも、これからは戦が増えようから、そのいとまもあるまいが」

直正は主君忠家と目を合わせて微苦笑している。豪勇で知られる直正は若い甥で赤井家当主の忠家を軽んじているとも聞こえていたが、実際に会ってみると、直正には忠家をあなどるような気振りはなかった。ただ、直正は気になることもいった。

「小太郎。そちは、一時、儂の継室の侍女をつとめてくれていたお冬の子だの。さすれば、儂からすると、身内のような者じゃ。一層、はげめよ」

「は」

これは、どうやら、小太郎の母のお冬が近衛氏の侍女であったことをいっているらしかった。寺に戻って父に聞くと、父は離縁したお冬を思い出したくないのか、少々、渋い顔で、ま、そんなところだ、といった。

その翌朝、赤井勢は赤井忠家、荻野直正の両名に率いられて出陣した。総勢、二〇〇〇ほどであった。丹波においては大軍である。目指す小室城は、別名、東蘆田城ともいい、丹波国氷上郡蘆田の吼子尾《くずお》山の頂上部にあった。ただ、赤井家の後谷城からだと、目指すもなにも、二里もないので、赤井勢は加古川沿いの道を迅速に北上し、辰刻《たつのこく》には早くも城の南東にある胎蔵寺《たいぞうじ》という寺近くまで接近した。

色とりどりの甲冑が揺れる音は小気味良い。

すると、蘆田家の方でも一〇〇〇程度の兵はかき集めたらしく、山と山がせばまったところまで出張《でば》ってきていた。数で劣る蘆田勢であったが、矢戦《やいくさ》もそこそこに、喚声をあげ、赤井勢に斬り込んできた。赤井勢は、蘆田勢を多少、みくびっていた。それに、蘆田勢は織田家の援軍を待つべく険峻な山の城に籠城するだろうと思っていた。赤井勢は浮足立った。蘆田勢が兵法を無視したということなのか、秋の収穫物が惜しかったのか、赤井勢の裏をかこうとしたのかは分からない。とにかく、赤井勢は動揺した。ところが、

「慌てるな」

たくましい馬にまたがった荻野悪右衛門直正の野太い声が戦場にこだました。

赤井勢の軍配を任されていた直正は、若年時はいざしらず、今は、押せ押せ一辺倒の猪武者ではない。冷静に自身と主君忠家がいる本隊を後退させると、赤母衣《あかほろ》を背負った使番を遣わし、残余の軍勢を左右に展開させた。すると、蘆田勢は、赤井勢が左右に割れ崩れたとみて、旗印が林立する赤井勢本隊に向かって突進しはじめた。蘆田勢は、自身の地元であるというのに、山裾が少し開けた死地に誘いこまれたのに気づいていない。

「今ぞ、押し包め」

直正が馬上で手を振ると、合図の法螺貝《ほらがい》の音が、びょうびょう、と戦場に響いた。

法螺貝の音を聞いて赤井勢の左右の両翼は、横合いから蘆田勢に襲いかかった。蘆田勢は左右

から攻めたてられ、恐慌状態に陥っている。

直正は馬上で長い太刀を抜いた。

「続け」

赤井勢本隊を前進させた直正は蘆田勢を粉砕した。

はじめての武功

その後、赤井勢の本陣より、乱取御免の通達があった。すると、赤井勢の地侍衆と陣借衆は、待ってましたとばかりに蘆田城下の村に押し入った。秋であるだけに田畑より刈り取るものは多い。これを刈田狼藉という。そして、乱取の場合は、刈田狼藉にとどまらず、銭、器物、そして、逃げ遅れた人身を根こそぎ奪うことをいう。

この恐ろしい乱取という罪な所業は、戦国乱世の合戦時に普通にある。当節、軍規に厳しい軍勢とは、乱取をしない軍勢のことではない。軍規に厳しい軍勢とは、乱取停止の命令をすみやかに貫徹しうる軍勢をいう。しかも、その乱取停止命令は、必ずしも、戦勝将軍が占領地の民を憐れんで出すものではない。単に、乱取中の無防備な自軍が敵勢に襲われると、勝ち目がなく不都合であるから出されるに過ぎない。

気の毒な村は悲鳴をあげている。

そんな、敗色濃厚というより、負けがほぼ決まった蘆田城からみて南の尾根の端に、昔からの古城があった。古城は水の手に難があったらしく放棄されていたが、敗れた蘆田勢の一部が赤井勢の追撃をかわせぬとみて、これに逃げ込んでいた。古城は、赤井勢がこれを無視して蘆田城を攻めると、ちょうど、その脇腹をえぐりうる位置にあった。勢いに乗っていた赤井勢だったが、歴戦の将、荻野直正は軽く見過ごすことなく、一勢を割き、攻めつぶせと下知をだした。

勝ち戦の後、他の地侍衆や陣借衆同様、城下の村で乱取にあけくれていた本城家の人数は、乱取停止の下知とともに、大槻一党を中心に編成された古城への寄手である二〇〇ほどの人数の中に組み込まれた。

小太郎は父の背中を文字通りみながら山をのぼり、古城の崩れた土塁近くに潜んだ。郭内の様子をうかがうと、一息ついていた負傷者まじりの蘆田勢の者が相当数いる。そこかしこより、うめき声が聞こえる。疲労のせいもあって、防戦の気組みはできていないようだった。

——かっこうの首の稼ぎ場じゃ……。

小太郎はふと、父のゆく道をはずれ、顔見知りの大槻党の武士、大槻何とか衛門とともに崩れた土塁を越えた。すると、腹巻をはずして傷の手当をしていた蘆田勢の武士が、二人に気づき、いきなり、槍で大槻党の武士の顔を横殴りにした。大槻党の武士は気絶したらしい。蘆田勢の武士は、そのまま小太郎に鋭く槍を繰り出してきた。小太郎は辛くもこれをかわし、無我夢中で槍を突き返した。すると、槍の穂先が敵の脇腹を突き抜けた。蘆田勢の武士が腹巻をつけていなかったためである。ただ、突き抜けたはよいが、小太郎が力まかせにこれを引き抜こうにも、血があふれるばかりで、どうにも抜けない。

「ぐっ」

槍で串刺しになっている蘆田勢の武士は、けもののような声をあげ、自分の脇腹を串刺しにした槍を持ち、小太郎を右に左に振り回した。小太郎は振り回されながらも、なんとか踏みとどまろうと、たたらを踏んだ。

すると、最前、気を失っていた大槻党の武士が息を吹き返し、

「危ない。わっぱ。槍をはなせ」

と、叫んだ。

はっ、と気づいた小太郎は槍を離すと、相手は大きくよろめき、尻餅をついた。えたりや、と思った小太郎は脇差をぬきつつ敏捷に組み付き、蘆田勢の武士の首をとった。汗をぬぐった小太郎は、声をかけてくれた大槻党の武士にその首を与えた。武士は、にやりと笑った。

「かたじけない。そなたは本城惣右衛門殿のお子だの」

「左様。本城小太郎でござる。もう、わっぱではござらぬ」

「お。いいおるのう。そなたの顔は大槻党でも噂になっておる通りの公家顔じゃが、すばやい身のこなしは、まるで山猿のようじゃ」

小太郎はあえて歯をむいて笑い返すと、乱戦のなか、郭域の奥へと向かった。

本来は静かな山で激闘の音がこだまする。
元は古城の主郭であったらしい場所には、場所にそぐわない、新しく造られた小屋があった。小屋のまわりには大石が転がり、荒縄や、もっこや、木の棒が散らばっている。蘆田家はどうやら、この古城を蘆田城の曲輪にするつもりで、手を入れ始めていたようだった。

小太郎が近づくと、小屋の中から、大柄な武士が、郎党らしき者を数名引き連れ、飛び出てきた。

「名を名乗れ。聞き知っておろうが、儂は蘆田家の一門、蘆田新三郎《しんざぶろう》じゃ」

三〇歳前後らしき大柄な武士は、このあたりで、聞こえた相撲の名人であった。

「拙者、赤井家の地侍衆、本城惣右衛門が一子、小太郎」

小太郎は、名乗りはしたが、相手を知って声がうわずった。そこへ、本城家の二の郎党、青山与次が追いついた。頭形兜のせいで与次の濃い眉は見えない。

「若。あれは剛力で知られた相撲の新三郎殿。危のうござる。一矢御免くださりませ」

小太郎は、

「よせ。儂のみで討ってみしょう」

と、いって与次の甲冑の袖をつかんだ。しかし、小太郎を心配したのか、与次はそのまま、

「御免」

といって、矢をひょう、と放った。矢は新三郎の左の肩に立った。しかし、新三郎は肩に立っ

た矢を叩きおり、剛刀を抜いて小太郎に斬りかかった。小太郎はうなりをあげた剛刀をよろめきつつかわした。しかし、新三郎はかわされたとみるや、右手一本、猿臂《えんぴ》を伸ばし、小太郎の帯をつかんで放り投げた。

「むん」

すさまじい剛力である。小太郎はしたたかに小屋の土塀で頭をうち、一瞬、意識が遠のいた。郎党の与次は太刀を抜くいとまはないとみて、脇差を早業で抜いてかまえた。

「若。お気を確かに」

気がついた小太郎は、べっ、と唾を吐いて立ち上がった。

——聞きしに勝る剛力……。

小太郎は、足に震えがきた。しかし、ままよと覚悟を決めた。そして、太刀を抜きはらうと同時に敏捷に数歩走った。小太郎は太刀で斬るでなく突く気だった。あまりの巨体に斬っても無駄な気がしたからだった。幾多の山賊働きで感得したことである。

その太刀は狙いをあやまたず、与次に気をとられていた新三郎の脇の急所に突き刺さった。甲冑の弱点を突かれた新三郎は、熊の断末魔のような唸《うな》り声をあげ、どう、と倒れた。へなへなと力が抜けた小太郎は、思わず、尻餅をついたが、思い出したように大きく叫んだ。

「本城小太郎、蘆田新三郎殿を討ち取ったり」

小太郎は与次とともに新三郎の首をとった。

「でかした。小太郎」

いつのまにか、後ろに父の惣右衛門と脇谷忠太らが来ていた。

「は。なんとか」

肩で息をしていた小太郎は青山与次に白い歯を見せた。どうやら、古城での小合戦は大槻一党の人数を主力とした寄手の勝利に終わったらしい。

大槻一党の伝令を受けた荻野直正は赤井勢本隊を蘆田城近くまで前進させ、山の入り口にあたる胎蔵寺《たいぞうじ》を占拠した。ここで、直正は、

「一応は本家であった家でござる。城に取りつく前に降伏をうながしましょうぞ」

と、進言した。もっともと思った赤井忠家は城内に使者を送った。蘆田家では当主一人が切腹するという条件で降伏を決め、以後、残余の者は赤井家に対し、完全に臣従すると誓った。忠家はこれを容れ、蘆田家の城を安堵するかわり、所領の三分二を没収した。

忠家は蘆田家当主の切腹を検分した後、後谷城に凱旋すると、論功行賞をした。特に軍功があった者には、没収した旧蘆田家領の一部が分け与えられた。大槻一党に属する本城惣右衛門も恩賞を賜った。

惣右衛門は城下町新郷の寺で待っていた小太郎らに明るい声をかけた。

「喜べ。赤井の殿より、蘆田家旧領の氷上郡由良《ゆら》庄と香良《こうら》村の内であわせて五〇石を賜ることと、あいなった」

小太郎も郎党らはどよめいた。本城村での本城家の分限は五〇石であったため、身代が倍の一〇〇石になったのだ。

「父上、おめでとうございまする」

小太郎が声をかけると郎党らも次々に声を上げた。惣右衛門は満足そうに頷いている。

「む。皆の者、よくやった。特に小太郎。相撲で聞こえた蘆田新三郎が首、ようあげたぞ。赤井の殿も荻野様もお褒めであった。小太郎。そちはまだ一七じゃが、これもよい経験じゃ。儂の由良と香良の給分の代官を任せようぞ」

小太郎は驚き、

「あっ。かしこまりました。ですが、何をすればよいやら分かりませぬ。青山与次をお貸しくださりませ」

と、いうと、父は笑って許した。

二　明智勢の丹波侵攻

村の沙汰人

小室城蘆田家との合戦が終わって数日がたった。

いつもは気ままな地侍衆も合戦が終わった直後はなかなかに忙しい。軍忠と呼ばれる軍功の申請、武具の修繕、傷の手当、乱取で得た財物や人身の売却と、やらねばならぬことは色々あった。

「さあ、さあ、墨をすらねば」

本城家の狭い屋敷に一の郎党、脇谷忠太のどら声が響いている。

戦の後にやらねばならないことのうち、軍忠の申請とは、軍忠状という文書の提出が必須である。しかも、公式な文書は漢文で書くときまっている。惣右衛門や小太郎も漢字やカナ文字を読むことができ、カナ文字ならば、書ける。小太郎の場合、字が読めるのは、母が残した何とかいう和歌集の写しのおかげである。しかし、惣右衛門にしても、小太郎にしても、漢文を作成するのは苦手である。だから、本城家では脇谷忠太がこうした書類仕事を一手に引き受けている。忠太にしても流麗な漢文が書けるわけでも、達筆というわけでもない。ただ、惣右衛門や小太郎よりはましであるので、忠太としては、いつも張り切って取り組んでいるのである。

武具の修繕は、二の郎党、青山与次がだいたい受け持つ。惣右衛門も小太郎も含め、各人の甲冑や太刀・槍・弓などに目を配り、戦場でよりよいものを鹵獲すれば交換を勧め、余れば売るし、軽微な損傷なら、与次みずから修繕する。刀槍の刃、弓、矢羽の手入れはお手の物で、少しのほつれなら甲冑の威まで直してしまうので恐れ入る。

「旦那様。この矢傷をほおっておくと、後で困りますぞ」

「おお。そうか、そうか」

傷の手当は、足が悪いが性質は明るい長崎三郎が得手であった。女手がない本城家では、負傷の手当の際のみは、当主の惣右衛門もかたなしである。ただ、無論、素人の手に負えぬときは後谷城下の新郷にいる医師を呼ぶ。

乱取の成果を銭に変えるのは、寡黙な中間伝蔵の役目である。今回も、本城家の人々が蘆田城下の村で得た物を新郷の但馬屋に持ち込ませ、銭に変えさせている。ただ、借銭の完済までは、まだまだ、あるらしい。

小太郎はこうした合戦後の忙しさが終わったのを見計らって、新たに、一部が父惣右衛門の給地となった旧蘆田家領の氷上郡由良庄と香良村の検分におもむくことにした。青山与次に案内を頼み、小荷駄を持たせた下人数名をともなった。検分は、このほど、小太郎が父が両集落で与えられた給分の代官を任されたからであった。

両集落は、蘆田家本拠の小室城の南、赤井家本拠の後谷城の北東にある。

本城家の本城村からだと、より近い由良庄まで加古川沿いの道を北に八里強あるので、小太郎一行は後谷の城下町、新郷の旅籠で一泊した。晩には山鳥の肉が入った雑炊を食べた。一行は翌日の朝、ゆるりと宿を立ち、巳刻《みのこく》、由良庄に到着した。

由良庄は氷上盆地のほぼ中央に位置する、そこそこに大きな集落である。昔は京都の上賀茂神社の領地であったそうで、集落の北田井というところには上賀茂の神を勧請したらしき、賀茂神社があった。小太郎一行は、道すがら、農具を持った百姓と何度かすれ違ったが、一様にその目は冷たかった。遠目ながら、女や子供が貧しい百姓屋に隠れるのが見える。ふと横を見ると、今日の与次は上衣の下に鎖帷子を着込み、下人に弓と矢を持たせている。小太郎も何とはなく、太刀の柄を触った。

「与次よ。このあたりは、儂ら赤井勢の乱取にもおうたし、歓迎されてはおらぬようだの」

「は。そのようで。そもそも、元のご領主、蘆田家が悪政をおこなっていたとも聞きませぬゆえ」

小太郎は父の新しい給分に前途の多難を感じながら、沙汰人《さたにん》という一種の村役人の屋敷に訪《おとな》いをいれた。

「これはようこそ。お知らせのあったご給人《きゅうにん》の本城惣右衛門様のお代官様ですな。おや。お若いですな」

給人とは、主君から与えられた土地である給地を知行している人や給分を受給している人をいう。惣右衛門ら由良・香良の給人の場合は、集落内のどの土地、どの田畑からの収益が取り分になるとの規定はない。では、どうやって、給分を受け取るのかというと、まず、集落の村役人が集落全体の収穫をかき集め、指定の場所に輸送する。次いで、役人立ち会いのもと、給人に既定の額を配分するという仕組みになっていた。自然、武士は集落の中に入っていきにくい。そもそも、それなりに領域的な広がりがある場合でなければ、給地や給分に代官を設置しても、さほど、仕事はない。

由良庄の沙汰人は肥えていて、脇差を帯びていた。小太郎の若さを軽んずるような表情を浮かべている。給分の代官など邪魔だということでもあろう。

「左様。惣右衛門が一子、小太郎でござる」

小太郎は不快を感じたが、道々、与次より、村の沙汰人は地侍とも大百姓ともつかぬ存在であるゆえ、お気をつけをといわれていたため、丁寧に辞儀をした。とはいえ、聞かねばなにもはじまらぬとも思い、屋敷内にあげられた後、単刀直入に聞いた。

「沙汰人殿。おそらく、蘆田様に思いを残しておいででしょうな」

沙汰人は直截な物言いには驚いたらしかったが、質問そのものは予期していたとみえ、少々眉を寄せたのみで、すぐに立て直した。

「はあ。思いを残しておらぬと申せば嘘になります。先の戦では、当庄は蘆田様に百姓を陣夫としてお出しし、数名、死人も出ております」

「ほう」

沙汰人が話しながら無意識に手をやった袖口から腕に巻かれた布がみえる。村役人は小太郎に鋭い目を向けてきた。

「先の戦での赤井勢による当庄への乱取は、それはもう、ひどいものでした」

「ううむ。したが、それは世の習いというもの……」

「ま、そうですな。我らも負け戦から逃げる侍衆をみれば、遠慮のう襲わせていただいておりまする」

一瞬にして場の様子が凍った。が、沙汰人はここで与次の襟元からのぞく鎖帷子にちらと目をやった後、急に、表情をやわらげた。

「ただ、赤井様よりのお触れによれば、村の取り分が少々増えるようで。そして、その残りを本城様のような給人方に配分せよということでした。ありがたいことと存じております」

小太郎もつられて表情をやわらげた。

「む。そうらしゅうござるな。では、沙汰人殿。当本城家の給分に、特段、支障はないと思ってようござるかの」

「はい。もちろんにございます。当村における本城様の給分は三〇石でお間違いありませぬな」

「む。相違ござらん」

「では、来季より後谷城下の新郷まで荷駄をしたててお送りいたします」

「承った。よろしく頼む」

「はい。間違いなく。ただ、あえて申しますと、戦続きでござりますゆえ、皆、以後の陣夫役がどうなるかを気にしております」

「む。それについては、少なくとも当家では、三年は、ゆるやかにせねばなるまいと父が申しており申した。ほかの給人方のことは知り申さん」


小太郎と与次の一行は油断のならぬ沙汰人に見送られながら集落を後にした。

両人は、そのまま、北東の香良村に足を向けた。

しばらく歩いて小太郎は青山与次の方をむいた。

「ま。こんなところか。歓迎されてはおらぬことは確かだの」

「は。あの村の沙汰人、手傷を負うておりましたな」

「ああ。百姓を陣夫として出したと申していたが、自分は蘆田家の侍分として参陣したに相違あるまい」

「おそらくは。となると、心配なのは、一揆ですな」

「それよ。一揆は恐ろしい。赤井の殿様の減免のお沙汰もそのためであろう」

一行は北に向かって歩き、しばらくして北東の谷に折れた。香良村を目の前にしたのは午刻《うまのこく》であった。同村は赤井家と蘆田家が幾度か衝突した際に戦場になったこともあった。北東から南西に延びる細長い谷である。谷の奥には岩瀧《いわたき》寺という古刹があり、独鈷《どっこ》の滝という滝もあった。単なる物見遊山なら、よいところかもしれない。

　小太郎は腹が減っていた。与次にそれをいうと、村に入る前に、食事をすませましょうと答えた。二人は、村に続く道の脇で、新郷の旅籠で銭をやって用意してもらった握り飯をほおばり、竹筒の水で流し込んだ。握り飯は味噌をぬって少し焼いてあった。

　香良村は先の戦で乱取にはあわなかったと聞いていたが、やはり、歓迎されているようではなかった。それは、香良村に入ってすれ違った村人の様子から、ありありとうかがえた。そもそも、女子供がいない。来ると知って事前に隠れているようだった。由良庄から密かに急報があったのかもしれない。こちらの村役人は、名主《みょうしゅ》と呼ばれているらしかったが、ぼそぼそと話す陰気な痩せた男で、話してみて小太郎としても、やはり、よい気分はしなかった。ただ、ともかくも父の給分二〇石の確認はとれた。小太郎らは香良の名主の屋敷を出た。

「終わったの。岩瀧寺をみていくか」

と、与次に聞くと、あの寺はこのあたりの者が一揆を起こす際に立て籠もる寺で、ありていにいえば、村の城だと答えた。

「村の城か……」

　小太郎はならば是非にもといったが、与次は、無用な刺激はさけましょうといって止めた。小太郎は、不服ではあったが、与次が濃い眉を一層に濃くして折れそうにもなかったので、そういうものかと思い直し、帰ることにした。与次は脇谷忠太ほどではないが、小太郎よりかは読み書きができる。世知にも長けているようで、小太郎は同年配であるのにと、少々、感心した。

黒井城の戦

ときは、天正三年（一五七五）の晩夏、小太郎は一八歳である。

「敵将は織田家重臣、明智《あけち》日向守《ひゅうがのかみ》光秀《みつひで》じゃそうな」

本城惣右衛門は本城村の屋敷に帰ってくるなり、嫡子の小太郎や郎党たちにそういった。惣右衛門は、主君赤井忠家の氷上郡後谷城で聞いてきた話を皆に聞かせた。

それによると、光秀はただの重臣ではなく、近江国坂本《さかもと》城の城主にして京都の市政をも任されているそうだった。そんな光秀が動かすことができる軍勢は、なんと、万を超えるらしい。

「赤井の殿としては、きつい戦になりそうじゃ。とはいえ、儂は地侍衆ながらも赤井の殿より由良村と香良村で五〇石を拝領した。相応に働かねば申し訳がたつまい。小太郎、皆の者も左様に心得よ」

惣右衛門の表情は硬かったが、赤井家から特に支度金が出たようで、常に銭がない本城家としては、それはそれで、妙に活気があった。

しかし、夏の間、丹波国は、光秀がしかけた寝返り工作、いわゆる調略《ちょうりゃく》によって揺れに揺れた。

特に、多紀郡八上《やがみ》城の波多野秀治《ひではる》が織田方につくと表明したことは丹波中に衝撃を与えた。波多野家のまさかの表明の後、丹波国では、織田方につくことを決めた中小の領主があとをたたなかった。光秀は準備万端調ったとばかりに、一〇月、丹波国に自身、出陣してきた。

後谷城の赤井忠家はその前後、対立する但馬国の大名、山名《やまな》家を攻めさせていた荻野直正に急使を出して帰国させ、荻野家の本拠、氷上郡黒井城の防備を固めさせた。しかし、光秀の動きはすばやく、黒井城の防備が万全なものとなる前に城の周辺に無数の要塞を築き、黒井城を包囲した。秋の収穫前の黒井城には兵粮の備蓄があまりなく、落城もありうるとのことだった。

小太郎は、

——赤井の殿や名将荻野直正様をもってしても、かなわぬとは……。

と、衝撃を受けた。

ところが、明けて天正四年（一五七六）一月、織田方についたはずの八上城の波多野秀治が、突如として、黒井城を攻める明智勢に背後より奇襲攻撃をしかけた。明智勢では多数の損害が出たらしい。光秀自身はすんでのところで逃れ、本拠の近江国坂本城に帰還したという。

この戦は結果的に赤井・荻野・波多野家の大勝利となった。

本城家は赤井・荻野家の但馬遠征にも黒井城の戦にも参加していなかったが、戦に関心のある小太郎は、今回の戦勝について父惣右衛門に尋ねた。

「父上。これは、赤井の殿と荻野様と波多野様の計略だったのでしょうか」

「ふむ。赤井の殿の御母上は波多野家の出だからの。波多野秀治様からみれば、赤井忠家様は妹の子、つまり甥御じゃ。明智殿の首を狙ろうた謀略と申す者もおるが……」

「そうではないかもしれぬと」

「うむ。当初、波多野殿としては、黒井城の荻野様を明智勢に討たさせ、その上で、甥御にあたる赤井の殿を織田様にとりなさば、赤井の殿を思うさまに動かせようと思われたのでは、との噂もある」

小太郎は思わず、身じろぎした。

「それは。なかなかに腹黒い……」

「ふむ。事実か否かは分からぬ。ただ、そうであれば、荻野様を除くことで、赤井家の実権を甥御の殿に取り戻させようとしたともいえるしの」

「はあ。しかし、最前お目にかかった際には、荻野様は赤井の殿をないがしろになされているようにはみえませなんだが……」

「うむ。儂もそうは思わぬ。ま。事前に話ができていたかどうかは儂には分からぬ。それはそうと、明智勢が黒井城を包囲した後に、流浪の公方、足利義昭様より、波多野殿に対し、明智勢を背後より襲うべしとの御内書《ごないしょ》が下され、波多野殿がそれをお請けしたとも聞く」

小太郎は久方ぶりで将軍足利義昭の名を聞いた。

「ほう。公方様の。して、公方様はいまどちらに」

「む。堺におられるとも、中国の毛利《もうり》輝元《てるもと》様の御領国に向かってすでに堺より出航されたとも聞いておる」

「公方様は毛利家のもとにゆかれるのですか」

惣右衛門は顎を指で掻いた。

「らしいの。毛利家に擁されれば、公方様が京にお戻りになる目がないわけではないからの……。ま。それはそうと、黒井城の荻野様へ戦勝の祝いに参らねばなるまい。小太郎。よけいなことはいうなよ」

「は。かしこまり申した」

その日の内に惣右衛門と小太郎はひとまず、赤井家の後谷城下の新郷に入った。しかし、黒井城にいくまでもなく、荻野直正は家臣を引き連れ、赤井忠家の新郷の常の屋敷まで戦勝の報告に来ていた。

そこで翌日、惣右衛門と小太郎の父子は、やはり、群参していたほかの丹波の武士たちとともに忠家の常の屋敷に出仕し、忠家と荻野直正に型どおりの戦勝祝いを述べた。直正の機嫌は悪くなかったが、あまり顔色が良くなく、言葉すくなに返礼をいうのみであった。忠家は気づかわしげに叔父直正を見やった上で、

「明智勢の襲来がこれですむとは思えぬ。皆、心するように」

と、いった。

この後、常の屋敷では宴がもよおされるようであったが、惣右衛門と小太郎は、戦に参加したわけではなかったので、辞去することにした。山賊働きも辞さない二人であったが、酒はめっぽう弱い。そんな下戸《げこ》の父子が出口に向かって屋敷の廊下を歩いていると、前から歩いてきた荻野家の二人連れの侍に声を掛けられた。

「おう。本城殿。お久しゅうござる。荻野伊賀守《いがのかみ》でござる」

侍は荻野直正の家人、荻野伊賀守永資《ながすけ》であった。永資は本来の荻野家の一門の出身で、嫡流の絶えた荻野家宗家の当主に、勢いのある赤井家の直正を迎えた者の一人である。直正の重臣といって良い。

「これは伊賀守様。お久しゅうござりまする。こたびの勝ち戦、おめでとう存じます」

「うむ。赤井家と当家は但馬国で、乱取の最中であったゆえ、慌てたわ」

「は。まさか、明智勢が奥丹波まで攻めてこようとは」

「ま。それは当家の油断であったとしておこう。お。それはそうと、そちらは御子息かの」

「一子、小太郎でござる。拙者の給分の代官をやらせており申す」

小太郎が伊賀守に挨拶をすると、伊賀守はにこやかに頷きながら、自身の後ろにいた小太郎と同年配の若い武士を紹介した。

「小太郎殿よ。これは我が家の嫡子、四郎右衛門永道でござる」

永道の顔は誇りに満ちていた。それもそのはずで、永道は父の伊賀守に従い、このたびの戦で明智勢相手に奮戦し、名のある武士の首を一つ、あげたらしい。

「おめでとうござる」

小太郎としては、淡い羨望の眼差しを向けたが、永道は武功をあげた若い武士にありがちなおごりをみせることもなく、小太郎にさわやかに返礼をしてきた。

「小太郎殿とな。儂が四郎右衛門永道じゃ。以後、見知りおかれよ」

長田村の戦

天正四年（一五七六）の三月、赤井忠家のもとを荻野直正が訪れていた。黒井城の戦で勝利して間もないというのに、直正の顔色は悪い。時折、懐紙で口を覆って咳をしている。直正は疲れた顔をあげて忠家をみた。

「殿。先ごろの戦勝は僥倖というものでござる」

「いや。丹波の天嶮《てんけん》があれば織田勢など恐れるに足りぬ。それに公方足利義昭様の御威光もある」

直正は首を振った。

「殿。織田家屈指の智将といわれる明智日向守殿のこと。次は万全を期して攻めてきましょう。

やすやすとは勝てますまい。それに公方様と申しても、流浪の公方様でござる。あてにはできますまい」

直正はまた咳こむ。忠家は叔父の咳がやむのを待ってからいった。

「なんの。悪右衛門の叔父上がおられる。八上城の波多野の叔父上もおられる。次もきっと勝てよう」

「殿。拙者はもう長くありませぬ。拙者の目が黒いうちに、織田様に詫び言をいたすが上策でござる。ただ……」

「何を気弱な。む。ただ……とは、なんでござる」

「は。それはこの叔父めにお任せあれ」

忠家の目からみても叔父の荻野直正の具合は相当に悪かった。その直正が必死の面持ちで織田家への降参をいうので、ついに忠家も押し切られた。そこで忠家と直正は、近江国安土《あづち》に大城郭の築城をはじめていた織田信長に対し、謝罪をした。結果、同年の四月、信長は忠家と直正を赦免した。条件は、黒井城の戦の際、織田家側に付いた丹波武士を明智光秀の配下にするというのみであったらしい。

ところが、直正はしたたかだった。

信長に謝罪する一方、中国の毛利輝元領国の内、備後《びんご》国鞆《とも》に落ち着いたという将軍足利義昭と輝元を皮切りに、摂津《せっつ》国大坂の本願寺顕如《けんにょ》、甲斐国の武田《たけだ》勝頼《かつより》といった名だたる反織田勢力と連絡を交わした。

それを知った忠家は直正に尋ねた。

「叔父上。どういうことでござる。織田様に臣従するのではなかったのでござるか」

「ははは。知れ申したか。殿。ここは知らぬふりをしてござれ。いずれにもよい顔をしつつ、丹波の自立を守りましょうぞ。万一、このことが織田様に知れ申したら、悪右衛門一人がなしたことということにすれば、よろしゅうござる」

「なんと。しかし、それではあまりに……」

「殿。織田様とて明智殿とて、我らを心底信じてなどおりますまい。とはいえ、これでときは稼げ申した。この間に戦支度はすっかり調い申したわ」

天正五年（一五七七）、明智光秀は、残る反織田家勢力を攻めつぶすべく、丹波国に攻め込んできた。

まず、光秀は、いまだ表面的には織田方に留まっている赤井忠家と荻野直正に対し、多紀郡八上城主波多野秀治などの反織田方勢力を攻めるので協力せよと通告してきた。ただ、怜悧な光秀としても、忠家や直正の怪しげな動きを知らぬではないようで、光秀の使者は赤井・荻野家の出方をあからさまに探るような気振りであったという。

そして、光秀は確かに名将だった。この年のうちに、丹波国の名門国衆、籾井氏の本拠である多紀郡籾井城をはじめとした一〇以上の城を攻略した。この男の将器は並大抵ではない。

この間、赤井忠家は八上城主波多野秀治から、矢のような援軍の催促を受けたが、荻野直正に諫止され、ぎりぎりと歯を食いしばって情勢を見守るしかなかった。

そんな天正六年の三月、黒井城主荻野直正が病死した。五〇歳であった。直正の継室近衛氏は、山暮らしに飽き飽きしていたのか、早速、実家がある京に帰ったという。

――悪右衛門様が亡くなった……。

小太郎は直正の死を聞いて衝撃を受けた。

荻野家は、直正の側室の子の直義《なおよし》が八歳であったため、一族の直信《なおのぶ》が継承したという。ただ、荻野家の勢力低下は否めず、赤井忠家としても、織田方と反織田方を両天秤にかけつつ、丹波の自立を守るという戦略が破綻してしまった。

迷った忠家はついに波多野秀治の誘いをうけ、再び織田家から離反することを決めた。

忠家からすれば父方の叔父は荻野直正であったが、母方の叔父は秀治である。直正が死去した心細さもある上、さきの黒井城の戦の際の恩義もある。やむを得ぬ判断であろうと噂された。もともと、忠家は直正の戦略に不満があったのであろうという者もいた。

忠家が織田家との断交を決めた数日後、本城村の惣右衛門に対し、忠家より使者があった。

「付城《つけじろ》に在番いたせ、とのことでござる」

忠家は各地で対明智光秀の軍事活動をはじめたらしい。

惣右衛門が在番を命じられた城は、天田郡長田《おさだ》村からみて、土師《はぜ》川を挟んだ、村の向かいの山の頂上付近にあった。この城は、明智方に寝返った長田村に圧迫を加えるべく赤井家が急造したものである。惣右衛門によれば、こうした性質の城は、相城《あいじろ》とか付城とかと呼ばれるそうだが、今のところ、固有の名前は特になかった。

本城家では惣右衛門と小太郎と眉の濃い二の郎党の青山与次が出張り、寡黙な中間の伝蔵と小荷駄持ちの下人数名がともをした。

本城家の人数は本城村を出発し、後谷城下の新郷と黒井城下でそれぞれ一泊した後、黒井から北東三里ほどの距離にある長田村の向かいの山の麓にあった指定の陣所に入った。

赤井勢は、山の城で在番する者と麓の陣所に詰める者をあわせ、どうやら二〇〇ほどらしかった。麓の陣所と山の城に詰める者の交替は赤井家によって一〇日と定められていた。

惣右衛門と小太郎らは順番がきては城にのぼり、長田の集落を見張った。しかし、特段、することもなく、一〇日間、ただただ、寝て起きてを繰り返し、交替の兵がくれば下山し、さらに一〇日たつとまた城にのぼった。戦がなければすることもないせいか、山の城でも麓の陣所でも、昼から酒を飲む者もいて、喧嘩をする者もいて、博奕に興ずる者もいた。

惣右衛門は、下戸ながら、この急造の山の城の城将をつとめた山口駿河守直之《やまぐちするがのかみなおゆき》が開く酒宴に頻繁に呼ばれていた。直之は赤井家一門にして、死去したばかりの荻野直正の実弟である。なんでも、直之の子の山口勘兵衛直友《なおとも》は援兵を乞う使者となり、中国の大大名、毛利輝元の本拠、安芸国に下向しているという。父と同じく下戸の小太郎としては、ときを持て余し、弓が得意な青山与次と鹿狩りに出たり、川釣りをしたり、他国に使いに出ることもある中間の伝蔵に旅の話をしてもらったりして過ごしていた。綱紀が緩み切っているということではあるが、城の在番とは、得てしてこんなものである。


本城家の人数が幾度目かの山の城での番を終え、麓の陣所に戻ったある日の朝、どこかに潜んでいたらしき、明智勢が押し寄せてきた。

「しまった。敵か。用意いたせ」

敵の喚声を聞いた惣右衛門が絶叫したので、半具足姿で兎肉入りの雑炊を食べていた小太郎らは、椀を放って、手早く甲冑を身につけた。伝蔵は器用に近くの大木にするすると上り、手をかざして下に怒鳴った。

「敵勢は、およそ二〇〇でござる」

小太郎はそれをきいて思わず、麓の陣所を見渡したが、そこには五、六〇程度の人数しかいない。おまけに、半裸の者もいるし、朝だというのに酔っている者もいるし、賽の目をほおって早くも逃げ支度にかかっている者もいる。

「父上。これはまずい。どういたしましょう」

「む。確かにまずい。ただ、これはどこかで防ぎ戦えば、山の城の兵が逆落としにこよう。さすれば、こちらに勝ち目が出てまいるやもしれぬ。ときを稼ぎつつ、戦おうぞ」

小太郎は惣右衛門に頷いた。惣右衛門は額に手をかざし、

「お。あの丘に麓の味方が集まっておるわ。ひとまず、あれへ」

と、いったので、本城家の人数は、木がまばらに生えたその丘に向かった。

そこには、城に副将を残し、偶然、麓の陣所でくつろいでいた城将山口直之以下、庄田《しょうだ》三太夫《さんだゆう》や石田《いしだ》吉介《きちすけ》ら一三人の騎馬武者がいた。本城家の騎馬武者は、相変わらず、当主の惣右衛門のみである。小太郎の目からみると、この丘の人数は、騎馬武者の郎党や中間・下人を含め、総勢、一〇〇弱であった。

しかし、老練な赤井家の山口直之は鞍座りもよく、落ち着き払っていた。直之は弓を持っている者に矢をつがえさせ、

「よく引きつけて放つのじゃ。射よというまで射てはならぬ」

と、いった。

陣所で弓を拾っていた小太郎は、郎党の青山与次とともに木に身を隠しながら矢をつがえた。

やがて、丘に向かってくる敵勢の顔の目鼻が判別できる近さとなった。それを見た直之は、号令した。

「今ぞ。射よ。射よ」

小太郎はほかの味方と同様、矢継早に矢を射た。矢は小気味良い矢羽の音をたて、接近した敵勢に吸い込まれていった。敵勢は混乱している。味方としては幸いにも、敵勢の質はさほどよく

ないらしい。直之はそれをみて、馬上、太刀を抜きはらい、

「突っ込め」

と、いって猛然と明智勢に斬り込んだ。

弓を棄てた小太郎も父の惣右衛門や与次や伝蔵とともに明智勢に駆け入り、手当たり次第に槍で敵を突いて回った。その時、山の城にいた城兵二〇〇ほどが喚声をあげて出撃した。小太郎らは後で知ったが、明智勢二〇〇が赤井勢の麓の陣所を攻める一方で、明智勢の別働の人数三〇〇ほどが、赤井家の山の城を奇襲しようとしていたらしい。

惣右衛門が絶叫する。

「丹波者の山戦の強さをみよや」

山の城の赤井勢は奇襲しようとした明智勢に逆に奇襲をかけるかっこうとなり、逆落としの勢いで攻め立てたので、山中の戦いは数で劣る赤井勢の圧勝に終わっていた。その戦況が、赤井勢の麓の陣所を攻撃していた明智勢二〇〇にも伝わったらしく、麓の明智勢二〇〇も死傷者を出しつつ、長田村目指して潰走しはじめた。

それを見た赤井勢大将の山口直之は、勝ち戦におごることなく、暴れる馬を器用に乗りこなした。

「深追いはやめよ」

直之は、またたくまに赤井勢の陣列を立て直し、麓の陣所と山の城の備えを厚くさせた。その

後、直之は黒井城の荻野家と後谷城の赤井家に早馬を出し、戦況を報せた。

　そうしたところ、翌日、ひとまず、黒井城の荻野家から援兵一〇〇ほどが送られてきた。これを受けて直之は総勢四〇〇ほどになった赤井勢を率いて土師川を渡河し、長田村を包囲した。包囲を終えると、直之は村への懲罰として乱取を許した。

「ま。よいわ。存分に稼いでまいれ」

　赤井勢に属する地侍衆と陣借衆はとりわけ熱心に村に襲いかかった。しばらくすると、乱取にうんざりした長田村の村役人数名が、村に潜んでいた明智勢の部将の首をとって謝罪してきた。直之は鷹揚に村の降伏を容れた。

　長田村が降伏したため、惣右衛門は山の城の在番の任務を解かれた。本城家の人々は後谷城下の新郷に戻った際、長田村の付城の城将をつとめた山口直之を介し、赤井家より幾ばくかの銭米をもらい、本城村に引き上げた。無論、新郷の但馬屋で、乱取で得た財物と人身の売却をして銭や銀子《ぎんす》を得ることも、忘れない。

　惣右衛門や小太郎が本城村に着いて戦塵をおとした数日後、物見に出ていた中間の伝蔵が屋敷に駆け込んできた。

「長田村が再び明智方についたそうです」

　小太郎は父を見た。惣右衛門は、むう、とつぶやいたきり、何もいわなかった。

荒木城の戦

ときは、天正六年（一五七八）四月、小太郎は二一歳である。

本城家の人数が、出張った先の長田村から本城村に帰ってすぐのことである。

多紀郡八上城主波多野秀治の重臣に荒木《あらき》氏綱《うじつな》という者がいた。氏綱は八上城の東二里弱ほどの地点に荒木城という山の城をかまえていた。城の別名を細工所《さいくしょ》城という。多紀郡の各城は東部から順に織田家の重臣、明智光秀によって攻略されていたので、荒木城は、波多野家にとってまさに、死命を制する城だった。

光秀はさきの黒井城での敗戦にこり、再度の丹波侵攻に際し、主君信長に援軍を乞うていた。その援軍は、信長の甥にして光秀の娘聟である織田信澄《のぶすみ》と、織田家家老で近江国佐《さ》和山《わやま》城主の丹《に》羽《わ》長秀、伊勢国長島城主滝川《たきがわ》一益《かずます》、大和国郡山城主筒井《つつい》順慶《じゅんけい》といったそうそうたる軍勢で、三月末から四月初頭にかけて、続々と丹波国に到着していた。

光秀はそれらの援兵を含めた総勢一万ほどの、明智勢というより、織田勢を率い、荒木城に押し寄せる構えを見せた。丹波国にこのような規模の大軍が敵として押し寄せてきたのは古今未曾有のことかもしれない。

但し、山の武士は勇敢である。

八上城の波多野秀治はみずから兵を率いて荒木城に入城するとともに、すぐさま、甥でもある後谷城主の赤井忠家にも入城の要請をした。

「ゆかずばなるまい」

忠家はそういって、赤井家の譜代の侍衆に加え、本城惣右衛門のような地侍衆を動員し、黒井城荻野家にも声をかけた。今回、本城家では、苦戦は必至とみて、惣右衛門と小太郎、脇谷忠太、青山与次、長崎三郎といった本城家の武士身分の五名がすべて出張り、これに中間伝蔵ほか、若干名の中間と小荷駄持ちの下人が扈従した。

忠家ら赤井勢らは明智勢に包囲されつつあった荒木城に駆け込んだ。荒木城は広い山の中に防禦施設が点在している城砦群であるので、完全な包囲には時間がかかる。守備側としてはそれが幸いした。

総勢三〇〇〇ほどになった波多野・赤井・荻野勢は、軍勢を三手に分け、南の筒井勢、北の滝川殿、南西大手の明智勢に備えた。本城家の人数は明智勢に対峙する軍勢の端に配置された。

物見に出ていた伝蔵が駆け込んでくる。

「明智勢の先手《さきて》が本陣と大きく離れ、これにのぼってまいります」

明智勢の先鋒は旗印からして光秀の重臣、明智弥平次《やへいじ》秀満《ひでみつ》であった。

「明智弥平次殿に山の戦を教えてやろうぞ」

不敵に笑った惣右衛門は、大槻一党の内でも特に親しい者に声をかけ、荒木城の主郭部分を出た。逃げるためではなく、首稼ぎのためである。惣右衛門らは、それほど急でもないが、やたらと長い山道の途中で、明智秀満勢に待ち伏せをしかけることにした。やがて、秀満勢の先頭がみえると、少々やり過ごした後、惣右衛門が号令した。

「かかれっ」

伏兵の人数が藪を飛び出し、明智秀満勢に斬り込む。すると、秀満勢は最初から丹波勢の山戦の強さにおびえていたのか、あわてふためき、ろくに戦もせず、算を乱して山道を逃げくだっていく。惣右衛門が叫ぶ。

「首の稼ぎ場ぞ」

小太郎は狭い山道を飛ぶように駆けくだり、秀満勢の最後尾をいく武士に追いついた。

「この山猿めが」

秀満勢の武士は一度、振り向き、何やらとわめいたが、よく聞き取れなかった。殿軍《しんがり》をつとめているところからしても、甲冑の華麗さからしても、相当に名のある武士であろう。小太郎は荒い息を吐きつつ、その逃げる華麗な甲冑の背に向けて槍を繰り出した。

しかし、その武士は背後をみていたかのように槍をかわした。そして、腰をひねって太刀を抜きざまに切り上げてきた。臆したとみせて小太郎の隙をうかがっていたらしい。

——しまった……。

小太郎は背を反って白刃をかわしたものの足首を痛め、数歩よろめいた。

「くらえ」

秀満勢の武士は咆哮をあげ、山道を数歩かけあがり、小太郎に再び太刀を振るった。

「おう」

小太郎はこれを左籠手で受けた。金属音がこだまする。小太郎は、そのまま数歩下がって、右手で持っていた槍を突き出してかまえた。左籠手は与次が鉄片で補強してくれていたため腕は無事だが、しびれてはいた。秀満勢の武士は少々あとずさりながら、両手で握った太刀を兜の横にかまえ、にらみ合いとなった。

――これは手ごわい……。

小太郎は焦った。

これを見た秀満勢の徒歩の武士二名ほどが山道を駆け戻ってきて助勢しようとした。そこへようやく小太郎に追いついた惣右衛門が、脇谷忠太、長崎三郎とともに、槍衾をつくって敵を威嚇した。山道は急ではなかったが、それでも、上にいる方が有利である。とはいえ、秀満勢の殿軍の武士たちも落ち着き払っていてにらみ合いになった。これを見て、惣右衛門らの背後にいた青山与次は高みにのぼり、そこから、ひょうと、助勢の矢を射た。矢は狙いをあやまたず、敵の武士の一人に当たった。

この期を逃さず、小太郎らは叫び声をあげながら槍を繰り出した。小太郎は最初に対峙した武士をなんとか討ち取り、惣右衛門と脇谷忠太も一名ずつ敵を討った。

息をつきつつ白い歯を見せる小太郎や郎党たちを惣右衛門が満足げに眺める。

「さて、もうひと稼ぎじゃ。敵の大将、明智弥平次殿はあれにおられよう。弥平次殿の首、われらで討って取ろうぞ」

惣右衛門の勇ましい言葉に本城家の人々は勇み立った。しかし、そのとき、城内の赤井忠家より伝令があった。

「追い討ちをやめよ。これは陣中の法度とする」

それを聞き、惣右衛門は足を止めた。

「法度ということであれば、よすか……」

父を仰ぎ、小太郎は少し、不満を覚えた。

ところが、ここで黒井城の荻野家の一族、荻野四郎右衛門永道と荻野鹿之介《かのすけ》の人数が、法度をものともせず、本城家の人数の横を駆け抜け、明智弥平次勢に追い討ちをかけた。

惣右衛門と小太郎は、どういうわけがあるのか若狭国生まれだという鹿之介との面識はないが、四郎右衛門とは先ごろ黒井城におもむいた際に面識があった。小太郎は、身分は違えど、同年配の四郎右衛門に親しみを覚えていたので、いきりたった。

「父上。荻野四郎右衛門様に合力をしましょう」

「いや。荻野様とわれらは身分も立場も違う。赤井の殿より追い討ちをやめよとの法度が出たのじゃ。無理せずともよい」

――父上は臆しておられるのか……。

小太郎はじっと唇をかんだ。

結局、荻野四郎右衛門永道と荻野鹿之介の人数は、二、三の首をとって退いてきた。

後で聞けば、黒井城荻野家の新当主、荻野直信は支配に不安定さがあって城を離れることができなかったらしい。そこで、一門の荻野永道らに軍勢を預け、荒木城に派遣していたという。

本城家の人々が荒木城に戻り、指定の陣所に落ち着くと、使者がきて惣右衛門と小太郎のみが城の本丸に呼ばれた。軍功を言上せよとのことだったので、惣右衛門と小太郎は、赤井・波多野家の当主、波多野家重臣荒木氏綱、そして黒井城荻野家の荻野永道といった面々がずらりと居並ぶなかに進みでた。

そして、惣右衛門が、我が手勢で明智弥平次秀満勢の武士三名を討ったと言上すると、赤井忠家は扇ではたと膝を打った。

「ようやった。とりわけ、小太郎が討った首は兜首じゃ。聞いたところ、三宅某といって明智弥平次秀満有縁の者であるそうじゃ。でかした。当座の恩賞として米八石を与える」

荒木城攻防戦の序戦はそうしたことで勝ち戦だった。城内は凱歌に沸いた。

しかし、敵の総大将明智光秀は冷静に援軍の丹羽・滝川・筒井勢と連携しつつ包囲陣を徐々にせばめ、荒木城の水の手を断つような攻め方をしてきた。

——喉が渇く……。

若い小太郎には辛かった。ふと、後ろをむくと、心なしか眉がいつもより薄めな郎党の青山与次がいた。

「若。本城家の梅干しはよくつかっておりましょうかな」

「梅干し……」

胡乱《うろん》なことをいうと思った小太郎であったが、しばらくして思い当たった。これは口中に唾をわかせ、しばらく渇きを忘れさせる籠城時の智慧らしい。

そうこうするうちに、荒木城中では飲み水と兵粮が底をつきはじめた。そこで、城主荒木氏綱は赤井忠家・波多野秀治らに、もはやこれまでと、退城を勧めた。忠家や秀治らは、断腸の思いであったが、勧めを受け入れ、敵の包囲の手配りが完全に終わる前にと、城を出た。脱出口は、あまりの山深さに敵も手薄であった東の方角となった。本城家の人数もまた、赤井勢とともに東の山伝いに城を出た。小太郎は、

「逃げるのか……」

と、思わずつぶやいたが、腹が減っては戦ができぬ、とはこのことである。しかたもなかった。

以後、城主荒木氏綱は明智勢の猛攻を耐えに耐え、それのみならず、ときとして打って出て、明智勢を大いに悩ませた。だが、やがて城の水も兵粮も完全に尽きた。そこで氏綱は出家し、光秀の本陣までおもむいて降参を申し出たという。

氏綱の戦ぶりに感服していた明智光秀は、安土城の主君織田信長の了承を得て氏綱を助命した。そして、氏綱の子の荒木氏清《うじきよ》を明智家家臣とした。それのみならず、光秀は氏清を丹波国多

紀郡大山城の城将とした。光秀の措置は丹波で評判となった。

どうせ、降伏するなら早い方がよい。そう思う者が日増しに増えたという。

しかも、光秀が以前よりすすめていた丹波国桑田郡における築城が順調にすすんでいるらしい。亀山城と呼ばれているこの城は、丹波随一の大城郭になろうと噂されている。大規模な築城は現地に銭を落とす。雇い賃目当ての人夫が集まれば、商人も集まる。となると、どこからともなく、たくましい遊女たちも集まる。亀山城周辺は、人、人、人でごったがえし、丹波空前の好景気に沸いているそうだ。

山に囲まれた小さな天地に満足していた丹波の武士はこれに圧倒された。城ができるにつれ、光秀を介し、織田家に降伏を申し出る者が、一層、増えていく。

本城家の人々は、荒木城の東側の山中を大きく迂回して本城村に帰り着いた。逃げる道々、こうした情勢を聞いて、無関心ではおれなかった。しかし、本城家は所詮、赤井家傘下の地侍衆である。城下町新郷で赤井家より恩賞の米八石を受け取り、なじみの米屋でその一部を銀子に変えると、もう、目先の満足感にひたるしかなかった。

ただ、米屋と交渉した脇谷忠太がいう。

「新郷の商人の内、目先の利く者は、すでに亀山城下に移住しているそうにござる」

そういえば、小太郎の目にも、新郷の勢いが以前より衰えていたように見えた。忠太が続けていうには、赤井家は新郷の商人に棟別銭《むなべちせん》という家屋税を賦課して戦費を補充しているが、減収は避けられぬだろうということだった。惣右衛門が但馬屋はというと、それには忠太のともをした伝蔵が答えた。

「但馬屋は、新郷の店はそのままに、亀山城下にも新しい店を設け、それでいて、亀山の方に重きを移しているそうにござりまする」

伝蔵は、しかも、といって唇をひとなめした。

「亀山の店では、明智家の家人に銭を貸し、武具の商いをやっているらしゅうございます」

それを聞いて、小太郎は思わずいった。

「では、我らが持ち込んだ武具が、但馬屋を経て明智勢に渡っているやもしれぬということでしょうか」

惣右衛門はそうしたこともあろうといって腕組みした。

三　父子の別れ

金山城の戦

「明智勢が新たに金山《きんざん》城という城を築いたようでござる」

報告を受けた丹波国氷上郡後谷城主の赤井忠家は苦い顔をした。忠家はこの九月に母方の叔父、波多野秀治が守る多紀郡八上城を明智光秀が包囲したとの報告を聞き、救援の算段を立てていたところであった。

忠家はこれまで、こうしたとき必ず、父方の叔父の荻野悪右衛門直正を招いて意見を求めていた。しかし、希代の戦上手、直正はもう亡い。そこで忠家は直正の実弟で、やはり叔父にあたる山口駿河守直之を招いた。直之は着座すると、直正によく似た顔を、甥であり主君である忠家に向けた。直之の戦の才は直正ほどではないにせよ、まずくはない。

「殿。敵ながら、さすがは智将とうたわれる明智殿でござるな」

直之はいう。金山城は多紀郡と氷上郡の境目にあり、忠家の氷上郡後谷城、荻野直正の後継、荻野直信が守る同郡黒井城、忠家の母方の叔父の波多野秀治が守る多紀郡八上城の中間地点にある。

忠家のいる後谷城からみて、金山城は南東二里ほどしかない。まさに、後谷城、黒井城、八上城の三城の連絡を絶つ楔《くさび》のような城であった。しかも、この金山城は荒木氏清が城将をつとめる多紀郡大山《おおやま》城と呼応している。氏清は明智家に降参した元、波多野家家臣、荒木氏綱の子である。

「明智殿は、碁を打っているようなおつもりでしょうな」

忠家は直之に向き直った。

「ふむ。めざわりじゃ。これがあっては波多野の叔父上の八上城を助けられぬし、思い切って攻め落とすかの」

直之は即座に同意し、陣触れの手配をいたすといった。

赤井家の陣触れは本城家にもきた。

「赤井の殿には、今度は明智家が急造した金山城という城を攻めるそうじゃ」

惣右衛門は地図を扇子で指しつつ、いった。小太郎も地図をのぞきこむ。

「父上。ここを攻めるのでござるか。これは……八上城の波多野様をお救いするためでござりましょうな」

惣右衛門は少々、眉を寄せた。

「うむ。八上城は兵粮が尽きかけ、悲惨な有様じゃそうな」

惣右衛門の眉間の皺は深くなったが、口元に自嘲めいた苦笑いが浮かんだ。

「だがの。儂らは元来、赤井家の地侍衆であるが、譜代の侍ではない。だから、最後まで赤井の殿に御奉公をする必要はない。分かるか」

「はあ。そのようなもので」

「そうじゃ。ただ、儂らは先年、赤井の殿より、由良と香良で五〇石の給分を拝領した。最前もそちの軍功もあって米八石をもろうたばかり。そこが難しいところじゃ」

　小太郎は父を見た。

「若いと、そのあたり、釈然とすまい。したが、この戦は赤井の殿の負けぞ。おそらく、荻野直正様がご存命でも勝てまいよ。それは分かろう」

「やはり、明智殿はそれほどお強いと」

「うむ。赤井の殿も波多野様も明智殿を討つ工夫をこらされていたが、討ったところで、すぐに織田様のほかの重臣が大軍を率いて丹波に乗り込んでくるだけのことだからの」

「なるほど……」

「ま。恩賞の分だけは御奉公せねばなるまいが……」

　小太郎としては、死力を尽くして丹波を守るという気組みもないではなかったが、二〇歳を過ぎ、父の給地の代官をつとめていることもあって、父の現実的な物いいも分からなくもないようになっていた。

――ま。普段は山賊働きの地侍だからの。軍記物で読む、源平合戦のまばゆげな武者とは違うか。

小太郎は公家風の顔に父とよく似た表情を浮かべ、苦く笑った。

本城家では当主の惣右衛門、小太郎、青山与次と、伝蔵ら中間と小荷駄持ちの下人数名の一〇名程度で出立《しゅったつ》した。赤井家の後谷城下の新郷に到着してみると、赤井勢は総勢二〇〇〇にも満たないようだった。

「父上。赤井勢は存外、少ないですな。この兵数で金山城とやらは、落とせるのでしょうか」

「むう。これは無理だの。怪我せぬように戦うが良い。与次もよいの。命あっての物種じゃ」

惣右衛門は頰を掻いた。

それでも、当主忠家みずからが率いた赤井勢の士気は低くはなく、夜明け前に後谷城下を出発すると、早朝より金山城に攻めかかった。

赤井勢は金山西方の険しい山道をのぼったが、息切れを覚えるころに城の曲輪があった。赤井勢の曲輪への接近は少々不用意だった。あたりに乾いた銃声が鳴り響く。

「しまった。明智勢には備えがあるぞ」

赤井勢の将兵は明智家の鉄炮の一斉射撃によってばたばたと倒れた。丹波の山奥では、これほどの数の鉄炮を見たことがない。赤井勢は浮足立った。それをみて、明智勢の矢島・鏡・朽木といった光秀の所領がある近江ゆかりの部将たちが手勢を率い、打って出てきた。

しかも、赤井勢では当主忠家が前に出過ぎていたため混乱に拍車がかかった。ただ、忠家を討たせてなるものかと、山口直之以下の宿将たちが声を嗄《か》らして立て直しにつとめたため、狭い山道での激戦となった。じりじりと山をくだる赤井勢の足が少しでもとまれば、頭上の明智勢より弓と鉄炮の射撃があった。すでに、赤井勢には相当数の死傷者が出ている。

鉄炮

本城家の人々も明智勢の放つ鉄炮の、ぼすっ、ぶすっ、ばすっという乾いた銃声に肝を冷やした。聞きようによっては大きな屁の音のようにも聞こえるが、屁とも思わぬというわけにはいかない。音がするたびに朋輩が斃れる。

惣右衛門は乗馬を失い、小太郎らとともに山道をくだっては留まり、くだっては留まりして戦っていたが、惣右衛門はある大木の影で一息つき、にやり、と笑った。

「あれが鉄炮か。屁のような音を鳴らしておるが、恐ろしいものよ。したが、小太郎。与次よ。欲しいのう。一挺奪って参らんか」

小太郎は思わず、

「そうですな。あれを逃しては山賊の名折れですな。のう与次」

「はあ。ほしゅうございますな」

と、いうと、惣右衛門は苦笑した。

「ふふふ。山賊というでないわ」

与次は弓の腕に覚えがあるだけに、同じ飛び道具の鉄炮に興味があるらしい。濃い眉の下の目を輝かせている。そこで、敗色濃厚ながら、本城家の人数は敵の鉄炮を奪う隙をさぐるべく薮に入って様子をうかがっていると、どうやら、明智勢は、鉄炮放《てっぽうはな》ちと呼ばれる鉄炮兵に射撃をさせ、その後に他の刀槍を持った兵が斬り込みをかけ、鉄炮兵が弾込めをする時を稼ぐというのを繰り返しているらしい。見たところ、刀槍の兵が斬り込みをかけた際の鉄炮兵は、後方で弾込めに余念がないため、隙があるようだった。

惣右衛門はそれを簡潔に説明し、低くいった。

「やるぞ」

本城家の人数はころあいをみながら移動し、道の脇の木陰に隠れて鉄炮放ちの射撃をやり過ごし、刀槍の斬り込みをもやり過ごした。

そうしたところ、鉄炮を担いだ軽武装の明智勢の武士が大きな岩の上に上がろうとして足をかけそこねているのがみえた。高見から狙撃をしたかったのであろう。惣右衛門がそれを黙って指さすと、与次は惣右衛門と小太郎に軽く会釈をしてぎりぎりと弓をひきしぼり、ひょう、と射た。矢は鉄炮を担いだ武士の脇の辺りに当たり、武士は岩から落ちた。小太郎は槍を伝蔵に預け、脇差を抜いて飛ぶように近づき、武士にとどめをさした。その上で、横に落ちていた鉄炮を拾うと、

横に与次がきて、

「若。あれは玉薬とやらが入った箱でござりましょうか。あれもいただきましょうぞ」

と、いって、武士の腰帯にぶら下がっていた胴乱というらしい箱状の入れ物を手に取った。

小太郎と与次が鹵獲品を示すと、惣右衛門がいった。

「ほう。まさしく、鉄炮じゃのう。儂らとしては、これで十分じゃ。負け戦に来た意味があったというものじゃ」

みなが苦笑する。惣右衛門は続ける。

「さ、逃げよう。まっすぐおりては明智勢に出会おうゆえ、間道を通って赤井勢に合流しようぞ」

金山城の戦は赤井勢の惨敗だった。本城家の人数は明智勢の目をかすめつつ、敗走する赤井勢に合流し、後谷城下を経由して本城村に戻った。

惣右衛門は鹵獲した鉄炮を与次に預けた。

与次は以前から鉄炮に関心があったようで、すでに赤井家の鉄炮放ちの武士に頼んで何度か撃たせてもらったこともあるらしかった。

そこで、惣右衛門は屋敷の外で与次に鉄炮を撃ってみせよと申し付けた。では、赤井家の鉄炮放ちに束脩《そくしゅう》を払って習い覚えた業をお見せつかまつるという。与次の眉はいつもよりも濃く見える。

与次はまず、槊杖《さくじょう》という細長い棒を使って巣口という銃口から、玉薬と鉛弾を銃身の底に詰め込んだ。次に、銃身後方の火皿に火薬を盛り、火蓋《ひぶた》を閉じた。次に、火挟《ひばさみ》という火縄を固定するための部位に点火してある火縄を付けた。火縄はひと吹きするのがこつらしい。そして、与次は、火蓋を開き、一五間ほど先に置いた的に向けて鉄炮を構えた。

どうやら、引鉄を指で引くと、火縄の付いた火挟が火皿に落ちて玉薬を爆発させ、それによって弾が発射されるというからくりらしい。

「撃ちまする」

そういった与次は息をとめ、ひそやかに引鉄を引いた。すると、静かな本城村に、ばすっという乾いた銃声が響いた。銃声とともに火皿と銃口より白煙があがった。的は真っ二つに割れている。

「見事じゃ」

「おお」

惣右衛門も小太郎も、与次を誉めそやした。しかし、与次はまだまだ稽古が必要だという。忠太や三郎も目を丸くしている。忠太が思わず与次に聞く。

「このようなからくり、誰が考えたのじゃ」

「南蛮人でござる」

「南蛮人のう……」

与次はもう一言いい添えた。

「なんでも、南蛮人はデウスとかキリシタンという神を信じているらしゅうござる」

「デウス……」
鉄炮に話を戻しますと断った与次は、濃い眉を開き、弾はともかく、玉薬はそう手に入るものではなく、商人から買うと驚くほど高いといった。だから、試射は一発のみにしましょうともいった。なんでも、鉄炮そのものや玉薬は和泉《いずみ》国の堺などで売られているらしい。そのせいで、堺は大いに儲けているが、その堺は、信長が支配しているそうだった。であるからこそ、明智勢をはじめとした織田勢は鉄炮を多く持っているということだった。

――織田家は鉄炮をおさえておるというわけか。勝てるわけがない……。

みながうなる。ややあって、気分を変えようと、惣右衛門は笑みを浮かべた。

「玉薬の値はともかく。これは、戦でも山賊働きでも使えそうじゃな」

腕組みして見物していた三の郎党、長崎三郎が、おどけていった。

「はあ。ただ、銭をうなるほど持った商人を撃たねば、撃てば撃つほど損ですな」

本城村に屈託のない笑い声が響いた。

香良・由良村の戦

そのころ、織田家重臣明智光秀は、多忙の極みにいた。

光秀は本拠の近江国坂本城、丹波国桑田郡亀山城、同国多紀郡八上城包囲軍の陣所、そして、そのほかの織田家の戦場を忙しく行き来していた。波多野家では光秀を暗殺しようと刺客を出したが、刺客は、頻繁に移動する光秀の居場所すらつかめぬと音を挙げて戻ってきたという。

そんな光秀は、八上城包囲軍より、城の陥落が近いとの報告を受け、天正七年（一五七九）二月末、同包囲軍に舞い戻った。ただ、光秀は力攻めを命じず、城の兵粮が完全に尽きるのを気長に待つ戦術をとることにしたらしい。

このころ、赤井忠家より本城家屋敷に早馬があった。氷上郡由良庄と香良村が明智方に寝返ったという。

赤井忠家としては両村を捨ておけず、それへ攻め寄せるゆえ、本城家にも人数を出せとのことだった。

「由良と香良には儂の給分もある。いかずばなるまい」

惣右衛門はそういって、小太郎、二の郎党青山与次、三の郎党長崎三郎と中間の伝蔵ほか小荷駄持ちの下人数人を引き連れ、出立した。目指すは由良庄と香良村である。一の郎党脇谷忠太は五〇歳を過ぎたこともあり、今回は留守居である。

小太郎は与次と顔をみあわせた。

「やはり、難しかったな」

「そうですな……」

二人とも、両所の村役人の油断のならない顔を思い出した。給人の惣右衛門もその代官の小太郎も両所が裏切ったことに驚きはしたが、両所は赤井家の直轄料分もあるし、給人も惣右衛門以外に何人かいたため、重い責任を感じるというほどのことはなかった。両所については、旧蘆田家領であっただけに、給人はみな、ひときわ気をつかい、村の農政や行政は村役人にほぼ委ねていた。だから、どうしても、支配が弱かったという事情もある。

本城家の人数は後谷城下の新郷で一泊して赤井勢と合流したが、赤井家も諸方に軍勢を展開していて兵力不足らしく、両村を攻撃するための軍勢はわずか三〇〇であった。数の内には本城家の縁類である大槻一党の兵も相当数いたが、心細い限りであった。

翌日、赤井勢三〇〇はまず由良庄についた。しかし、村には地侍も農民もおらず、食料もなければめぼしい家財道具もなかった。これでは、乱取のしようもない。赤井勢では物見を八方に出して村人の行方を探ったところ、どうやら、由良の村人は北東の香良村の人々と合流し、香良村の奥山にある岩瀧寺に櫓《やぐら》を組み、それに立て籠もっているらしい。

由良庄の沙汰人のふてぶてしい顔を改めて思い浮かべた小太郎は郎党与次のほうを向いた。

「あの折、多少、無理してでも岩瀧寺の方もみておけばよかったの」

与次は濃い眉を開いていった。

「はあ。あの折も申しましたが、岩瀧寺はこのあたりの村人が一揆の際によく立て籠もる、村の城なのです。代官が無理に踏みこめば、何が起こったか分かりませなんだ。いたしかたありますまい」

「ふむ。そうだったな」

赤井勢の大将は赤井家一門の重臣で、それを広瀬《ひろせ》甚六《じんろく》らの部将が支えていた。重臣は由良庄と香良村の者が岩瀧寺を要塞化して立て籠もったと聞いて及び腰となったものの、ひとまず、香良近くまで兵を進めるので、その奥の岩瀧寺を大槻一党と本城家の人数で物見せよと命じてきた。

そうしたことで、本城家の人数は、大槻一党の大槻左馬助《さまのすけ》の人数と連携しつつ、香良村とその奥にある岩瀧寺の物見をすることとなった。

物見の人数が香良村に入ってみると、香良村も由良庄同様、無人であった。またしても乱取はできないし、なにより、無人の村は不気味である。夜も更け、物見の一行は村の大百姓の屋敷に入り込んで泊まることにした。屋敷は古い木戸とかたちばかりの土塀で囲われている。

夜が明けると、細長く暗い山道をのぼって岩瀧寺の様子をみてきた伝蔵が帰ってきた。寺では櫓を組んでいるばかりか、周囲に空堀を廻らし、正門の前には土塁までもうけているという。兵は二〇〇以上で、さすがに村の地侍や農民が多いが、注意してみていると、各段に軍装が立派な武士が何人か見受けられ、鉄炮を持っている者もいた、とのことであった。

報告を聞いた惣右衛門は大槻左馬助を見やり、

「むう。これは、本格的な城攻めになりそうですな。それに、明智家の武士が加わっておるらしい」

と、いった。左馬助は、分別顔をした。

「兵がほぼ同じというのに城攻めをするのは愚策でござろう。ひとまず大将のもとに知らせに戻りましょうぞ」

惣右衛門は頷き、小太郎以下、本城家の人数は大槻左馬助の人数とともにすみやかに帰り支度をし、木戸を開けて外に出た。

朝もやの中、小太郎は外の景色を眺めると、向かいに小さな谷川があり、少し藪があった。その中に、人が手を廻して二廻りほどはあろうかという大きな椋の木があった。木まで距離は七、八間ほどであろうか。小太郎はなにげなく、木を仰いだところ、その木の根元で人影が動いた。

「あ。方々。そこに人がおりまするぞ」

小太郎が指を指すと、間髪をいれず、ばすっと乾いた銃声がし、自分の左腕に激痛が走った。振り返ると、小太郎に続いて外に出ていた惣右衛門も右足の腿を押さえてうずくまっている。

「あっ。父上」

小太郎が呼びかけると、惣右衛門は脂汗を浮かべている。

「大事ない。かすめただけじゃ。小太郎は大事ないか」

小太郎は左腕をちらと見て顔をしかめながらも、

「は。こちらも弾がかすめたのみのようでござる」

と、答えた。惣右衛門は長崎三郎に手当をしてもらっていて、小太郎は与次に手当をしてもらった。与次は、器用に布を巻き、

「血は止まりましょう。しかし、銃声は一度。どういうことでござろうか」

「うむ。儂にも一度しか聞こえなんだ。しかし、それはまずは措こう。追うぞ」

小太郎は左腕を動かしてみると、なんとか動くようなので、そろり、と太刀を抜いて駆けだした。目の前の谷川をざぶざぶと渡り、藪を越えたところ、鉄炮放ちの武士らしき者の背が山道を掛けのぼるのがみえた。小太郎は一町半ほど追いかけたが、敵の足も速かった。敵は何度か振り返ったが、木の根か何かにつまずいた際、鉄炮を落として逃げた。

「与次。鉄炮じゃ。拾え」

小太郎は後ろを走る郎党の与次に叫んでなおも追ったが、敵の背中は岩瀧寺の方に消えていった。鉄炮を拾った与次が大槻左馬助の郎党とともに小太郎に追いついた。

「若。これ以上は危のうござります。もどりましょうぞ」

小太郎は与次に頷き、惣右衛門のもとに戻った。大槻左馬助らに守られた惣右衛門はなおも長崎三郎の介抱を受けていたようであるが、血がかなり流れたようで、顔色が悪い。弾が血の道ごと腿の肉を大きくえぐったらしい。

「父上……」

「うむ。小太郎。ざまはない」

椋の木のまわりをみてきた中間の伝蔵が戻ってきた。伝蔵によると、草のつぶれ具合や匂いなどからして、敵の鉄炮放ちは夜中か宵のころよりそこに潜んで撃つ機会を待っていたらしかった。そして、伝蔵は、落ちていたといって、小さな紙包を見せてきた。開くと、中には鉛玉が二つあった。これは、そのまま、二つ弾というらしく、ここぞというときに、この包みをいつもよりも多めの火薬とともに銃身に押し込んで撃つのだという。銃身を傷めるし、狙いをつけるのが難しいらしいが、一度の射撃で弾が二つ放たれるため、好んで用いる者がいるにはいるらしい。

　小太郎と惣右衛門が撃たれたのは、まさしく、二つ弾らしかった。

　惣右衛門は弱く笑った。

「与次。二つ弾とか。見習うがよいぞ」

　本城家の縁者である大槻左馬助は、気づかわしげに惣右衛門のそばに座る。

「物見は十分でござろう。大将のところへ戻りましょうぞ」

　惣右衛門は長崎三郎の肩をかりつつ本陣に戻り、大槻左馬助とともに物見の報告をした。大将の赤井家重臣は兵数がほぼ同じと聞き、もともと、及び腰であったこともあって、後谷城への撤退を決めた。撤退自体には何の支障もなく、赤井勢は後谷城に戻り、本城家の人数も本城村に帰りついた。

　赤井家では改めて人数を出し、由良庄と香良村を再占領したらしい。これで本城家の両村にあった五〇石の給地は維持されることになった。

　ただ、そのようなことよりなにより、惣右衛門の具合は悪く、容態が日に日に悪くなっていった。ある日、小太郎は惣右衛門の枕元に呼ばれた。

「小太郎。これまでじゃ。今日よりは、そなたが惣右衛門を名乗り、本城家を継ぐのじゃ」

「父上」

惣右衛門は青黒い顔に強いて笑顔を作った。

「小太郎よ。我が本城家は赤井家の譜代の侍ではなく、山賊働きもする地侍じゃ。山賊働きでは、儂もそなたも、罪なき者を多くあやめておる……」

「は」

「儂もそなたも、死んだところで極楽は待っておらぬ。だから、だからこそ、死に急ぐことはない」

「……」

「武功をあげ、立身出世するのもよい。それもよいが、ともかくも、死なぬことじゃ」

「……」

「人からあざけられようとも、かまうことはない。命あっての物種ゆえ、長生きせよ。よいな、小太郎。いや、新たな惣右衛門よ。長生きするのじゃ」

数日後、惣右衛門は息をひきとった。四二歳だった。

小太郎は寂寥感にさいなまれながらも、父と同じく、本城惣右衛門を名乗った。ときに、二二歳であった。赤井忠家からは一貫文の香典の銭が送られてきた。小太郎改め惣右衛門は亡父の弔いをすませ、ひとまず、赤井家傘下の地侍衆であり続けることにした。

味間南の戦

ときは、天正七年（一五七九）の夏、本城小太郎改め、本城惣右衛門は二二歳である。

丹波国多紀郡味《あじ》間《ま》南《みなみ》という地に平野主馬丞《しゅめのじょう》という者の城があった。主馬丞は明智光秀の軍勢と戦う八上城主波多野秀治の麾下にあったが、このほど明智方に寝返ったため、赤井忠家は八上城との連絡をよくする意味も込め、主馬丞の城を攻めることにした。

このところ、織田家の名将、明智光秀を相手に青息吐息の忠家であったが、多少、無理をしつつ傘下の勢力に陣触れをかけた。本城家の家督を相続した小太郎改め、惣右衛門のもとにもそれはきた。

「ま。山賊働きもする地侍に、喪中もあるまい」

惣右衛門がいうと、五〇歳過ぎの一の郎党脇谷忠太、惣右衛門と同年配の二の郎党青山与次、四〇代半ばの三の郎党長崎三郎はみな、重苦しい顔で頷いた。

平野主馬丞の味間南の城は本城村から見れば北東二里強の地点にある。赤井忠家の後谷城からだと南東に四里強の地点にあたるが、間に明智家方の牙城、金山城と大山城がある。後谷城の赤井勢が味間南の城を攻めるとなると、その明智方の二城を南の山中から迂回せねばならない。山中の迂回を明智勢に察知されれば、山中で殲滅されることもありうる。

——奇策よの……。

惣右衛門も味間南の城を襲撃しようという赤井忠家の発想に感心もしたが、危惧も抱いた。このところ、織田方、明智方に寝返る丹波武士が日増しに増えており、赤井・荻野勢や波多野勢が誇った山岳合戦の優位性が崩れつつある。

惣右衛門は、忠太を留守居とし、与次と三郎、それになじみの中間伝蔵と小荷駄持ちの下人数名といった、いつもどおりの一〇人ほどの人数で出張った。縁類の大槻一党ともども後谷城下の新郷につくと、すぐに赤井勢出陣となった。どうやら、当主忠家みずからが大将をつとめるらしい。

まだ夜も明けきらぬ中のあまりに急な行軍であったので、濃い眉をひきしめた与次が惣右衛門に向かってつぶやいてきた。

「若。いえ、旦那様。赤井の殿には、奇襲のおつもりらしいですな」

「ふむ。金山城と大山城の後ろを抜けて攻め寄せるとは、奇策じゃがの。平野殿も油断などしておられまいよ」

馬上にある惣右衛門も、それほど覇気のない声で答えた。

馬は中間の伝蔵がどこからともなくひいてきた背筋に黒い筋がはいった川原毛である。

赤井勢が平野主馬丞の所領、味間南の集落に攻め込むと、あたりには人っ子一人いなかった。

地侍衆や陣借衆は、一応、乱取にとりかかったが、実入りは少なそうだった。物見をしてきた伝蔵によると、あたりの町人や農民はみな城に逃げ込んでいるらしい。

「ううむ。やはり、奇襲は無理らしいの。となれば、この動き、明智殿にも気取られておるやもしれぬ」

あまり、実入りのない乱取に見切りをつけた惣右衛門が一息ついていると、赤井勢の本陣より、赤母衣を負った伝令がきた。

「敵方、大山城よりの援軍が近づいてまいった。急ぎ、戦の御仕度を」

母衣武者が消えると、苦り切った惣右衛門は郎党たちに聞いた。

「大山城と申さば、明智殿に降参した荒木山城守氏綱殿のお子の氏清殿の城であったかの」

「左様。荒木氏清殿が任せられた城でござった。なれば、このあたりの山々谷々のこともよくご存知ということになりますの」

と、長崎三郎が答えたところで、いきなり、赤井勢本隊あたりで銃声が鳴った。

「お。いかん。もうはじまりおった」

惣右衛門はひらりと馬にまたがり、人数を従えて本隊の方に駈けた。

先ごろまで味方であった荒木勢が怒濤のような勢いで赤井勢に攻めかかっている。赤井勢は前面を分厚くし、味間南の城を攻める備えであったため、後方にいた大将赤井忠家の旗本が、いきなり荒木勢の猛攻に直面して恐慌状態に陥っている。赤井勢は、いわゆる、後巻《うしろまき》をくらうかっこうになってしまった。

舌打ちした惣右衛門は槍を握りなおし、馬腹を蹴ろうとしたが、亡父の声が耳によみがえった。

——命あっての物種ゆえ、長生きせよ。で、あったな。

惣右衛門は、郎党らに、

「これはいかん。無理をするな」

と、叫んだ。

赤井勢は文字通り、四分五裂となり、付近の山々に逃げのぼっていく。ただ、惣右衛門の一行はその逃げ足の速さに取り残され、意図せず、殿軍のようなかっこうになってしまった。

「むう。無理するつもりではなかったに」

惣右衛門が振り返ると、荒木の軍勢の内、二、三〇〇ほどが猟犬のような速さで追ってくる。前を向き直すと、ゆく手に谷川が見える。

「皆の者。あの川を渡り、ひと支えいたすぞ」

惣右衛門は騎馬のまま、流れが速いが川幅や水深はそれほどでもない谷川を馬上のまま、ざぶざぶと器用に渡りきった。郎党以下も全身ずぶ濡れになりながら、なんとか谷川を渡り終えた。足が悪い三郎も続いている。

惣右衛門は石だらけの河原で下馬した。そして、川から少し離れたところで、下人に背負わせていた楯を並べさせる。惣右衛門は与次に聞いた。

「与次。鉄炮はどうか。濡れたか」

「いえ。濡れませなんだ」

「よし」

惣右衛門は与次に火縄の用意をさせた。そうこうするうち、少し先を逃げていた赤井勢の後方にいた、赤井家で顔見知りの朝《あさ》日《ひ》弥《や》五郎《ごろう》と、やはり顔見知りながら、それほど関わりのない何とか衛門という部将が、それぞれ一〇名程度の手勢とともに戻ってきた。その上、逃げ遅れていた赤井勢の兵も少々加わり、河原の人数は四〇人程度となった。

惣右衛門は谷川を渡る敵勢を凝視している。

「む。きたの。与次。あれに少々ましな甲冑をつけておる者がおるの。あれが河原にあがったら撃て」

与次はすでに弾を込め終え、火縄をひと吹きして火鋏につけ、足場を固めてじっと待った。狙いをつけている武者を先頭に、一〇〇人ほどの敵勢がてんでに川を渡りはじめた。心得のない雑兵の中には流れに足をとられる者もいた。惣右衛門が目星をつけた武者をみていると、その武者は槍を杖にしつつ川を渡りきり、槍をひとしごきして滴を払った。なかなかの手練れらしい。

「与次。今ぞ」

その瞬間、ぼすっと乾いた銃声がし、その武者は飛沫をあげて浅瀬に倒れた。

「見事じゃ。与次。以後は好きに撃つが良い」

与次に預けている鉄炮は二挺ある。与次が中間の伝蔵に撃ち終えた銃を渡すと、伝蔵は弾込めしたもう一挺を与次に渡す。よい連携だった。乾いた与次の銃声が、ぼすっ、ぶすっ、ばすっと響くたびに、敵兵が斃れる。五人、六人と犠牲が出たところで、川を渡りきった二、三〇人の敵兵にひるみがみえた。残りの六、七〇人は、まだ、川の中にあるか、対岸にいて、渡ってもいない。

それをみた赤井勢の朝日弥五郎らと惣右衛門は、弓の斉射をさせた後、敵に突っ込んだ。下馬した惣右衛門は鉄炮を持つ与次を河原の陣に待機させ、長崎三郎とともに槍の穂先を揃えてそれに続いた。ただ、惣右衛門は何とはなく、全速では走らず、突出しないよう気をつけた。これはごつごつした石が多い河原だから走りにくいからのみではなかった。惣右衛門は父の遺言を思い出していた。

――無理はすまい……。

河原の小合戦は赤井勢の朝日弥五郎がさんざんに暴れ回ったこともあり、赤井勢が優勢だった。惣右衛門も河原の石に足をとられた敵兵を槍で倒したが、これは小者であった。河原にあがっていた残りの敵兵は赤井勢優勢をみて、渡ったばかりの谷川に逃げ込んだが、川の半ばで、後続の六、七〇人の人数といきあって渋滞となった。そこに赤井勢は弓の斉射をし、再び槍を入れたので、敵勢は総崩れの様相となった。

惣右衛門は、

「退き時でござろう」

と、朝日弥五郎ら赤井勢の部将に声をかけた。すると、弥五郎が振り返った。

「そうだの。おう。惣右衛門殿。袖に矢が立っておる」

惣右衛門は気づかなかったが、左腕に流れ矢があったたらしい。左腕を負傷するのはもう幾度目かだが、今回は軽傷らしい。

弥五郎と何とか衛門と惣右衛門の三人は河原に戻っておのおの手勢をまとめたが、幸い、損害は少なかった。本城勢では長崎三郎と陣夫の若者が軽傷を負ったのみであった。それらを確認し、ふと、惣右衛門が対岸を眺めると、敵勢はみえない。武具の剝ぎ取りをやりたいがと思ったが、伝蔵と下人に敵兵が帯びた、よさそうな刀を数本拾わせたのみで剝ぎ取りをやめさせた。そして、惣右衛門は馬上に戻ると、いった。

「さ。逃げるぞ」

赤井忠家による平野主馬の味間南城攻めは赤井勢の敗北に終わった。赤井勢の敗北は続いている。

惣右衛門らはそのまま本城村に戻り、長崎三郎と伝蔵を後谷城下の新郷に遣わした。三郎は新郷の赤井家の常の屋敷で、本城家の人数が小者の首一つを獲ったこと、殿軍をつとめて敵の追撃を食い止めた功を上申した。伝蔵は例のごとく、但馬屋に戦場で奪った刀を数本持ち込んだ。

数日後、本城村に長崎三郎と伝蔵が戻ってきた。

「殿。恩賞はしわいものでござった。赤井の殿様もお手元が厳しいのでござりましょう」

惣右衛門も渋い顔で三郎の労をねぎらった。伝蔵によると、刀もたいした銭にならなかったらしい。惣右衛門は伝蔵をもねぎらうと、皆に顔を向けた。

「皆の者、よいの。父上も仰せであったが、儂らは赤井家の譜代の侍ではない。所詮は地侍衆よ。無理することはない。いざとなれば、山賊働きでもすればよいのじゃ」

すると、めきめきと鉄炮の腕をあげている郎党の青山与次が、濃い眉に笑みを浮かべた。

「命あっての物種ゆえ長生きせよ、でござるな」

惣右衛門は笑ってまた頷いたが、本城家の人々は、その笑顔をみて、ご先代とよく似ていると、涙ぐまない者はいなかった。

四　丹波国降伏

丹波国諸城の陥落

ときは、天正七年（一五七九）六月、惣右衛門は二二歳である。

ここまで何とか持ちこたえていた八上城が落ちた。城主波多野秀治は国外の反織田家勢力や甥にあたる赤井忠家の援助を受け、ここまで明智光秀ら率いる織田勢を相手に健闘していたが、ついに力尽きた。

——ああ。八上城が落ちたか……。

惣右衛門もその報を聞いて衝撃を受けた。

聞くところによれば、光秀は慎重にも慎重を期し、八上城のまわりに二重、三重に堀を掘り、塀や柵をもうけ、文字通り、鼠一匹通さぬような包囲陣を敷き、気長に兵粮攻めをおこなったらしい。これは補給がよほどしっかりしていなければできない攻城戦術であるが、背後に豊かな畿内近国の大領国が広がる織田家の明智勢にとっては十分可能で、可能なのであれば、攻めるほうには損害がほとんどでない。一方で、守るほうはなすすべがなくなる。

光秀は城内で餓死者が出始めたころあいをみて、さかんに城内に裏切り工作をおこなったという。

惣右衛門にも空腹の籠城戦の辛さは荒木城で覚えがある。

――飢えは人の心を狂わせる。

結局、光秀の誘いに応じた城内の離反者が、六月初旬、城主波多野秀治とその兄弟の身柄を拘束し、光秀のもとに送り届けたことで、堅城八上城はついに開城となった。

光秀は主君信長に対し、捕虜とした波多野秀治らの身柄を送った。

信長は秀治らの身柄を受け取ると、八月、あっさり秀治らを磔刑に処した。刑場は安土城下の慈恩寺《じおんじ》町のはずれであったという。

「波多野様を磔刑にするとは何事か。せめて心静かに切腹させるのが礼儀であろう」

表向き、丹波の武士たちはこの報を聞いて怒ったが、内心、恐れ、おののく者が多かった。惣右衛門も同様である。

――死んでは何にもならぬ……。

光秀は八上城を攻略した後、自身は一旦、本拠の近江国坂本城に帰った後、天正七年七月下旬に丹波国に舞い戻った。そして、残った赤井忠家ら反織田家諸城の攻略の指揮に本腰をいれているらしい。

丹波は、まさに、滅亡の危機に瀕している。

「さて。どうするかの」

惣右衛門は迷った。

追い詰められた後谷城の赤井忠家より後谷に入城せよとの陣触れがきたからである。惣右衛門は一の郎党、脇谷忠太に顔を向け、発言をうながした。

「まず、勝ち目はありますまい。それに、今、出向いても、兵力差からみて籠城になりましょう。さすれば、我らとしても、働きようがありますまい」

「そうよな。城中の無駄な穀潰《ごくつぶ》しが増えるだけよの」

「は。我らは地侍衆ですし、それこそ、命あっての物種でござりましょう」

「む。そうじゃの。では、先の味間南の戦で負った手傷がいえぬということにして、断るか」

惣右衛門は時勢をみて後谷城への入城を断った。

たかだか一〇人程度の本城家の人数の不参のみであれば、戦局に大きな影響はなかっただろうが、情勢をみて、赤井家や荻野家傘下の地侍衆は、次々に参陣を断るか、無視を決め込んだ。陣借武者は、はなからよりつきもしなかった。本城家が属する大侍の大槻一党の人々も、入城する者、要請を無視する者、要請を断る者、はたまた明智勢につく者と、人それぞれに動いているらしい。それをみて、明智勢は総仕上げとばかりに、容赦のない猛攻をしかけた。

明智勢でこのとき、もっとも武功をあげたのは、明智家家臣の四王天政孝《しおうてんまさたか》であったという。もともと丹波国氷上郡の地侍であった政孝は勝手知ったる丹波の各地で戦功をあげ、八月初旬、荻野直信が守る氷上郡黒井城を攻略した。勢いにのった政孝はそのまま明智勢の先鋒をつとめ、後谷城に接近した。

後谷城の赤井忠家は、これ以上の抗戦の無益を悟り、ほとんど戦わずして、明智勢に降伏したという。

――後谷城が落ちた……。

陣触れを断っていただけに、惣右衛門には後ろめたさがあった。

但し、光秀は主君信長の了解を得た上で、忠家を助命したのみならず、そのまま家臣にしたという。

丹波西部に安堵の声が広がった。忠家の処遇をみて赤井家と荻野家の一族や重臣も織田家や明智家に従属した者が多かった。

忠家の叔父の山口駿河守直之とその子直友は、織田信長の同盟相手にして遠江《とおとうみ》国浜松城主の徳川《とくがわ》家康《いえやす》を頼って東へ落ちていった。黒井城主荻野直信は落城に際し、どこぞに逃げおおせたらしい。惣右衛門と面識があった黒井城重臣の荻野伊賀守永資、永道父子は助命された上で織田家家臣になったと聞こえた。

惣右衛門は、主君の赤井忠家や面識のある荻野永道らが無駄死にせず、織田家や明智家の家臣になったと聞き、まずは良かったとほっとしていた。

そうしたところ、多紀郡本城村に明智家の使者がやってきた。

従来どおり、本城村での五〇石と由良と香良の給分五〇石、計一〇〇石を安堵するので、明智家に仕えぬか、というのである。

惣右衛門はやってきた明智家の使者に丁重に尋ねた。

「明智家傘下の地侍ということで、ようござるかの」

「ようござろう。近く、主君、日向守光秀は、上様すなわち、織田信長様より従来からの近江国坂本に加えて新たに丹波一国を拝領し、安芸国毛利攻めに加わることになっており申す。それゆえ、配下を一人でも多く増やしたいのでござる」

「はあ」

「なれば、本城殿。ひとまず、明智家家臣となられた赤井忠家殿の与力《よりき》になっていただくということで、ようござろうの」

「赤井様の……。赤井様を寄親《よりおや》とするのでござるの。は。かしこまりました」

「む。一〇〇石取の本城殿が織田家で重んぜらるる主君光秀に武功を尽さば、二〇〇いや、三〇〇石取となることも夢ではござりますまい」

明智家の使者はなかなか雄弁だった。

惣右衛門は使者が帰った後、郎党たちに委細を話した。

「ふふふ。三〇〇石取にもなれようとは、くすぐりおるの。しかし、赤井の殿の与力とはの……。

最前、軍勢催促に応じなんだゆえ、ちと、心苦しいのう」

一の郎党、脇谷忠太も苦く笑い、

「はあ。嫌味の一つもあるやもしれませぬが、なに。そうした赤井家の外様の国衆や地侍衆はほかにもたんとござった。気になされますな」

と、いったので、惣右衛門もふてぶてしく頷いた。

「ふむ。そうだの」

続いて、惣右衛門は郎党らに向き直っていった。

「これよりは、明智日向守光秀様にお仕えするぞ。皆の者、頼む」

一〇月末、光秀の丹波国拝領が正式決定し、光秀は、近江国安土城にいる信長のもとにお礼言上に出かけた。

丹波は、織田家重臣明智光秀のもとで、まさしく、新たな時代を迎えることになった。

山家城の戦

本城惣右衛門は大きくのびをした。

惣右衛門が明智家傘下の一〇〇石取の地侍衆となってしばらくが過ぎている。在村でよいということであったので、主君光秀の本拠、近江国坂本城や拡張工事の続く丹波国桑田郡亀山城に常時出仕せねばならないことはない。

　だから、惣右衛門としては、赤井家傘下の地侍衆であったころと、さして変わりない生活を送っていた。

　本城家の内証はというと、本城村が戦場にならなかったことと、旧主筋の赤井家に雇われての戦が続き、その都度、支払われた銭・米があったので、それなりに豊かであった。由良・香良五〇石の給分にも異変はない。そうしたことで、惣右衛門自身が出張っての山賊働きは、このところしていない。もっとも、郎党や中間たちは、時折、山賊働きに出かけているようではあったが、本城家の家計を助けるためでもあるので、咎《とが》めることはできない。

　ある日、惣右衛門は所用あって明智家の亀山城に出仕した。

　亀山城はまさしく、丹波国最大の城郭で、惣右衛門は圧倒された。城は主郭部分に三重の天守閣を持ち、惣構えという城下町を覆う外郭まである。

　——なんと、大きい……。

　惣右衛門は圧倒されることしきりであった。惣右衛門は城門で案内をこい、案内者の先導を受けつつ城内で、あちらを見、こちらを見つつ歩いていると、城内の大廊下で、ばったり旧主である赤井忠家に出くわした。端に寄って片膝ついた惣右衛門だったが、何やら気まずい。しかし、忠家は惣右衛門をみて存外、屈託のない笑みを浮かべた。

「やあ。惣右衛門。先の戦では苦労をかけたの。これよりは同じ明智家家臣として、また、儂の与力として、よろしゅう頼む」

「は」

惣右衛門は丁寧に会釈した。

そのころ、惣右衛門や忠家の新たな主君、明智光秀は、織田家重臣として諸方を忙しく転戦していた。また、その一方で、光秀は新規に拝領した丹波国で、いまだ明智家に服さない、城を攻めつぶす作業にも追われていた。

そんな天正九年（一五八一）、惣右衛門のもとに、寄親の赤井忠家を介し、光秀より丹波国何鹿郡の山《やま》家《が》城を攻めるゆえ、参陣せよとの陣触れがきた。

惣右衛門は郎党の脇谷忠太に聞いた。

「山家城とは遠いの。どのような城であったかの」

「は。山家城は甲《こう》ヶ峰《みね》という立地から別名を甲ヶ峰城といい、城主は和《わ》久《く》長利《ながとし》と申されます」

忠太によると、長利は赤井忠家と遠い縁戚関係があったため、忠家が仲介の労をとり、明智家家臣になることを承服していた。しかし、山家城の甲ヶ峰の東側は延々と続く深い山で人の侵入を拒み、北と西には上林川が流れ、南には由良川が流れるといった堅城であった。

惣右衛門はつぶやく。

「ふむ。そりゃ攻めにくそうだの」

「は」

忠太が続けるには、丹波国北東部にあるこの土地は、丹波から丹後国田辺方面にいくためにどうしても通らねばならない土地でもないそうながら、明智様としては、だからといって、敵に廻ると面倒な城であるから放ってもおけぬということでありましょう、とのことであった。

忠太の話を聞いていた与次が苦笑した。

「与次。めずらしいの。なにがおかしい」

「は。実はそうしたことで、明智様が和久殿に山家城を破却せよと命じられたそうにございます。しかし、和久殿は、これを拒んだそうにございます」

「ふむ。まっとうではないか。なにがおかしいのじゃ」

「は。和久殿は、その際、ここには菩提寺、照福寺があるので、城ではなく寺である。だから、破却はご勘弁をと申されたそうにございます」

「ふ。城ではなく寺でござると。それは、珍妙な。して、明智様はなんと」

「は。その種の諧謔は、明智様にはまるで通じなかったようで。結句、和久殿の山家城存続の願いは退けられたということでございます」

「なるほどの」

続いて忠太が話をひきとるには、そうこうするうち、長利のもとに、毛利輝元の領国、備後国鞆に落ち着いている将軍足利義昭から織田家離反を誘う使者が来たそうであった。これを受け、長利は、ついに、反明智・反織田の挙兵に及んだらしかった。

これをうけ、光秀は赤井忠家を山家城に派遣し、開城するよう説かせたという。しかし、長利の決心は固く、逆に忠家に反明智・反織田の挙兵を勧めるしまつだったらしい。忠家も万策尽き、光秀に説得が無駄であると復命するほかなかったという。

惣右衛門は、戦支度を整えた後、本城家の人々を率いて明智勢の内の赤井勢の軍列に属し、五日ほど歩きに歩いた。惣右衛門は、山家城近辺に到着すると、改めて赤井忠家の陣所を訪れた。訪ねてみると、忠家は憔悴していた。忠家は惣右衛門に虚ろな目を向けた。

「おお。惣右衛門。山家城を攻めることとなったわ」

惣右衛門は思わず、少し近づいて忠家を慰めた。

「は。和久殿の覚悟は固いやに聞き申した。やむを得ますまい」

「む。そうじゃの……」

忠家の表情は精彩を欠いていることはなはだしかった。

翌早朝、明智家の重臣が率いる明智勢が上林川を渡河しようとした。そうしたところ、城方は、果敢にというか、無謀にというか、打って出てきた。

さほど気勢のあがらぬ赤井勢の端にいた惣右衛門は、青山与次を振り返った。

「川の半ばを撃つというのは、兵法としては常道じゃがの。和久殿もこの程度の軍勢で寝返るとは。ま。ほどほどに稼ごうぞ」

「かしこまって候」

和久勢は、川岸まで寄せると、さして多くはない鉄炮の斉射をした。その影響は明智勢が多少、さざめいた程度であった。戦慣れした明智勢では、頭立つ者がすぐにこれを鎮め、楯持ちの兵を前面に出して渡河させると、その後ろから、和久勢の倍以上の鉄炮で斉射し返した。明智勢を率いる部将としては、面倒な山家城を攻めるくらいなら、この際、多少の犠牲が出たとしても、短期の決戦は望むところらしかった。明智勢はすぐに突撃に転じ、乱戦となった。

惣右衛門率いる本城家の人数も赤井勢とともに渡河し、乱戦に加わった。本城家の人数のかたわらには、やはり明智家の傘下に入っていた縁類の大槻一党の大槻有間介《ありまのすけ》の人数がいた。鉄炮を抱えていた有馬介は、目立つ働きを示していた敵の騎馬武者を撃ち落とした。

「有馬介殿、見事なり」

叫んだ惣右衛門は川原毛馬を器用に操り、落馬した武者に上から槍を繰り出した。しかし、和久家の武者は、引き抜いた太刀で、惣右衛門の槍をはねのけた。腕に衝撃を感じながらも数歩、駆け過ぎた惣右衛門は目を見張って馬を輪乗りし、向き直った。

「おお。こちらも見事。さぞ、和久家で名のある武者とお見受けする。拙者、明智勢の本城惣右衛門。貴殿の名は」

荒い息をついた和久家の武者は、にぶい目で惣右衛門を見て口を開いた。

「大槻一党の本城か……。丹波者であるというに、織田や明智にしっぽをふりおるか。そのような者に名乗る名などないわ」

惣右衛門は、一瞬、鼻白んだが、苦笑した。そこへやはり縁類で顔見知りの大槻一党の大槻助三郎の人数が駆けつけてきた。

「やあ。今の惣右衛門殿よの。儂は先の惣右衛門殿の従兄弟の大槻助三郎じゃ」

「おう。これは助三郎殿」

惣右衛門は、父の母方の従兄弟、助三郎の助勢を得て、名乗らぬ和久家の武士を討った。惣右衛門は伝蔵をして首をあげた。

戦は明智勢の完勝だった。城主、和久長利と一族一党は自害を遂げ、和久家は滅んだ。

惣右衛門としては、城下や城中での乱取の実入りがよかったし、その上、明智勢を率いた明智家の部将より、少々多めに銭・米をもらったことで、満足していた。しかし、寄親の赤井忠家は明智家の重臣より、和久一党の離反についてなじられ、口論になったようだった。

数日後、忠家は明智家を出奔した。そして、遠江国浜松城主の徳川家康を頼り、東へと落ちていった。忠家の叔父の山口直之とその子直友が家康の家臣になっていたため、これを頼ったのであろうという噂であった。

——赤井の殿には気の毒な……。

以後、惣右衛門は明智家に命ぜられるまま、明智家家臣にして丹波国船井郡埴生《はぶ》城主、野々口《ののぐち》西蔵坊豪淵《さいぞうぼうごうえん》という者の与力となった。豪淵は一風、変わった人物である。一城の主でありながら修験道《しゅげんどう》に関心を持ち、半分武士、半分山伏という身で明智家に仕えている。

本能寺の変

ときは、天正一〇年（一五八二）の五月末、惣右衛門のもとに野々口西蔵坊豪淵より使者があった。使者によると、明智家が備中国に出陣するので参陣せよということだった。なんでも、主君明智光秀が、安土城の信長の命を受け、中国戦線で毛利輝元と合戦中の羽《は》柴《しば》筑前守《ちくぜんのかみ》秀吉《ひでよし》に合力することになったのだという。

「ほう。備中か。腕がなるのう」

惣右衛門は郎党たちに腕をさすってみせた。

「は。織田様の天下取りも大詰め。これは織田様の覚え目出度い明智家にお仕えすることになった旦那様にも御運がまわってくるやもしれませぬな」

「そうよのう。働き次第で、加増があるやもしれぬ」

「ありましょうとも」

「したが、一度、桑田郡の亀山城に参集せよとは少々面倒じゃの。備中にゆくのであれば、逆の方角じゃ」

「そうですな。城で兵粮や玉薬の下賜があるのやも」

「ふむ」

多少、釈然としない部分はあったが、惣右衛門は、いつものことながら、年長の一の郎党脇谷忠太を留守居役とし、いまでは鉄炮三挺を預けている二の郎党青山与次と、足に不自由があるが闊達な三の郎党長崎三郎と中間伝蔵ほか小荷駄持ちの下人などをあわせて一〇人で出立した。

惣右衛門はひとまず、光秀の丹波国での拠点、亀山城に入り、そこから東に向かった。確かに亀山城で明智家より玉薬と兵粮の配給があった。また、明智家の家人より、惣右衛門の寄親である野々口豪淵は、光秀の本陣付きになったといわれた。なんでも、豪淵は、半分山伏であるだけに、戦の吉凶を占ったり、戦勝の祈念をおこなったりで、本陣での役目が色々とあるらしい。豪淵は光秀にそれなりに重宝されているようだった。

そうしたことで、惣右衛門は、暫時、先陣をつとめる斎藤内蔵助利三《さいとうくらのすけとしみつ》の軍勢に加わるようにといわれた。利三は武勇で聞こえた明智家家老である。

――ほう。山伏殿もお忙しいものだの。

と、思った惣右衛門であったが、特に否やはないので、斎藤利三勢に加わった。先鋒斎藤勢の次には、明智光秀の一族、明智弥平次秀満の軍勢が続くらしいと知って惣右衛門は苦笑した。

――最前、弥平次殿の家人の首をあげたばかりじゃ……。

六月一日の深更、亀山城を出た惣右衛門が川原毛馬の馬上、振り返ると、明智勢は大軍であった。夜の闇に明智家の紋所、桔梗《ききょう》の旗が翻っている。先鋒の斎藤勢自体、三〇〇〇ほどはいるらしく、総勢は一万二、三〇〇〇と称しているとのことであった。

惣右衛門は嘆息した。

「あらためてみると、こりゃ、すごい数じゃ。軍装もきらびやかで、鉄炮の数も多いのう。数百挺はあろうか。赤井の殿はよくも戦われたものだの」

郎党の長崎三郎も目を丸くしている。

「はあ。なんでも、備中の羽柴筑前守秀吉様の軍勢は、明智様と同じか、それ以上の軍勢であるらしいとか」

「ほう。敵ながら、毛利様も大変だのう」

惣右衛門はそんな明智勢の先頭にいることに多少、誇らしさも感じていた。ただ、軍勢が丹波を出たあと、南下せず、北東に進路を変えたのを不審に思い、郎党の青山与次に向かってつぶやいた。

「はて。南の山崎に出て、山陽道の大道を西に進むのかと思うていたが」

「そうですな。これでは桂川に出ますな。渡河して京にゆくのでしょうか」

そうこうするうちに、斎藤勢の赤母衣を負った武者が、

「これより、京にゆき、上様の閲兵を受ける」

と、呼ばわりつつ、暗闇の中に駆け去っていった。

惣右衛門は駆け去る赤母衣を目で追った。

「上様とは、織田信長様か……。しかし、閲兵とは急だの」

やがて、惣右衛門のいる明智勢先鋒、斎藤利三勢は桂川を渡河し、京に入った。

六月二日早朝の京は明るみはじめていた。京は晴天であった。

ふと、背後から馬蹄の音がする。惣右衛門が朝もやのなか振り向くと、二騎の騎馬武者が駆けてきた。誰かと思えば、惣右衛門も一度、亀山城中で挨拶したことがある斎藤利康《としやす》とその小姓らしい。利康は斎藤利三の子である。利康は二〇歳過ぎとみえる若々しい顔に殺気をみなぎらせていた。

「おう。おぬしは丹波衆の本城惣右衛門といったか。ゆく先は本能寺という寺じゃ。泊まっている者を討てとのことじゃ。ついてまいれ」

利康らは、せわしなく、馬腹を蹴って並足で先に進んでいった。

惣右衛門は眉をひそめた。

「本能寺とやらに泊まっている者は誰かの」

郎党の与次が、濃い眉に不審を浮かばせつつ返事をした。

「はて。織田様に京に招かれたという徳川三河守殿のことでしょうか」

「おお。徳川殿を討てとか」

惣右衛門は驚いたが、三郎も交え、馬を進めつつ手短に話した結果、三河守家康が、信長の招きで重臣数名ほかわずかな人数のみを率いて近畿を遊覧中であること、昨今、信長の盟下にある家康の勢力が大きくなりすぎ、信長には目障りであろうから、家康を討てとの命も無理からぬ、ということで、得心した。

惣右衛門としては、旧主の赤井忠家や荻野家の人々が徳川家に仕えたり、頼ったりしていると聞いていたので、多少、気の毒なと思ったが、

「これは、首の稼ぎ場かもしれぬ。ゆくぞ」

といって、勇躍、馬腹を蹴った。

先をいく斎藤利康の騎馬姿はまだ見えている。惣右衛門は川原毛の足を多少、急がせて利康との距離をつめた。少々、明るんできたが、このあたりは、九条東寺の東側の門前町で方原《かたはら》町というらしい。すると、惣右衛門の姿に気づいた先行する利康より使者がきた。われらは本能寺の北門にまわるゆえ、そなたらは道案内のこの者とこのまま北上して本能寺の南門にいたり、それより、ひそやかに攻め入れ、との下知であった。使者がこのまま道案内をつとめるらしい。

惣右衛門は、利康がつけてくれた道案内の者とともに大宮大路《おおみやおおじ》から北上した後、少し東に折れ、本能寺南門の堀際に出た。門にかかる橋があったが、そのきわに人が一人立っていた。身分はよく分からなかったが、門番か何かのようだった。下馬した惣右衛門は目で郎党たちを制した後、静かに近づき、一刀のもとに切り捨てた。後にいた長崎三郎は、足を引きずりつつ進み出て、その首をかき切った。

本能寺の門は大きく開け放たれている。惣右衛門らが寺内に入ると、中は森閑としていた。三

郎が眉を寄せる。

「静かですな。ここが本能寺なのでしょうか。鼠一匹おらぬようですが……」

惣右衛門は三郎のいいかたにつられて笑ってしまった。低く笑ったつもりが、寺内に存外に響いて、惣右衛門は少し、驚いた。すると、北門から入っていたらしき明智勢部将、明智秀満の母衣衆二名が忍び足でやってきた。そして、声を低め、首は討ち捨てにせよとの秀満の下知を伝えてきた。そこで、惣右衛門は三郎に命じ、取った首を目の前の御殿のような本堂の下に投げ入れさせた。

惣右衛門は中間の伝蔵より槍を受け取ると、そろりと、本堂の上にあがった。

がらん、とした広間には人がいなかった。

「徳川殿はいずこか……」

惣右衛門は武者草鞋《むしゃわらじ》のまま、本堂に吊ってあった蚊帳を槍ではねのけてみたが、誰もいない。

惣右衛門は、ここは違うと郎党たちに手を振り、大廊下に出た。すると、庫裡《くり》のほうから、白い着物をきた侍女らしき女が歩いてきた。女はさげ髪である。惣右衛門は、ひっ、と小さな悲鳴をあげた女を苦もなく捕えた。

「徳川殿はどこか。何を着用しておられる」

惣右衛門がそう尋ねたところ、女は、震える声で答えた。

「う、上様でしたら、白い着物をきて奥におわします」

――上様だと。徳川殿のことか……。

惣右衛門は、一瞬、混乱したが、三郎に命じ、その女は軍勢の大将、斎藤利三のもとに送った。

惣右衛門は何やら落ち着かぬまま、次の間にいこうとした。すると、奥の間より、袴、肩衣姿の武士が二、三人、本堂に入ってきた。惣右衛門はみなを手で制し、本堂に戻り、さきほど中を改めた蚊帳のなかに隠れた。

そのとき、北の方角より、銃声が響き、あたりは戦場めいてきた。明智勢の大軍が門内になだれ込んだらしい。堂にあがって周囲を検分していた武士たちは大声をあげて驚き、ばらばらと奥にさがっていった。

「なんじゃ、今の音は」

「喧嘩か。それにしては、鉄炮の音が聞こえたが……」

驚く武士たちの最後尾に、帯もせず、浅葱《あさぎ》色のかたびらのみを着て、刀を抜いてあたりをきょろきょろと見まわしている武士がいた。寝不足なのか、妙に血走った目をしたその武士は、惣右衛門が隠れている蚊帳の前を通りがかった。惣右衛門は少しやり過ごし、後ろから躍り上がってその武士を背後から斬りさげた。そして、郎党の与次に首をとらせ、奥の間へと進もうとした。

――お……。

惣右衛門らは、小姓数名を従え、廊下を歩く白い着物の男と出くわした。

白い着物の男はいきなり、持っていた弓で惣右衛門に矢を放ってきた。惣右衛門はとっさに廊下を転がって矢をかわした。男は感心したように、ほう、とつぶやいた。

その男は四〇代の後半であろうか、鋭い目つきをしていて、威厳がある。惣右衛門は、しめたと思った。

「徳川三河守家康殿とお見受けいたす。拙者、明智日向守光秀に仕える、本城惣右衛門と申す。お手合わせいただきたい」

「なに。家康じゃと……」

白い着物の男はしばらく惣右衛門を鷹のような目で凝視した。ややあって、男は肩をゆすって笑いはじめ、ふと、横を向いた。その視線の先には漆黒の肌の偉丈夫がいた。惣右衛門が魔物かと目をしばたくと、漆黒の肌の偉丈夫が赤い口を開いた。

「ウエ様。この男、斬りますか」

たどたどしい日本語で上様と呼ばれた男は、笑いをおさめ、その漆黒の肌の偉丈夫に首を振ってみせた。

「いや。そちは早う、二条城の信忠《のぶただ》のもとへゆけ……」

叩頭した漆黒の肌の偉丈夫は黒旋風とともに駆け去った。

白い着物の男は惣右衛門に今度はしずかな眼差しを向けた。

「そち。光秀の家臣か。どうやら、光秀めにたばかられたようだのう」

——こ、このお方はまさか……。

「たわけ者め」

さびしく笑ったらしいその男は、小姓を従え、奥に消えていった。

しばらく放心状態にあった惣右衛門らは、ややあって、多数の人馬の音がした庭を振り返った。

庭には、従者を多数したがえた騎馬武者がいた。明智家家老斎藤利三だった。利三は鼻息の荒い馬をなだめながら大音声をあげた。

「敵は前右大臣、織田信長公じゃ。信長公の首をとれ、我らが主君、明智日向守光秀様が天下人におなりになる」

――や、やはり。さきほどのお方は……。

あまりのことに、惣右衛門は力が抜けてしまった。

そのころ、寺内は次々に侵入する明智勢で充満していた。しかし、惣右衛門はどうしても、奥に進む気がおきなかった。

そうこうするうち、奥の方より、火薬のはじける大音響がし、黒煙とともに、猛火が噴き出てきた。惣右衛門は、白い着物の男の死を直感した。

惣右衛門は、依然として茫然としつつ、味方の明智勢に押し出されるようにして寺の外に出た。門前では明智家の部将たちが騒いでいる。

「信長公は見つかったのか」

「いや、まだのようじゃ」

「火が出たな」

「うむ。よもや、生きてはおわすまいが、お首は、もうみつかるまい」

――お首など、明智勢などに見つからんでよいわ……。

内心、そう、悪態をつくことで、惣右衛門は気を取り直した。惣右衛門は、山賊働きすらいとわぬ丹波者の表情を取り戻すと、どうせのこと、稼がねばならんと、身をはげました。そして、中間の伝蔵に命じ、本堂の下に隠しておいた門番らしき者の首をとってこさせた。そして、今、思えば、信長の護衛の武士か小姓らしき者の首を、戻ってきた三の郎党長崎三郎に持たせ、後方の光秀本陣にいた寄親、野々口西蔵坊豪淵のもとに持ってゆかせた。

すると、門番らしき者はともかく、小姓らしき者の方は、名前は分からなかったが、そこそこな身分の者らしかった。惣右衛門は、三郎とともにやってきた野々口彦介《ひこすけ》を介し、豪淵より見事な短槍をもらった。彦介は豪淵の一族であるという。彦介が無意味に胸をそらせる。

「この槍は寺内にあったものじゃ。織田家有縁の名品やもしれぬ。ありがたく頂戴いたせ」

叩頭して短槍を拝領した惣右衛門は、拾いものか、とも思ったが、その持心地は良かった。気にいった惣右衛門は短槍を伝蔵に持たせて本能寺を出た。深更からの歩きづめであったので、疲労が激しく、明智勢の部将が指示した近辺の町屋になだれ込み、泥のように一眠りした。しばらくすると、豪淵より使者が来た。明智勢は近江国に出陣するので、再び、斎藤利三勢に属せとのことだった。

惣右衛門は居眠った後の青白い顔を郎党たちに向けた。

「まさか、明智の殿が信長様をお討ちになるとはの」

みなも頷いた。話を聞いてきたという長崎三郎がいう。

「御嫡男の信忠様も二条新御所でご自害なされたとか」

「なんと。信忠様もか……」

「ただ、信忠様の御嫡男の三法師《さんぼうし》様とやらが、信忠様ご家臣の前田玄以《げんい》殿という者に抱きかかえられてお逃げになったとか」

「ほう。三法師様……」

惣右衛門は寝汗をぬぐった。与次が尋ねる。

「旦那様。明智様が天下様におなりになりましょうか」

「さ。それは、どうかの……」

三日は蒸し暑く、雨となったが、惣右衛門属する明智勢の先鋒斎藤利三勢は京を出陣し、近江国に向かった。近江国に入ると、明智勢は、織田家の者によって切断されていた瀬田橋を迅速に復旧させ、通過した。明智勢は土木工事に優れている者が多いらしかった。

橋を渡る際、惣右衛門は、噂には聞いていた海のような湖、琵琶湖に驚いた。明智家の従来からの家人にとっては、光秀は琵琶湖の西岸にある滋賀郡坂本城の城主であるため、見慣れているらしいが、はじめて目にする惣右衛門らには驚きだった。

――まるで海じゃな……。
惣右衛門は琵琶湖のさざ波を横目に進みつつ進んだ。近江国は琵琶湖東岸の蒲生《がもう》郡安土山に信長の本拠、安土城があるため、ひと戦、ふた戦あろうかと思っていた。しかし、織田勢の抵抗はほとんどなかった。翌四日から五日にかけて斎藤勢以下の明智勢は、なんなく安土城下に入った。安土城を守っていた織田家家臣蒲生賢秀《かたひで》、氏郷《うじさと》父子が信長の妻子などをともない、いち早く、蒲生氏の本拠地、蒲生郡日野城に退去していたためであるという。

惣右衛門は郎党の与次につぶやく。

「これが、信長公のお城か」

「なんと美しい。丹波亀山城よりも大きいですな」

安土城内や城下の武家屋敷の一部は燃えていたが、華麗極まりない天守閣をはじめとした安土城の主要部分は燃えていなかった。六層ほどからなる天守閣は美しい総瓦葺、総石垣造りだった。城下町や惣構は、ほぼ無傷で、城下町にはデウスとやらを祭る瓦葺三階建てのキリシタンの南蛮の寺まであった。

混乱した町衆たちの多くは家財道具もそのままに、おもいおもいに疎開していて、明智勢は、ほぼ無人の、真新しい家屋が多い町屋での乱取に余念がなかった。後で聞けば、これは、安土近辺の山賊や湖賊が取り残したものの乱取ということらしかったが、それでも、金子や銀子、金銀製品が多く、かなりの実入りになりそうだった。

ただ、惣右衛門の動きはいつにもなく、緩慢だった。

——乱取に身が入らぬわ……

惣右衛門は再び、安土城の威容を仰いだ。しかし、主人信長を失った城のあわれさもあいまって、奇妙な気分だった。

やがて、城下町での乱取禁制が出て、明智勢の多くは、安土城内に入城した。すると、早々に光秀より主郭部分での乱取を禁ずる布告があった。その上で、惣右衛門らは、寄親の野々口豪淵を介して大手門の守備を命じられた。光秀は主郭部での乱取を禁じたが、それは財物を独り占めしたいということではなく、単に混乱をさけるためということであったらしかった。その証拠に、光秀は信長が備蓄していた金銀財宝、そして、茶道具や武具を惜しげもなく配下の部将や兵に分配した。大手門脇の侍長屋に詰めた惣右衛門のもとにも、豪淵を介し、ずっしりと重い砂金袋が一つ届いた。これには、本城家の人々も驚いた。その上、見たこともないような美味い食べ物や酒が次から次に運ばれてきた。光秀の意外に気前のよい大盤振る舞いにより、城中は沸きに沸いた。早くも酔い歌う兵がいて、何とはなしに、惣右衛門の癇に障った。

「うるさいのう」

惣右衛門も、喧噪の中、たらふく食べるには食べた。しかし、腹が満ちてくると、どうにも、後ろめたい。本能寺の奥御殿で、たわけ者め、といってきた男のさびしそうな笑顔が頭から離れなかったからである。

虎口を逃る

——明智様は何をされているのか……。

六月四日以来、することもなく近江国安土城大手門近くの侍長屋で過ごしている惣右衛門は、どうしようもなく、腰が浮ついていた。光秀は安土城に残されていた信長の財宝をたった数日で軍勢に分配しつくしたらしい。朝廷にもかなりの献金をしたと聞く。気前がよいといえば聞こえはよいが、惣右衛門には光秀の自信のなさのあらわれにしかみえなかった。訳知りの顔見知りの明智家の家人によれば、光秀は、信長に呼ばれて上方を遊覧中であった甲斐国の穴山梅雪《あなやまばいせつ》と徳川家康に討手を出し、あたりの落ち武者狩りの土民が梅雪を討ったが、家康は討ちもらしたともいう。梅雪は、落ち目の武田勝頼を裏切り、信長による武田家滅亡の原因をつくった武田家一門である。梅雪が無事、武田家本国の甲斐国に帰ることができていれば、旧武田領国の甲斐・信濃二国を併呑することも夢ではなかったかもしれない。

酒があまり好きではない惣右衛門は他の朋輩と違い、酔って現実を忘れることができない。あれこれと焦燥にかられ、惣右衛門は青山与次を野々口西蔵坊豪淵のもとに遣わし、状況を尋ねさせた。

すると、与次は豪淵とともに帰ってきた。山伏が腹巻をつけたようなかっこうの豪淵は侍長屋から惣右衛門を呼びだすと、憤懣やるかたないといった風情でまくしたてた。

「おお。惣右衛門。丹波に帰ろう」

「なんと。丹波へ。いかなる仕儀にござりましょうや」

「む。話にならん。儂は明智様に本拠、丹波国船井郡埴生城の周辺で一〇〇〇石ほどの加増を願ごうたのじゃ」

惣右衛門は豪淵の抜け目がなさそうな口元を眺めた。

「ほ。一〇〇〇石でござるか。して……」

「ふん。明智様は、それはならん、と仰せられた」

「ほう……」

「その地は、去就の定まらぬ我が一族の野々口五兵衛に遣わすつもりと仰せられるのよ。それゆえ、別の地を願うたが、今度は、それは予の桑田郡亀山城に近い故、遠慮せよと仰せなのじゃ」

「はあ」

「で、天下人となったあかつきには、別の土地で大幅な加増をしてつかわす、ときたものだ。ま、そのかわりに、信長様が集められていた茶器と金の大判をしこたま、もろうたがの」

「それは、それは……」

ちらと、天守閣を仰いだ豪淵は惣右衛門を見据えて腕を組んだ。

「しかしの。惣右衛門。明智様は主殺しじゃ。このままついていってよいお人ではないぞよ。いかがじゃ。儂はこの足で丹波に帰るが、そちはどうする。儂の人数を守りがてら、ともに帰らぬか。さすれば、色をつけて銭米を出すが。数寄ならば、茶器もつけて進ぜよう」

「そうですな……。かしこまり申した。茶器はいり申さぬが、銭米を多めにくださるとの仰せなれば、従いましょう。確かに、明智様には、なにやら、不安がござりますし」

「む。そうときまったら、もう出よう。明智様は今日、勅使として安土に下向されるという公家衆の出迎えやら、論功行賞やら、毛利家や上杉家への調略の手配やらで、多忙を極めておられる。なに。分かりはすまいよ」

こうして、惣右衛門ら本城家の人数は六月七日、勅使の応接におわれる安土城を後にし、丹波を目指して出立した。

本城家の人数などが同行した野々口豪淵らの軍勢は一〇〇ほどとなった。軍勢は明智勢と遭遇した際は、光秀の別命を受けて丹波に戻るといい、明智家との関係がよく分からぬ軍勢と遭遇した際は、明智勢より離脱したといって西へ西へと進んだ。話が通じない野武士や土民の落ち武者狩りに対しては、弓・鉄炮で威しつつ、ずんずんと押し通った。

惣右衛門は、京都にさしかかった際、中間の伝蔵に当座の銭を与え、残って何くれとなく噂を集めるようにと命じた。その後、野々口勢と本城家の人数は丹波国に入り、光秀の亀山城は素通りし、六月一〇日に野々口家の埴生城下に到着した。惣右衛門はここで豪淵から約束どおり、多めに銭・米をもらい、一二日に本城村に帰り着いた。

六月一四日、息せき切って伝蔵が本城村に帰ってきた。伝蔵は庭先に跪くなり、言上した。

「昨日一三日、明智様が山崎で織田信孝《のぶたか》様に敗れ、山科《やましな》あたりで落ち武者狩りの土民どもに討ち取られた由にございます」

思わず、惣右衛門は縁側まで走り出た。

「何。山崎で明智様が敗れたと。その上、土民に討たれたと……」

「は。明智勢は総崩れにて、家老の斎藤内蔵助様も行方知れずとか」

惣右衛門は茫然と立ち尽くした。

「そうか。家老の利三様もか……」

「は。京の南あたりは、槍や鉄炮をもった武士とも土民ともつかぬ者らが明智方の武士に次々襲いかかり、山賊働き慣れしたやつがれが見ても、地獄絵図のようでござりました」

伝蔵は汗を垂らして惣右衛門の次の言葉を待っている。

「むう。そんな有様か。伝蔵。よくぞ無事で戻った。して、信孝様とは信長様の三男であられたか」

「は。左様にございます。ただ、織田勢の陣頭指揮は、織田家重臣羽柴筑前守秀吉様がとられたとのこと」

「何。羽柴筑前守様と。羽柴様はいつのまに中国筋より山崎までお戻りになったのか」

伝蔵によれば羽柴秀吉は信長の横死を伏せて毛利輝元と和議を結び、その後、六月五日に側近のみを率いて備中国高松を出発し、電光石火、同一三日までに山崎まで大返しをしていたという。秀吉は、その道すがら、信長の子の信孝や信長の乳兄弟池田《いけだ》恒興《つねおき》や中川《なかがわ》清秀《きよひで》といった織田家部将に急報を出して四万ほどの軍勢をかき集め、決戦に及んだらしい。このうち、信孝は信長に命ぜられ、四国長宗我部《ちょうそかべ》元親《もとちか》攻めをおこなうべく兵を率いて摂津国大坂城にいたため、もともと、臨戦態勢の軍勢が手元にあったという。大坂城とは、信長が石山本願寺顕如を下したあと、本願寺の焼け残りを利用して築城させていた建築途上の城郭らしい。

　惣右衛門は思わず、口をはさんだ。

「明智様はいったいどういうおつもりであったのかの」

　伝蔵も首をかしげた。どうやら、光秀は、こうした秀吉のすばやい動きに動顛し、後手、後手を踏み、仇討《かたきう》ちで気勢があがる秀吉率いる織田勢の勢いに、文字通り、呑みこまれるようにして敗れたようだった。

　天下を廻って情勢が大旋回している。

　惣右衛門も興奮を覚えている。伝蔵に問いを続けた。

「では。次の天下人は織田信孝様か……」

「さて。それはなんとも分からぬところで。どうやら、信孝様はこたびばかりは信長様の仇討ちということで力をあわされましたが、もともと、羽柴様とは犬猿の仲とか」

「ほう。それは、一波乱ありそうだの……」

惣右衛門は、伝蔵に褒美の銭に加え、幾ばくかを与え、京に戻らせた。無論、探索のためである。

その後、伝蔵本人が戻ってくることもあり、飛脚に託した密書によって知り得た上方の様子は、奇奇怪怪としていた。

伝蔵によれば、まず、尾張国清洲《きよす》城でおこなわれたという次期織田家家督を決める協議、いわゆる、清洲会議では、羽柴秀吉が、織田家家老の柴田《しばた》勝家《かついえ》を圧倒したらしい。その結果、次期織田家当主は、勝家が推す織田信孝ではなく、秀吉が推す織田三法師に決したらしい。三法師は信長の嫡男、故信忠の子である。

しかし、会議後、岐阜城に乗り込んだ信孝は同城で三法師の身柄を押さえ、秀吉に渡さなかった。そこで、秀吉はしかたもなく、凡庸と噂されたため誰も後継者に推さなかった信長の次男、織田信雄《のぶかつ》を擁したという。

その結果、昨今、天下の形勢は、伊勢国松ヶ島城にいる信雄を擁する秀吉と、岐阜城の信孝を擁する勝家がにらみ合うというものになっているらしい。秀吉は、播磨国姫路城と京都あたりを忙しく行き来し、勝家は越前国北庄城でどっしり構えているという。

惣右衛門も郎党たちも困惑した。

「信雄様擁する羽柴様と信孝様擁する柴田様か。これは、どちらが勝つのじゃ」

「さて、分かりませぬな」

惣右衛門は伝蔵がもたらしてくれた事柄について郎党たちと話しあい、整理しつつ、理解につとめたが、そのときの織田家中枢部における政治闘争の全貌は理解できるはずもなかった。

ただ、惣右衛門は思う。あのまま、明智家に従っていたら、いまごろ、山崎か山科かで骸《むくろ》をさらしていたかもしれないと。

惣右衛門は戦雲うずまく東の空を眺める。

――危なかった。命あっての物種ゆえ、長生きせよとの父の遺言、こたびもなんとか守れたわ……。

五　さらば故郷

堀尾吉晴の温顔

　天正一〇年（一五八二）の秋、本城家屋敷でくつろいでいた惣右衛門のもとに、探索に出ていた中間の伝蔵が戻ってきた。

「このたび、堀尾《ほりお》毛介《もすけ》吉晴《よしはる》様と申される方が黒井城の城主になられたそうです」

「堀尾様……」

　伝蔵によれば堀尾吉晴は羽柴秀吉の側近である。吉晴は最初、信長の家臣として秀吉の与力となり、秀吉に気にいられて正式な家臣になったらしい。秀吉が光秀を破った山崎の戦で武功著しく、戦後は光秀の牙城、亀山城を接収するなどの功績を立てたという。そして、今度、加増を受け、黒井城のある氷上郡で六〇〇〇石ほどの知行を与えられたらしい。

「ほう。六〇〇〇石か……」

「は。今のところは。堀尾様には、この先も羽柴様による加増があろうと噂されております」

「して、堀尾様のお人柄はどのような」

「それは……」

伝蔵によると、吉晴は平素、物静かな優しい性格で、家臣を大切にし、顔つきもどこかのんびりして、仏の毛介と綽名されているらしい。しかし、ひとたび戦場に出ると猛将であったので、主君秀吉からも、羽柴家の同僚からも、吉晴は鬼の毛介でもあると、一種独特の敬意を払われているという。しかも、吉晴は毛介を名乗る前は小太郎と名乗っていたらしい。

何やら親近感をもった惣右衛門は、仏でもあり鬼でもあるという毛介吉晴に強い関心を持った。

黒井城主となった吉晴が手始めにおこなったのは、明智家与党のあぶり出しだった。

惣右衛門としては、

——これは、難癖があるやもしれぬ……。

と、思っていた。が、予想に反し、吉晴による明智家与党のあぶり出しは、山崎の戦に明智方として参加していた者に限る、とのことだった。

それを聞いた惣右衛門が、やれ、一安心と思っていた天正一一年の正月早々、船井郡埴生城主にしてかつての寄親、野々口西蔵坊豪淵より使者がきた。堀尾吉晴は明智家旧臣に寛大な処置をとるようだし、われらは、儂の機転によって山崎の戦に出ておらぬのだから、いっそのこと、呼び出しを受ける前に黒井城におもむき、ともに堀尾家の傘下に入ることを願い出てみようではないか、ということだった。

――機転のう。豪淵殿らしい、いい草じゃ……。

と、苦笑はしたが、挨拶が遅れるよりかはよかろうとも思い、承知したと、使者に答えた。

翌日、惣右衛門は久しぶりで黒井城下に入った。豪淵が指定してきた城下の寺に入り、庭から城を眺めると、感傷めいた気分はなくはなかった。かつての黒井城主の故荻野悪右衛門直正や、その家臣で、知己となった荻野四郎右衛門永道らを思い出し、

――悪右衛門様は戦上手でおわした。それにしても、四郎右衛門殿はご健勝であろうか。確か、徳川家康殿の家臣になられたと聞いているが……。

と、物思いにふけっていると、豪淵が、やあ、やあ惣右衛門といって歩いてきた。相変わらず、髪を総髪におろし、額に山伏特有の頭巾を載せている。豪淵の後ろには、惣右衛門も顔を見知っている丹波の地侍衆が数名続いていたので、辞儀をした。

「さ、参ろう」

という豪淵に続いて登城すると、話はすでについていたらしく、本丸の広間に通された。惣右衛門はほかの地侍衆とともに豪淵の後ろに座りながら、左右に居流れる堀尾家の重臣たちの視線に耐えていると、吉晴が入ってきて、上段の席に静かに座った。

「苦しゅうない。儂が堀尾毛介じゃ」

豪淵に続き、惣右衛門らの地侍衆が名乗ると、毛介吉晴が四〇歳前後の親切そうな顔でふん、ふんと頷いている。

――あれで猛将とは。人はみかけによらぬものよな……。

と、惣右衛門が思っていると、豪淵らに声をかけ終わった吉晴が惣右衛門に、

「本城惣右衛門と申すか。よい面かまえじゃが、地侍にしては、なにやら公家顔でもあるの。儂は丹波の地の者を大切にするつもり。そなたらは一旦、明智家に属しはしたが、山崎の戦には出なんだと聞く。子細あるまい。以後は儂のもとで働いてくれよ」

と、いったので、惣右衛門は平伏してこれを承諾した。

西蔵坊豪淵は埴生城二〇〇〇石を安堵されて堀尾家の重臣となり、惣右衛門は本城村五〇石を安堵されて堀尾家傘下の地侍衆となった。ただ、無念ながら、赤井忠家からの給分だった由良庄と香良村の五〇石は安堵されなかった。それはいたしかたないことであるのでともかくとして、この日に豪淵に連れられて吉晴に挨拶した惣右衛門らの地侍衆は、みな、豪淵の与力ということになった。

再び、豪淵の与力になるとは聞いていなかった惣右衛門は豪淵のやりくちに舌を巻いた。どうやら、豪淵は惣右衛門らを以前よりの配下筋の者とでもいったらしい。惣右衛門は、知らぬ間に豪淵に売られたような、と思わぬでもなかった。しかし、

――豪淵殿はともかく……。堀尾家は悪くない。殿様もよい方のようじゃ……。

と、安心もし、郎党らにいった。

「これよりは、堀尾毛介吉晴様にお仕えするぞ。皆の者、頼む」

松ヶ島城の戦

堀尾家傘下の五〇石取の地侍衆となった惣右衛門が一安心していた時分、主筋の堀尾吉晴の主君にあたる羽柴秀吉は激闘のただなかにあった。

ある日、惣右衛門が所用あって堀尾家の氷上郡黒井城を訪れると、堀尾家の重臣が丹波の地侍衆相手に上方の戦況について熱弁を振るっていた。

秀吉は凡庸との噂が高い織田信雄を擁し、天正一一年（一五八三）の四月末に織田信孝を擁する柴田勝家を破り、越前国北庄《きたしょう》城で自害させたという。いわゆる、賤《しず》ヶ岳《たけ》の戦である。勢いにのった秀吉は、その後、信孝をも自害させたという。

「おお。羽柴様がお勝ちになったか。して、堀尾の殿には……」

惣右衛門が問うと、その重臣は大きく頷いた。

「無論、ご活躍じゃ。殿には羽柴様より大幅な加増があることとあいなった」

吉晴は賤ヶ岳の戦に参加して武功があり、新たに若狭国高浜《たかはま》城を拝領し、合計して一万七〇〇〇石の分限になる予定とのことだった。

——一万七〇〇〇石。こりゃ、大名じゃ……。

主君吉晴が北近江や北陸で活躍している間、惣右衛門は、野々口西蔵坊豪淵とともに丹波に在国していた。これは新領地の安定のためであったらしいが、惣右衛門としては、大きな戦に参加できず、少々、残念だった。

それはともかく、惣右衛門は疑問を口にした。

「さすれば、織田信雄様が天下人になられるのでしょうか」

堀尾家の重臣は、ふむといって、突然、饒舌が止んだ。

「さての。羽柴様は今、織田家の摂津国大坂城に手を入れ、これを安土のお城をしのぐ日の本一の大城郭になさろうとされている。察せよ」

どうやら、吉晴の主君秀吉は、勝家と信孝を滅ぼしたあたりで、織田家重臣の立場をかなぐり捨て、織田家の天下を簒奪する意図を隠さなくなったようだった。

——はて。織田家の天下を簒奪するということは、羽柴様も明智様と大差ないの……。

惣右衛門はこうした考えを深めつつ、本城村と黒井城を数度、往復していた。在村の地侍衆である惣右衛門に城での用事はあまりなかったが、上方の情勢が気になったからである。

そうしたところ、黒井城で例の重臣から、また、上方の情勢を聞いた。

「織田信雄様が徳川三河守殿と結び、羽柴様と手切れになったらしい」

「なんと」

徐々に秀吉の傀儡的な様相が濃くなった織田信雄は、居城の伊勢国松ヶ島城を重臣の滝川雄利《かつとし》に任せ、自身は大改築した伊勢国長島城に移った。長島城は滝川一益が支配していたが、一益は賤ヶ岳の戦で柴田勝家に味方して敗れ、それ以来、信雄の領するところとなっていた。今、一益は秀吉の監視のもと、蟄居している。信雄の重臣にして松ヶ島城を預かることになった滝川雄利は、この一益の娘聟だという。

信雄は、自身が世間で凡庸だと評されていることを知っていて、これが悔しくてならないらしい。とはいえ、独力では秀吉にかないそうもないこともよく分かっている。そこで、亡父信長の長年の同盟相手であった遠江国浜松城の徳川家康を頼ったという。

家康は、本能寺の変の際に堺近辺にいて明智光秀の討手や落ち武者狩りの土民に襲われたが、伊賀越えによって領国に戻り、当初、盟友信長の仇討ちを志したという。しかし、信長の仇討ちが秀吉によってすみやかに果たされたと知るや、家康は方針を転換し、信長に滅ぼされていた武田勝頼の旧領国である甲斐・信濃国を併呑し、従来からの三河・遠江・駿河国とあわせ、東海道筋最大の大名になっていた。

堀尾家の重臣はいう。

「本能寺の後、徳川殿とともに落ちられていた武田家一門の穴山梅雪殿が土民どもにお討たれになっておられなんだら、さすがの徳川殿も、武田領国をやすやすと押さえられたかどうか……」

「まさか、穴山殿は、落ち武者狩りの土民ではなく、徳川殿が……」

「さての……」

こうした結果、身代を太らせた家康からすれば、今ここで信雄を擁すれば、天下人織田家のためにこれをないがしろにする秀吉を討つという大義名分が整う。家康からすれば、好機であろう。

　秀吉はこうした信雄と家康の動向を聞くと、清洲会議の初志に戻ったかたちで織田三法師を重要視し、三法師を琵琶湖東岸の安土城から琵琶湖西岸の坂本城に移したという。坂本城は明智光秀の旧城である。坂本城で秀吉は三法師に信雄と家康を討つと挨拶をしたらしい。但し、これでもって、秀吉が織田家当主三法師の家老になったといえるか否かは、秀吉と三法師の力関係の問題もあって、よく分からぬという。

　堀尾家の重臣は白扇で膝をたたいた。

「羽柴様と徳川殿の合戦は大戦《おおいくさ》になろう。よいか。丹波は今のところ平穏じゃ。羽柴様と安芸の毛利輝元殿の和議も続いておるしの。それゆえ、殿より、そなたら丹波衆にも陣触れがあろうよ」

「それは腕がなりますな……」

　秀吉は多忙のなか、天正一二年二月、旧明智方の城、丹波国桑田郡周山《しゅうざん》城を訪れ、そこで城主加藤光泰《かとうみつやす》や黒井城主堀尾吉晴より丹波鎮定の報告を受けた。光泰は吉晴同様、秀吉の側近であるらしいが、秀吉子飼いの部将として名高い加藤清正《きよまさ》の同族ではないという。それはともかく、秀吉はその際、吉晴に濃尾方面への出陣を命じたとのことで、吉晴は堀尾家領内に出陣を触れた。

　二月末、丹波黒井城を出陣した堀尾勢は五〇〇ほどであった。野々口西蔵坊豪淵は六〇人ほどの人数を率いて参陣していて、それに五〇石取の地侍衆である惣右衛門ら豪淵与力の人数が続いた。

　惣右衛門は、出陣先が遠方であることもあって、無理をせず、二の郎党青山与次と中間の伝蔵と小荷駄持ちの下人数名のみを連れ、一の郎党脇谷忠太と三の郎党長崎三郎には留守を任せた。近江国よりも東にいくのははじめてである。

　惣右衛門属する堀尾勢は秀吉の命により、秀吉の弟、羽柴美濃守秀長の指揮下に入っていた。秀長勢は四万を称し、総勢一〇万と称する秀吉本軍とは別行動をとっている。軍勢の数は公称で、戦闘員はそんなにはいない。

　――羽柴秀長殿か……。秀吉殿次第で、あるいは、天下人の御連枝ということになるやもしれぬ。うらやましいことよ……。

　堀尾勢傘下の一地侍の羨望など関わりもなく、秀長勢は、織田信雄方の牙城、伊勢国一志《いちし》郡松ヶ島城を攻めることになった。松ヶ島城の城主は信雄の重臣、滝川雄利で、城兵は二〇〇〇ほどらしい。雄利勢は信雄勢のなかでは、最強と目されている。

　秀長勢は伊勢国鈴鹿郡亀山城を経由し、伊勢の湾を左手に見ながら南下し、松ヶ島城の近くに布陣した。無論、堀尾勢もそこに加わっているし、堀尾勢には惣右衛門ら本城家の人数も加わっている。

　あまりの遠さに惣右衛門は青山与次にぼやいた。

「遠かったの。あれが伊勢国亀山城か。明智様の丹波亀山城と同じ名だのう」

「いえ。旦那様。あれは、松ヶ島城というそうで。伊勢亀山城は最前、泊まった城でして」

「あ、そうだったか。ま、どっちでもよい。伊勢国にははじめてきたゆえ、まるで分からん。下知を受けて働くまでよ」

惣右衛門は寄親の豪淵に物見に出るといって軍勢を離れ、少々小高いところから、改めて松ヶ島城を眺めた。春のはじめの伊勢国はなかなか寒かった。よく晴れているが海風も強い。潮のにおいを吸い込みながら目をこらすと、松ヶ島城の天守閣がある本丸は、伊勢の海に直接流れ込む、三渡川《みわたりがわ》という川の流れを天然の堀とした海城であり、川中の城であった。本丸がある島は、三つ四つの曲輪化、出丸化された島に守られている。丹波の険峻な山の城ばかりみてきた惣右衛門にとっては物珍しい。

「なんとまあ、美しい城だの。川の中に浮かんだ竜宮城のようじゃ。三つ四つほどある島が島ごと曲輪になっているか。その上、櫓も多いのう。これは美しいのみならず、手ごわそうじゃ」

与次もはじめてみる型の城に落ち着かない様子で濃い眉を動かした。

「これは。海と川の城ですな。城方の滝川勢は二〇〇〇ほどとか。城内に鉄炮の備えがありますと、やっかいですな」

と、いった。

そこへ大将羽柴秀長より命があり、堀尾吉晴勢五〇〇は、中川秀政《ひでまさ》勢一五〇〇、高山重友《たかやましげとも》勢一二〇〇とともに、天守閣と本丸がある島からみて西側の島にあった出丸、いわば西ノ丸の攻撃を受け持つことになった。大将秀長は他の諸将を指揮しつつ、その他の方角からの攻撃を受け持つらしい。

堀尾吉晴とともに西ノ丸攻めの部将をつとめることになった中川秀政は摂津国島下《しましも》郡茨木《いばらき》城主で、中川清秀の息子である。清秀は織田信長を裏切ったことで有名な荒木村重《むらしげ》の与力大名であった時期もある。高山重友は摂津国島上《しまかみ》郡高槻《たかつき》城主で、高山右近《うこん》の通称で知られるキリシタン大名である。重友も、清秀と同じく、かつて、村重の与力大名であった時期がある。

それはともかく、西ノ丸の寄手は、用意された川舟に分乗して何度か渡河し、城の西側にいたった。そこから、改めて東に進軍し、西ノ丸に迫った。この方面の城方の滝川勢は、五、六〇〇ほどと数が少なかったせいか、寄手の中川・高山・堀尾の三二〇〇の軍勢が渡河したときを狙って弓鉄炮の射撃をしてきたが、やがて、潮が引くように引き、西ノ丸に立て籠もった。西ノ丸には色とりどりの旗が掲げられ、はなはだ、気勢があがっているようで、部将の訓示でもあったのか、時折、喚声が上がっている。

西ノ丸に肉薄した軍勢では、中川・高山・堀尾の三将が協議し、ひとまず、様子見しつつ、半刻がわりに堀尾・中川・高山の順で交替で攻めることになった。西ノ丸がある島自体が狭いので、総攻めはかえって危険だろうということだった。豪淵からこれを聞いた惣右衛門は、

——兵数の少ない堀尾勢は危ないのではないか……。

と、思ったが、寄親の豪淵は、惣右衛門らの与力に対し、

「我ら堀尾家は先陣を承った。丹波者の武勇をあらわすは今ぞ」

と、張り切っている。

お気楽なことだと思った惣右衛門だったが、末端の武士なりに、攻めることになった西ノ丸をよく観察した。西ノ丸は、空堀と土塁と柵に守られている。そして、南の端に大櫓があった。大櫓は盛り土の上に立っているため高さがあり、これに、弓・鉄炮をもった敵兵が数十人いた。この大櫓をそのままにして、大櫓の北側にある正門を攻めると、大櫓よりの横合いからの射撃をまともにくらってしまいそうである。

――ううむ。あの大櫓、さすがによいところにかまえてあるわ……。

堀尾吉晴もそれをみてとったようで、吉晴は、まず大櫓を壊せとの下知を出した。そこで堀尾勢はその大櫓に接近しようとした。しかし、案の定、雨あられのような矢と弾を浴びせられ、退かざるを得なかった。堀尾勢は、空堀すら越えられず、相当数の死傷者を出したのみであった。四半刻ももたなかっただろうか。惣右衛門も楯で矢を二、三筋防いだのみである。堀尾勢は中川勢と交替した。

惣右衛門は後方より腕組みして中川勢の戦ぶりを見ていたが、奇想が湧き、中間の伝蔵に、

「長い竹を切ってまいれ」

と、命じた。

激戦は続いている。中川勢も大櫓の射撃によって損害を出し、やはり半刻もたなかった。代

わって高山勢が攻め寄せたが、これも同様だった。そうしたことで、再び、堀尾勢が攻める番となった。惣右衛門は伝蔵に切ってこさせた長い竹の先に松明《たいまつ》を紐で括りつけさせている。惣右衛門はこれを、やはり、伝蔵に持たせた。

「ゆくぞ。今度こそ、あの目障りな大櫓をつぶすぞ」

木楯をもった惣右衛門は、鉄炮と楯をもたせた青山与次と、楯と長竹をもたせた中間の伝蔵を従え、銃弾と矢の雨のなか、大櫓を目指して進んだ。あたりは、すさまじい喚声で満ちている。堀尾勢が大櫓に近づくと、大櫓の滝川勢は、密集する堀尾勢に向け、再び容赦のない射撃を加えてくる。

――こりゃ、たまらんな……。

背に丸に本の字の旗指物をさした惣右衛門は、他の堀尾勢とともに、今度は空堀をもがき越え、土塁にとりついた。ぼすっ、ぶすっ、ばすっ、という銃声がするたびに味方が何人か倒れ、空堀に落ちてゆく。思わず下を見た惣右衛門の頭形兜にも流れ弾が当たったらしい。後ばかりみていると、土塁の上の柵の向こうから長槍が繰り出されてきて、ひやりとさせられる。しかし、惣右衛門は何度も繰り出される長槍をなんとかかわし、かわしつつも敵の呼吸にあわせ、そのうち一つのけら首をつかみえた。そして、両手で長槍をひっぱりつつ、だだだと、一気に土塁をのぼりきった。そして、他の堀尾勢の兵とともに喚声をあげ、柵を引き倒した。

「次は大櫓ぞ」

敵兵はなおもその勇敢な人数に集中的な砲火を浴びせたが、味方の兵は、誰にいわれるでもなく楯持ちの兵を前面に立てて土塁をかけおりた。そして、楯を構えて密集し、大櫓の下に向かって、ひたひたと前進した。大櫓まですぐのところまでくると、その一団の中心にいた惣右衛門は伝蔵に、

「長竹の松明に火をつけよ」

と、命じた。伝蔵は火打石と念のために持ってきていたらしき藁を用い、長竹の先に括り付けた松明に火をつけた。惣右衛門は、その松明つきの長竹を受け取ると、冑紐からしたたる汗を一舐めして上を眺め、思い切り手を伸ばし、大櫓の足に松明の火をあてた。大櫓の足の根元には、鉄板が鋲で厳重に打ち付けてあり、火が警戒されていたからである。

――届け……。

惣右衛門の念が通じたのか、松明の先から白い煙があがった。しかし、大櫓の上より水が細長く飛び出てきて、煙はすぐさまかき消えた。

「なんの。まだまだ」

惣右衛門はなおも松明をさしかけたが、再び、細長くのびる水がかかってきて、松明の火そのものが消えてしまった。惣右衛門の顔にも水がかかった。

大櫓の上で、からからと哄笑が湧いた。

――くそっ。

惣右衛門は舌打ちした。

その上、大櫓の上の弓や鉄炮を持った兵が場所を変え、身を乗り出しながら、惣右衛門を狙い撃ちにしてきた。与次や伝蔵がかざしてくれている木製の楯ではどうしようもない。惣右衛門は根負けした。

「やあ。これは駄目だ。ひけ、ひけ」

三人を中心にした小勢は、楯をかざしつつ、再び逆側から土塁にとりついてまろびおり、空堀を越え、後方にさがった。犠牲は少なくなかった。

半刻たっても堀尾勢は、攻めあぐね、一旦、元の部署まで引いた。続いて、中川勢、さらに高山勢と、かわるがわるに大櫓に猛攻を加えたが、空堀、土塁、大櫓の前に、攻めあぐねた。

これが何順かする内、三将でもっとも老練な武将である高山右近重友は、大櫓を支える盛土の土塁が、急造のためか、固まりきっていないことを看破した。

そこで、重友は、高山勢の攻撃の番がくると、兵に鋤や鍬をもたせ、楯持ちの兵にこれを守らせつつ、大櫓に接近した。キリシタン武士には猛将が多い。ジュストの洗礼名を持つ重友もそうだった。重友は叱咤激励して大櫓下まで工作兵を送り込むと、櫓下の盛り土を横から掘らせ、そして、その根元を大木槌《おおきづち》で打たせた。すると、大櫓は、ぐらぐらしはじめ、やがて、大音響とともに倒壊した。わっと悲鳴をあげて数十もいた大櫓の兵が地面にたたきつけられた。

高山勢は勢いに乗り、残余の兵も空堀と土塁を乗り越え、逃げ遅れた敵兵を蹴散らしつつ、そのまま西ノ丸正門を突破しようとした。しかし、正門の北側にも小ぶりながら櫓があり、この櫓から、やはり、敵兵の一斉射撃があり、高山勢は一旦、さがった。

水はじき

堀尾勢の惣右衛門は次の攻撃に備えるべく、同輩らとともに再び空堀と土塁を越えた。そして、倒壊したばかりの大櫓の跡にいたった。倒れた大櫓の大きな柱に手をやった惣右衛門は、疲れのせいもあり、少々、放心状態に陥った。

——燃やすのではなく、掘り崩すべきであったか……。

大きく息を吐いた惣右衛門であったが、ふとあたりを見まわすと、井戸があり、まわりに小ぶりな桶や滑車らしきものが散乱していた。そして、その真ん中に、妙なものが落ちていた。

「なんじゃこれは……」

惣右衛門は思わず、その妙なものを拾って、しげしげと眺めた。それは、とりわけ太い竹筒に、細く長い竹筒がさしこまれていた。さらによく眺めると、細く長い竹筒がさしこまれたとりわけ太い竹筒は先端のふしを残して中がくりぬかれていた。そして、そのふしの真ん中には穴があけてある。

——ははあ。

と、思った惣右衛門は、大きな動作でさしこまれていた細く長い竹筒を抜いてみると、先端に布がまかれていた。

惣右衛門は、思わず破顔して後ろを振り返り、郎党の与次と中間の伝蔵にいった。

「やあ。さきほど、儂がかざした松明の火を消しおったのは、これぞ。これは、水はじきだの。子供時分に、このようなものをよう作ったな」

与次のみならず、寡黙な伝蔵まで大笑いしている。

惣右衛門は伝蔵に命じた。

「ちと、かさばるが、この先、使うやもしれぬ。背負っておれ」

伝蔵は頷くと、そこらに落ちていた縄を拾ってきて、器用に水はじきを背負った。

大櫓を落とした中川秀政・高山重友・堀尾吉晴の三勢は、伝令を行き来させて隊伍を調え、改めて西ノ丸の正門に攻撃をしかけることにした。先鋒は堀尾勢と決まったが、吉晴は城門と残った北側の小ぶりな櫓からの敵の一斉射撃は必至とみ、部将の野々口豪淵らに竹束楯をかざして時を稼げと命じた。

竹束楯とは三〇本程度の竹でできた竹束をさらに四つか五つほど横に束ねて作る大型の楯のことである。そして、これを四、五人ほどで裏から支えて進む。竹とはいえ、それなりに重いため、台車がつくこともあるが、このときはなかった。

堅固な城門を攻める手順としては、まず、この竹束楯を持った兵が城門に接近し、時を稼ぐ。

そして、竹束楯が敵の射撃を防ぐ間に、その横や後に、土を詰めた米俵や横倒しにした荷車などを置く。これが、いわゆる仕寄《しより》である。仕寄ができれば、その後ろに大量の鉄炮放ちや弓兵を送り込むなり、破城槌《はじょうづち》をはじめとした破城道具を携えた兵を送り込むといったことになる。

仕寄を用いた城攻めを本格的にはじめたのは、やはり、織田家だったらしく、自然と、織田家部将あがりの羽柴秀吉の軍勢も仕寄による城攻めを得意としていた。惣右衛門が仕寄について学んだのは堀尾家の傘下に入った後のことで、教えられてみると、そういえば、赤井家に属していた時分、明智勢や織田勢がそのような方法で城門を攻めていたと合点したものである。

倒壊した大櫓の側にいた惣右衛門のもとに寄親豪淵の伝令がきた。

「惣右衛門殿。堀尾勢の竹束楯の宰領は野々口家が承った。ついては、野瀬孫大夫《のせまごだゆう》殿とともにその指揮をとられよ」

と、いう。惣右衛門は苦り切った。

当節、仕寄の宰領役の内、竹束楯の宰領役は、鉄炮で狙われて死ぬことが多いからである。が、承ったと、怒鳴った。

惣右衛門は、同じ野々口家の与力で顔見知りの野瀬孫大夫と手短に協議した。そこで、任された堀尾勢の一〇〇ほどを右手組五〇と左手組五〇に分け、右手組を孫大夫が、左手組を惣右衛門が指揮することにした。そして、左右の組はともに、竹束楯を一〇ずつ受け持つことにした。

「続けや。皆の衆」

惣右衛門は左手組を率い、城門を目指してじりじり進んだ。右手組はただ城門に向かって前進すればよいが、左手組は北側の小ぶりな櫓からの射撃を防ぐのも役目である。前面の城門上からの射撃を防ぐのは右手組に任せ、竹束楯をかざして横歩きで進む左手組には、櫓よりの銃弾と矢が雨あられのようにあびせられた。

竹束楯は弾や矢をうけるたびに、びしびしと音を立てた。ただ、意外によく弾を防ぐ。すると、敵兵はごうを煮やしたのか、その竹束楯に向かって、松明を投げ込み、弓で火矢を打ち込み始めた。竹束楯は鉄炮の弾防ぎにはよいが、火には強くない。はやくも、前列の竹束のうち、幾つかから、竹が焦げる匂いがしはじめ、はぜる音さえ聞こえてきた。

「煙が火にならぬよう気をつけよ」

と、中腰のまま、後ろから怒鳴った惣右衛門であったが、内心、まずいと思っていた。しかし、あっ、と閃くものがあり、兜の眉庇《まびさし》をぐっとあげ、すぐ後ろを歩いていた中間の伝蔵を振り向いた。眼があった伝蔵は、にやりと笑って大きな水はじきを背中からおろした。惣右衛門はその大きな水はじきを指さした。

「伝蔵。さきほどの大櫓のそばに井戸と桶があった。水をくんで、運んでまいれ」

その間にも櫓の城兵たちは、城門近くまできた竹束楯の人数に向かって松明を投げ、火矢を打ってきた。次第に、はぜる竹束楯が多くなっている。とはいえ、他の堀尾家の武士が宰領した土入りの米俵が竹束楯の後ろや隙間にどしどし運ばれ、すでに仕寄づくりがはじまっていた。猶予はない。

惣右衛門は、伝蔵が運んできた水がくまれた桶に水はじきの先端をひたし、細竹をひいた。そして、与次の肩をかり、試しに、左手組前列の竹束楯のはぜたとみえた箇所に狙いをさだめた。

惣右衛門は、肩の上で太い竹筒を手で支える与次に、

「押すぞ」

と、声をかけた。すると、細長い水が勢いよくのびた。はぜた箇所の煙がたちどころに消える。

惣右衛門は目を輝かせた。

「これは使えるぞ。伝蔵、あたりの者に頼んで水をどんどんもってこい」

伝蔵はあたりの兵の二、三に声をかけ、水で満たした桶を何度かもってきた。惣右衛門は、手近な煙には桶でそのまま水をかけさせ、遠いと、与次とともに、水はじきで水を飛ばした。ふと、櫓の上をみると、こちらを口汚く罵っている滝川兵が、火矢の火種にしているらしき、大松明がみえた。惣右衛門は竹束楯をもった兵と与次に声をかけ、ほどのよいところまで櫓に近づき、水はじきをその大松明に向けた。火矢と銃弾の雨のなか、水はじきの筒を支える与次が叫ぶ。

「旦那様。今でござる」

む。とうなった惣右衛門が押し出すと、水は細長く伸びて大松明にかかり、やがて、火は消えた。

「見たか。皆の衆」

左手組は喚声で応えた。水はじきであれば、右手組の竹束楯にも容易に水が届く。惣右衛門は、大いに気をよくし、竹束楯を支えたり、土入り米俵を運んだりしている味方の兵にまで、

「そうれ、水はじきじゃ」

と、いって、水をかけまわった。

後から尻に勢いよく水をかけられた兵たちは、大笑いし、

「水はじきじゃ」

「水鉄砲じゃ」

と、歓声をあげた。

気勢のあがった堀尾勢では、竹束楯を中心に仕寄を固めに固めた。まもなく堀尾家の部将が宰領した大木槌などの破城道具を持った兵が仕寄の影にある程度、集まった。味方の鉄炮放ちもある程度、集まった。そこで、破城道具の衆が、ころあいをみて飛び出し、鉄炮の援護射撃を受けつつ、ついには城門を叩き壊した。こうして、堀尾勢は西ノ丸一番乗りを果たした。

堀尾勢の惣右衛門も門内に入ると、本能寺の変の直後に野々口豪淵よりもらった短槍を持って暴れ回った。西ノ丸内にいた滝川勢五〇〇ほどは、主郭部に逃げ込もうとしたが、堀尾勢に付け入られ、ほぼ殲滅された。

堀尾吉晴は、存分にさせた乱取をやめさせると、西ノ丸主郭部に置いた堀尾勢の本陣に惣右衛門を呼んだ。

血臭の混じった海風を楽しんでいた吉晴は、惣右衛門が面前で片膝をついたのを見ると、床几より立ちあがった。

「ようやった惣右衛門。聞いたぞ惣右衛門。水はじきの褒美じゃ。これをつかわす」

吉晴は、そういうと、着用していた胴服という袖なしの陣羽織を惣右衛門に差し出した。陣羽織は高級そうな革製である。それを見ていた寄親の野々口豪淵は、

「櫓の上の大松明はともかく、味方の竹束楯には、わざわざ水はじきを使わずとも、桶で水をかけるのみでよかったのではないか」

と、冷やかした。すると、吉晴は、

「たわけ者が。兵の士気があがったのが分からなんだか。戦が分からぬ奴よな」

と、一喝した。

感激した惣右衛門は、吉晴ににじりより、

「ありがたき、しあわせ」

と、いいつつ、革の陣羽織をおしいただいた。

革陣羽織の恨み

中川・高山・堀尾三勢は松ヶ島城西ノ丸の攻略を攻城軍総大将羽柴秀長に報告した。

報告を受けた秀長はそもそも城が三渡川の流れを天然の堀とした堅城であることに加え、鉄炮の備えが予想以上に多かったことで慎重を期した。そこで、秀長は、諸勢を敵の城将滝川雄利が籠る本丸がある島に肉薄させつつも、使者を送って降伏と開城をうながした。

川舟を幾度か往来させた開城交渉は、雄利とその眷属《けんぞく》が退城するのに追撃を加えないことのみでまとまった。天正一二年（一五八四）の四月上旬、城将雄利は約定どおりに退城し、松ヶ島城は開城した。開城が遅れたことを踏まえ、秀長は城中、城下での乱取をしばらくの間、黙認した。

これと同時に展開していた羽柴秀吉本隊と徳川家康本隊の戦が、世にいう、小牧《こまき》・長久手《ながくて》の戦である。

惣右衛門としては、戦の全貌は後で知ったが、まずは、尾張国長久手の戦で家康が勝った。家康は秀吉の甥の羽柴孫七郎秀次《まごしちろうひでつぐ》を総大将とする羽柴軍別動隊を破り、その部将、池田恒興や森長《なが》可《よし》らを討った。しかし、結局、秀吉の調略を受けた信雄が家康に無断で秀吉と和睦したことで、大局的にみれば秀吉の勝利に終わった。家康は、織田家のために、という大義名分を失ったのである。さすが、調略上手で聞こえた秀吉だった。

惣右衛門が属する堀尾吉晴勢は、伊勢国松ヶ島城の戦いのあと、秀長の指揮を離れ、秀吉本隊に合流していた。ただ、そのときには、長久手の戦いは終わっていたので、吉晴は秀吉より、徳川勢の攻撃を警戒しつつ、羽柴秀次・池田・森家の敗兵の収容にあたれとの命を受けていた。吉晴はこの任を大過なく勤め上げた。この局面で惣右衛門にさして手柄はなかった。

信雄が秀吉に屈した要因の一つには、重臣滝川雄利を配置した伊勢国松ヶ島城開城の衝撃があったという。これはある意味、織田家の天下の完全な終わりと、秀吉の天下のはじまりを告げるものでもあった。秀吉からすれば、坂本城で庇護していた織田三法師の利用価値が、ほぼなくなったともいえる。以後、しばらくして、三法師は秀吉によって、織田秀信《ひでのぶ》と名乗らされ、秀吉傘下の特殊な大名となる。秀信は、やがて、美濃国岐阜城主となり、官位は最終的には従三位権中納言まで昇進することになるが、ついに、実質的な天下人にはなれなかった。

そんな天下の政局に重大な影響を及ぼした松ヶ島城の戦で手柄をあげた武士の一人が、堀尾吉晴傘下にあった本城惣右衛門であったといえる。

しかし、惣右衛門の顔色は冴えない。

惣右衛門は、尾張国などを転戦する堀尾勢の陣中で、不快感にさいなまれていた。松ヶ島城における乱取の実入りは少なくはなかったので、そのせいではない。

では、なにによる不快感かといえば、野々口西蔵坊豪淵が、主君堀尾吉晴に対し、竹束楯の宰領を与力の惣右衛門に申し付けたのは寄親である自分であるから、惣右衛門の手柄は、やはり、自分の手柄であると申し立てていたことによる。

その一方で、豪淵は、惣右衛門に対し、拝領の革の陣羽織をくれるよう、しつこく迫っていた。

「宰領役を任せたのは儂ではないか」

そう、迫る豪淵を、惣右衛門は、最初は、何を馬鹿なと笑って受け流していた。しかし、連日

のようにやってくる豪淵に辟易し、ついに、ある日、癇癪を起こし、

「持っていかれよ」

と、革の陣羽織を豪淵に投げつけてしまった。

惣右衛門は、はっ、と気づいて、唇をかんだが、もう遅い。

豪淵はこうしてせしめた革の陣羽織を堀尾家の朋輩たちにみせびらかした。すると、家中の心ある者は豪淵の振る舞いに顔をしかめたが、それはそれとして、

——惣右衛門は、五〇石取の分際で殿より恩賜の品を早々に手放すとは無礼千万ではないか……

との噂が立った。

惣右衛門は尾張の陣中を鬱々と過ごした。

羽柴秀吉の勝利が確定してようやく戦が終わり、惣右衛門は、堀尾勢とともに、はるばる丹波国に戻った。

戻ると、国許で一大事が発生していた。

旧領主の赤井家と荻野家の残党が、堀尾家の軍勢が伊勢や尾張国に出陣している留守を狙って蜂起していたのである。

惣右衛門らが本城村の屋敷に帰り着くなり、留守を任せていた脇谷忠太と長崎三郎が青い顔をして飛び出てきた。

「旦那様。後谷城が焼け落ち、黒井城も半壊してござる」

「うむ。道々聞いた。子細を申せ」

忠太と三郎によると、両家の残党は、遠く、遠江国浜松城の徳川家康と連絡をとっていたらしい。家康の意向をくみ、羽柴秀吉の後方攪乱をすべく挙兵を扇動したのは、どうやら、惣右衛門の旧主、赤井忠家とその従兄弟、山口直友であったらしい。

――赤井の殿か。さも、あろう。

惣右衛門も先祖代々の所領と城を失った旧主忠家への同情は多分にある。

しかし、堀尾吉晴はこうなることをある程度予期していたらしく、黒井城にそれなりの兵を残していた。しかも、惣右衛門としても今になって気づいたが、伊勢国などに出陣した堀尾勢は、堀尾家の譜代の侍より、むしろ、新規に召し抱えられた丹波者の方が多かったように思う。吉晴は、今一つ信頼できない新参の丹波者を多く率いて出陣し、黒井城には信頼できる譜代の家人を多く残していたということらしかった。

――なるほどの。そうしたご工夫か。堀尾の殿は、仏の毛介らしいお人のよさそうなお顔をされていたが、さすが、鬼の毛介と綽名されるだけのことはある。抜け目のないご采配よ……。

惣右衛門は苦く笑った。結局、赤井・荻野家残党軍は後谷城と城下の新郷を焼き、黒井城に攻め寄せ、これを半壊させたまではよかったが、黒井城の堀尾勢の猛反撃を受け、ほぼ壊滅したらしい。一部は、やはり、遥かかなたの徳川領を目指して落ち延びていったという。新郷にあった但馬屋の店も焼けたらしい。

郎党の長崎三郎が気づかわしげにいう。

「何事もなければよいですな」

「うむ……」

惣右衛門としては不安な日々を送っていたが、ある日、黒井城の城代を勤める堀尾家の重臣より、使者がきた。使者は吉晴の意向を奉じた奉書《ほうしょ》を持っていた。使者が上座より奉書を読み上げたところによると、惣右衛門には不都合の儀があるので、丹波からの退去を命ずる、とのことだった。

——恩賜の陣羽織を豪淵に投げつけたことか。それを不都合と仰せになるのは分かるが、やむをえぬ子細あってのこと。堀尾の殿も無情な……。

憤然とした惣右衛門は、むっと黙って頭を垂れていた。すると、使者は、やや、容儀を改め、惣右衛門に向き直った。

「ただ、殿より別に直筆の御書状が二通ござる」

——直筆の書状とな……。

惣右衛門は、一礼し、まず、こちらをといわれて受け取ったほうの吉晴の書状をざっと読むと、

「こたびのことは気の毒であった。野々口西蔵坊豪淵はろくでもない男と思う。しかし、豪淵は丹波国船井郡埴生城主。丹波経営のためにはなくてはならぬ。それゆえ、そなたの放逐とした。許して欲しい。ただ、そなたの才覚は惜しいゆえ、羽柴秀長様に宛てて仕官の推挙状を書いた。秀

長様なれば不足はあるまい。秀長様のもとで武功にはげむがよい」というものであった。

惣右衛門が書状を読み終えたと見るや、使者は、こちらは、殿がお書きになった、羽柴美濃守様宛の吹挙状でござるといって黒漆塗りの文箱をくれた。

すっかり怒気を収めた惣右衛門は、懐紙をさぐって涙をぬぐった。そして、吉晴の心遣いに感謝し、深々と平伏した。

「かたじけないことでござる。くれぐれも殿によしなに」

頷いた使者は、最後に、銀子が入った袋を三つくれた。吉晴がお手元金から出したということだった。

使者が帰った後、惣右衛門は脇谷忠太と青山与次、長崎三郎、そして、伝蔵を呼んだ。惣右衛門があらましを話すと、皆、一様に悔しそうな顔をした。ただ、吉晴の温情には、感じ入った様子であった。

「地侍にここまでしてくださる殿様もめずらしかろう」

と、惣右衛門がいうと、みな、頷いた。しかし、丹波国から、生まれ育った本城村から、離れねばならない。

惣右衛門は、忠太に、重代の屋敷を半ば与えて田畑と墓の管理を頼み、以後の事は大槻一党とよく協議せよといった。六〇歳近くになっていた忠太は、母屋の隣の長屋で八〇歳をゆうに過ぎた母と暮らしていたため、そう命じたのだった。惣右衛門の言い付けを聞きいれた忠太は、涙に濡れた顔をあげた。

「若。いや、旦那様……。いつまでもご健勝で」

「うむ。忠太よ。そなたも堅固でな」

翌朝、惣右衛門はどこまでも、おともをといってくれた二の郎党から一の郎党にくりあがった青山与次と、二の郎党にくりあがった長崎三郎と、中間の伝蔵と、小荷駄持ちの下人数名を連れ、住みなれた本城村を後にした。

　可愛がっていた茶色の猟犬が悲し気に鳴いている。

六　天下人の弟

懐かしい声

天正一三年（一五八五）九月上旬、惣右衛門一行は京都にいた。

「天下は羽柴殿のものになりそうですな」

すれ違った公家風の者がいった。

思わずその背中を見送った惣右衛門は、京の人々も、天下が羽柴秀吉のものになりつつあることを敏感に感じ取っているようだと思った。

秀吉は小牧・長久手の戦の直後、織田信雄に続き、徳川家康を屈服させていた。家康は屈服の証《あかし》として、自身の次男於義丸《おぎまる》を秀吉に差し出したという。後に於義丸は秀吉の養子となり、元服時に羽柴秀康《ひでやす》を名乗らされたが、結局、下総国の名族、結城《ゆうき》氏の名跡を継承させられ、結城秀康となる。

秀吉は天正一三年七月に前関白近衛前久の猶子のかたちをとって藤原《ふじわら》姓に改姓し、従一位関白藤原朝臣羽柴秀吉となっていた。この月、秀吉は小牧・長久手の戦に際して徳川家康と連携する動きを見せていた土佐国の長宗我部元親を弟の羽柴秀長に攻めさせ、屈服させたらしい。

そんなこととはさほど関わりもなく、惣右衛門は京を闊歩《かっぽ》している。

その姿形はといえば、背が割れた羽織に革袴を着け、手に編み笠を持つという旅姿であった。無論、腰には大小があり、愛用の短槍は穂先に袋をかぶせて中間の伝蔵に持たせてある。

惣右衛門が大路を歩みつつ目を左右にやると、京はさまざまな店が軒を連ねている。米を売る店、餅を売る店、武具を売る店、反物を売る店、椀を売る店、桶を売る店、なんでもある。店にかかる暖簾の意匠に目をこらすだけでも何か楽しい。米俵を運ぶ馬や唐櫃を積んでがらがらと音を立てて進む荷車とすれ違うと山賊の血が騒ぐ。

ただ、惣右衛門は少し疲れを覚え、茶を出す店に足をとめた。

店には旅の僧がいた。

「羽柴様は北国でもお勝ちになったらしいですな」

「ほう」

惣右衛門は茶をひとすすりした。

僧がいうには、秀吉は近江国坂本城を経由して北陸に出陣していた。秀吉は、賤ヶ岳の戦に際して秀吉に服属していた元柴田勝家の与力大名で金沢城主の前田利家《としいえ》を先導役とし、八月に、やはり、元柴田勝家の与力大名で、小牧・長久手の戦に際し、家康と連携して利家を攻めた越前国富山城主佐々《さっさ》成政《なりまさ》を攻め、これも屈服させたらしい。

そんな秀吉は、京都については、前田玄以を京都奉行に留任させていた。

「玄以殿……。ご坊、玄以殿にお詳しいのかの」

「ま。それなりには……」

旅の僧によると、なんでも、玄以を最初に京都奉行に起用したのは、先ごろ秀吉に臣従した織田信雄であった。信雄が玄以を京都奉行に起用した理由は、本能寺の変の際に、玄以が織田信忠の嫡男、織田三法師を守って京都から脱出したことへの恩賞の意味合いが大きかったためという。ただ、玄以は、秀吉と信雄が手切れになるとみるや、いち早く、秀吉に臣従を誓ったため、秀吉も玄以の留任を決めたらしい。ちなみに、玄以は加賀国金沢城主前田利家とは同族ではないという。

「かたじけない」

惣右衛門は旅の僧に幾ばくかの布施をし、茶代を置いて外に出た。

改めて眺めると、行きかう人々は美しく着飾っている。

公家もいれば武士もいて、商人もいれば町人もいる。僧や神人も多かった。そして、惣右衛門のような旅人も多い。旅人はどこでも寝られるようにと、藁筵を巻いて背負っているので、すぐにそれと分かる。また、首に縄をつけた飼い犬はともかくとして、猿を連れて歩いている者も多い。山育ちで猿を見慣れた惣右衛門には、これが、かえって不思議だった。

漫然と歩けば、人とぶつかりそうになるし、天秤に桶をぶらさげた物売りの脇から、なにかに驚いたらしき猫が飛び出てきて、驚かされたりもする。

さすがは、日本一の大都市である。

惣右衛門としては、京にくれば、本能寺のことを思い出すが、今回はそれを懐かしむためにきたのではなかった。

大分遅くなったが、父の死を母に告げるためにやってきたのである。

――母か……。

聞くところによると、惣右衛門の母、お冬は、もともとは摂関家近衛家の侍女であったが、近衛家とつきあいのあった旧主赤井家や荻野家の所用で父が近衛家屋敷を訪れた際に見初め、半ば奪うように妻として、丹波本城村に連れ帰ったのだという。

そして、丹波国黒井城主荻野悪右衛門直正の継室として再嫁した近衛前久の妹に乞われてその侍女をつとめたという。ただ、母は惣右衛門が一二か一三歳のころに父と離縁し、京に戻っていた。

そうしたことで、惣右衛門には母、お冬の思い出があまりない。母が残した和歌集の写しは読んだが。だから、それほどに母が恋しいというわけでもなく、もう顔すらもおぼろげである。ただ、大和国郡山城の羽柴秀長を訪ねる途中でもあるし、京に寄って、一応、父の死を知らせておこうと思ったのだった。

都の大路をいく人が惣右衛門を振り返る。むさい田舎武士の顔が公家風なのがおかしいらしかった。今しも、侍女を引き連れ、被衣《かつぎ》を手にかざした女が笑みを含んだ流し目をくれてきた。まだ若い、独り身の惣右衛門は、何やら浮き浮きと歩いた。そして、道ゆく人に尋ねつつ、近衛前久の別宅があったらしき場所に着いた。ここは、くしくも、本能寺の変の際に織田信忠が討死し、全焼した二条新御所の北隣に位置している。ただ、この別宅は、前久と変との関係を疑った織田信孝によって破壊されていた。そこで、惣右衛門は、中間の伝蔵や下人らに付近で前久の居場所を尋ねさせた。すると、最近、前久は、東山慈照寺の東求堂《とうぐどう》に住みついていると知れた。

慈照寺は銀閣があることで知られる室町幕府八代将軍足利義政《よしまさ》ゆかりの寺で、惣右衛門もかろうじて知っていた。近衛前久は、現在は出家していて龍山《りゅうざん》と号しているという。そして、なんでも、前久は、窮乏のあまり、慈照寺にあった足利義政ゆかりの美術・芸術品を売り払って生活費の足しにしているらしい。

――ふふふ。前関白様といっても、やっておられることは盗人と変わらぬではないか……。

と、憫笑をさそわれた惣右衛門であった。

時刻も遅くなったので、その日、惣右衛門らは本能寺から少し南にくだり、四条町に多くあった旅籠に分宿した。

「上京なんて、なんも楽しいとこやおまへん」

惣右衛門らが宿泊した噂好きの旅籠の亭主がいうには、平安京はもともと二条以北の上京が栄えていたが、将軍足利義昭が織田信長に対して挙兵し、信長がその懲罰として義昭の二条御所あたりに放火し、公家屋敷の一部と町屋が燃えてしまった影響で、本来、下京にあたる三条や四条が栄えているという。特に旅人に寄宿を許した町屋や旅籠は、奉行前田玄以の後押しもあって、四条近辺で増えているらしい。

　ちなみに、義昭はいまだに征夷大将軍の官職を帯びたまま毛利輝元の領国に住んでいるという。備中国高松城の戦が終わって以来、秀吉と友好関係にあった輝元は、最近、そのまま秀吉への臣従を決めたらしく、義昭の扱いについては両者で円滑な話し合いがもたれているらしい。どうやら、将軍義昭は、そのうち、秀吉の本拠の大坂かこの京に引き取られるそうだが、もはや、過去の人であった。

「公方様のう。何やら懐かしい」

　亭主は目を丸くした。

「おや。御武家様は公方様におかかわりあいがおありやすのか」

　惣右衛門は苦笑し、そうではないといった。

　亭主はへえとつぶやき、顔を戻して話を続けた。

「いやはや。本能寺が焼けた際は往生しましたえ」

「というと」

　亭主がいうには、織田信孝と羽柴秀吉は山崎の戦いで明智光秀を破った後、信長への供養ということで、光秀をはじめとした明智家関係者の首を本能寺に運んで供え物としたらしい。首数は二〇〇〇以上もあったそうで、そのとき、本能寺周辺には、すさまじい死臭が立ち込め、この旅籠も、通りに面した障子をあけると、その匂いが入ってきて閉口したということだった。

語り慣れした亭主が部屋を出ていくと、惣右衛門は眉の濃い一の郎党青山与次や二の郎党長崎三郎と思わず顔をみあわせ、首をさすった。

「本能寺は明智勢の首塚になっていたらしいの。場合によっては、儂らの首もそのなかにまじったやもしれぬな」

「はあ」

与次と三郎は苦笑するしかない。惣右衛門はさらにおどけた顔をした。

「儂は野々口西蔵坊豪淵殿のせいで堀尾家を追われたが、その豪淵殿の申し出をうけて明智様より離れたのじゃ。儂は豪淵殿に感謝いたすべきかの」

「さ。それは」

「はてさて、なんとも」

与次も三郎も苦笑を続けるしかなかった。惣右衛門としても自然、豪淵への怒りは薄れていった。

翌朝、惣右衛門らは旅籠に用意してもらった冷えた飯と焼いた塩魚とみそ汁を食した。旅籠を出ると、近辺の町屋に泊まっていた中間の伝蔵や小荷駄持ちの下人と合流した。そして、一行は北東に一里強ほど歩き、平安京の別荘地帯、東山に入った。紅葉は見ごろよりも少々早いくらいであったが、晩秋を感じさせる足元の冷えがある。惣右衛門は、落ち葉踏み分け慈照寺の門前までくると、さすがに緊張した。

――はて。近衛家は衰えたといっても公家最高の家柄と聞く。最近、近衛前久様は、秀吉公を猶子にされたとも聞く。丹波牢人の儂が、そもそも、中に入れてもらえるのかの……。

ただ、その心配は杞憂だった。門内をのぞくと、音にきく慈照寺ながら、中は荒れ放題だった。それをみて少々、緊張が解けた惣右衛門は、おりしも通りがかった寺男らしき者に声をかけた。

「もし。拙者、近衛家の侍女の冬という女性《にょしょう》を訪ねて参ったのでござるが」

寺男は興味がなさそうな顔つきで、知らん知らんといった。しかし、横合いから顔をのぞかせた中間の伝蔵が銀子を握らせてさらに頼むと、寺男はうってかわって一行を門内に入れてくれた。しばらく歩くと寺男は右手を指し、

「あれが銀閣だす」

といい、すたすたと奥に進んでいく。惣右衛門らはそれについていくのみであったが、東求堂は境内の奥まったところにあった。

寺男が中に声をかけると、よれよれの直衣《のうし》とも狩衣《かりぎぬ》ともつかぬ衣服をまとった鶴のような長い首を持つ家司《けいし》らしき公家が出てきた。おそらくは、四位とか五位とかの位階を有するのであろうが、まるで威厳はない。これが何用かと問うてきたので、惣右衛門はその家司らしき公家の前に、近衛の殿下にといって銀子の入った袋を置いた。そして、おもむろに、

「拙者にとって母にあたるご当家の侍女の冬という女性をご存知なきか」

と、聞いた。そして、お冬が父に宛てて送った文を数通みせた。

すると、家司は驚いた表情で、

「しばし、お待ちあれ」

と、いい、その文を持ってあたふたと奥に戻っていった。

少々、ときが過ぎたと感じたころ、例の家司が戻ってきた。なんと、従一位前関白太政大臣近衛前久が庭で会うといっているそうだった。

惣右衛門は与次と三郎らにここで待てといい、東求堂の庭にまわった。惣右衛門が庭で片膝をついていると、ややあって、五〇歳前後の僧形の貴人が廊下を歩いてやってきた。

「麿が龍山じゃ。そち、丹波者の本城惣右衛門と申したの。顔をあげよ」

惣右衛門は改めて名乗り、顔をややあげた。

「ほ。麿が申すのもなんじゃが、そなたはなんとも、公家顔でおじゃるのう」

「は……」

まさか前久より親し気に声をかけられるとは思っていなかったので、惣右衛門はなんと答えればよいやら分からなかった。前久は惣右衛門を眺めつつ、遠い目をしている。

「丹波者か。懐かしい。麿も京を追われた際、丹波黒井城の荻野悪右衛門に、きつう世話になった。悪右衛門直正がのうなって幾年になるかのう」

「は。七、八年になりましょうか」

「もう。そんなになるか。光陰矢の如しとは、このことよの……」

「は。誠に」

「ふむ。悪右衛門に再嫁していた麿の妹は、直正が亡うなった後、京に戻ってきたが、また、すぐ、他所に嫁したわ」

「は。それは、それは」

　前久の横には侍女らしき四〇歳半ば過ぎの女性がいた。女性はさりげなく、美しい扇で顔を覆っている。前久が黙るのを待って、扇の骨の影よりうかがえる口が開いた。

「惣右衛門とやら。そなたのいう、冬殿は先年、みまかられました。したが、龍山様もこなたも、冬殿のことはよく存じております。して、今日はいかがされた」

「母がみまかっていた……」

　惣右衛門も母がすでに死んでいたと聞いて驚きはしたが、それよりも目の前の女性に何やら懐かしいものを覚えた。とはいえ、前関白の手前、非礼になってはと思い、言葉を続けた。

「父の惣右衛門がみまかったことを母の冬に告げに参ったのですが……」

　惣右衛門がいうと女性は、

「そうかえ……」

と、のみいい、扇の上から目をのぞかせ、じっと惣右衛門を見つめるのみであった。その目に

も懐かしさがある。惣右衛門は前久の前ではあったが、思わず庭上でにじりより、

「あなたさまはもしや……」

と、いったが、女性は、悲しげに顔を振ってそれをやわらかく制し、顔から扇を離さぬまま、奥に下がっていった。

前久は女性が残していったお冬が父に送った数通の文を惣右衛門に返したが、返す際、

「冬の思い出に一通残してゆけ。よいかの」

と、いったので、惣右衛門は平伏した。やがて衣擦れの音がして堂上に人の気配がなくなった。対面は終わったようだった。


「そなたは、当家や荻野悪右衛門の継室であった時分の麿の妹の侍女をしていたとはいえ、我が父、恵雲院近衛稙家《たねいえ》が下女に産ませた者。麿にとっては母違いの末の妹じゃ。さすればあの男、麿の甥ではないか。名乗らんでもよかったのかの」

「はい……。前の夫はこなたに黙って、丹波の山奥で山賊働きをしておりました。それのみならず、一〇を過ぎたばかりの我が子にまで山賊働きをさせ申しました。家のさがとはいえ、それはいまも許せませぬ」

「ううむ。おことが怒るのは無理もないが……。乱世じゃ。許してはどうや。子に罪はあるまい」

「……。いえ、風の噂に聞きましたが、その後、あの子も名うての山賊となり、罪もなき者を多

数あやめたそうですから……」

「何。名うての山賊じゃと。麿の甥は、名うての山賊なのか……」

「はい。通り名を丹波の山猿とか申したそうです」

「丹波の山猿とな……」

諸国を流浪し、名だたる大名たちとわたりあってきた公家最高の貴人は、怒るどころか、肩を震わせて大笑いしている。

東求堂奥深くの会話は外には聞こえない。


そのころ、惣右衛門はなんともいえぬ顔で寺の門をくぐり、一つ、大きく、くさめをした。京都は、やはり、足元から冷えがくるらしかった。

羽柴秀長の一声

天正一三年（一五八五）九月下旬、京をあとにした惣右衛門一行は羽柴秀吉の弟である羽柴美濃守秀長の居城、大和国郡山城の城下に入った。

――これは、騒々しい。

惣右衛門が足を踏み入れたとき、郡山城下は人や車のたてる、もうもうたる土煙に包まれていた。

旧主筋の堀尾吉晴の家臣からおおよそのことは教えられてはいたが、前の郡山城主筒井定次《さだつぐ》は先月閏八月の秀長の郡山入りと同時に、隣国伊賀国上野城二〇万石に転封されていた。定次は、織田家の将として丹波に攻めてきたこともある筒井順慶の養嗣子である。

一の郎党青山与次がいう。

「筒井家有縁の人々の引越と、紀伊国和歌山城よりの羽柴美濃守様有縁の人々の引越が重なったゆえの喧噪ですな」

「そうよな」

人にもの問いしていた二の郎党長崎三郎が戻ってきた。

「先日まで、関白殿下が郡山城におこしだったようです」

「関白殿下。ほう。秀吉様が……」

頷いた惣右衛門は、郡山城下の旅籠に腰を落ち着けると、中間の伝蔵に、ひとまず、郡山と秀長の近況を調べさせた。

晩になって戻ってきた伝蔵によると、まず、郡山城は関白秀吉の舎弟、秀長にふさわしいものをということで、周辺の城や寺の建築物を移築しての大規模な拡張工事にとりかかったところであるらしい。天守閣も豪壮なものになるという。また、秀長の郡山入りは秀吉に大和国一国を加増されてのことであったが、その加増は直接的には、秀長が総大将をつとめた四国攻めの功績によったらしい。秀長はこの戦で、小牧・長久手の戦以来、徳川家康と気脈を通じていた四国土佐国の大名、長宗我部元親を降している。

関白秀吉が秀長に寄せる信頼は篤い。秀長の領国も加増の一途をたどり、この段階で秀長の領国は、紀伊・河内・大和国で一〇〇万石を越えているという。

「なんと。一〇〇万石か……。それは、途方もなく大きな分限じゃ」

惣右衛門はうなった。

翌日、惣右衛門は中間の伝蔵に命じ、秀長に面謁する際に取次をしてくれそうな重臣を探させた。

伝蔵は半日後に早くも旅籠に戻ってきて、秀長の重臣、桑山重晴《くわやましげはる》を頼るのがよさそうだといった。聞けば、重晴は秀長より二万石を与えられている大名並の重臣で、秀吉の直臣でもあるらしい。

――桑山殿な……。

惣右衛門は、翌日、桑山家の屋敷を訪ねると、重晴は秀長のもとの居城、紀伊国和歌山城の城代を勤めていて郡山にはおらず、ここは、重晴の三男、貞晴《さだはる》の屋敷になっているということだった。ただ、貞晴にせよ、二五〇〇石もの知行地を秀長より与えられていて、秀長の重臣であることに違いないらしい。

奥に通された惣右衛門が平伏して名乗ると、貞晴は、

「左近貞晴でござる。顔をあげられよ」

と、いった。惣右衛門が顔をあげると、貞晴は惣右衛門とほぼ同年配の二〇代の後半のようだった。貞晴も同じように思ったらしく、眼差しをなごませた。

「ま。楽にされよ。御用向きは羽柴美濃守秀長様への仕官の吹挙を賜りたい、でござるかの」

惣右衛門が左様でござると答えると、貞晴は、好意的に頷いた。

「当羽柴美濃守家は、一〇〇万石を越える御家となったばかりゆえ、人を求めており申す。よいときに参られたと存ずる。拙者が殿に吹挙してもようござるが、これまでの武功の証などござれば、一層、話がまとまりやすいと心得るが」

惣右衛門は旧主堀尾吉晴殿の吹挙状を持ってござると、答えた。すると、貞晴は膝を打ち、拝見してもよろしいかといった。そこで、惣右衛門が黒漆塗の文箱に入ったそれを見せると、貞晴は一礼してざっと中身を改め、一礼して返し、これは行き届いたもの、子細あるまいといった。

こうしたことで、翌日、惣右衛門は、貞晴の案内を受け、郡山城に登城することとなった。

城中の控の間で待っていると、貞晴がやってきて、各別なこととして、多忙な秀長が会うといっていると告げた。

――儂のような下士にまで興味をお持ちとは。すぐれたお方のようじゃ……。

感服した惣右衛門は貞晴に導かれて大広間にいくと、しばらくして奥から出てきた秀長が上段の座に座った。惣右衛門が名乗ると、秀長は、

「美濃守秀長じゃ。苦しゅうない。おもてをあげよ」

と、いった。

惣右衛門が見あげると、秀長は、四〇半ばと見えたが、少々顔色が悪かった。兄の秀吉は織田家

傘下の地侍か百姓の弥右衛門と同様な身分出身らしき、なかの間に生まれた子で、秀長はその、なかとなかの再婚相手の織田家同朋衆、竹阿弥《ちくあみ》の子と聞いていた。同朋衆とは芸能や美術品・武具・茶器の鑑定でもって仕える阿弥号を名乗る僧形の者のことである。だから、秀長には武士の血ははいっていないかもしれないと思っていた。

しかし、秀長は、鋭い眼光をたたえた武将然とした人物だった。

そんな秀長が、来歴は、と、問うたので、惣右衛門が、山賊働きのことは除き、ここまでのことを語ると、秀長は黙って興味深げに聞いていたが、途中、

「何。明智光秀殿の家臣であったのか」

と、いった。惣右衛門は冷や汗を覚えたが、秀長は、ま、山崎の戦に加わっておらぬのであれば、それは良いわともいったので、惣右衛門はそっと胸をなでおろした。気持ちを立て直した惣右衛門は、続けて、最前、堀尾吉晴の傘下の地侍衆として、伊勢国松ヶ島城の戦に参加し、その際に手柄をあげたという話をすると、秀長は少々、身を乗り出した。

「なんと。伊勢松ヶ島城攻めの総大将は予であった。確かに堀尾殿には世話になった。さすれば、すでに、そちは予のために働いておるともいえるの」

秀長は興がのったようで、続けて、堀尾殿の吹挙状があると左近から聞いておるぞと、いったので、惣右衛門は黒漆塗《くろうるしぬり》の文箱に入った吉晴の書状を左近貞晴を介して秀長に渡した。ざっと一読した秀長は小さく頷き、

「ううむ。聞いてはいたが、堀尾殿は侍を大切にされる御仁だの。行き届いたものじゃ。この黒漆塗の文箱も見事なものぞ」

「は」

「ふむ。桑山左近の与力にしようかとも思ったが、気にいった。予の馬廻衆としよう。ふむ。堀尾家では五〇石であったか。では、松ヶ島城攻めの恩賞の意味も込めて、蔵米一〇〇石を遣わすことにしよう。蔵米は本年分より与えよう。また、城近くに屋敷を遣わすゆえ、そこより出仕するがよい。はげめよ」

と、いった。

惣右衛門があっ、と平伏すると、秀長は貞晴に頷いて再び奥に下がっていった。

感激さめやらぬ惣右衛門は貞晴から祝辞を述べられ、そのまま、城にほど近い、屋敷に案内された。屋敷は貞晴のいる桑山家の屋敷の隣であった。惣右衛門は改めて、

「本日はかたじけないことでござった。以後、左近様を寄親とも思い、御恩を返したい」

と、いった。しかし、左近貞晴は、

「いや。貴殿は殿の御直の馬廻衆じゃ。拙者の寄子、与力ではござらん。とはいえ、同年配のことであるし、以後も御昵懇に」

と、さわやかにいって、城中に戻っていった。

惣右衛門は与えられたばかりの屋敷で一〇〇石取の侍になったことを郎党たちに伝えると、み

な、わっと喜んだ。惣右衛門はいった。

「これよりは、羽柴美濃守秀長様にお仕えするぞ。皆の者、頼む」

こうして惣右衛門の武家奉公がはじまった。

——蔵米一〇〇石取か。嬉しいものだの。父上や儂の分限も一〇〇石の時分があった……。

故郷と亡き父を思った惣右衛門であったが、惣右衛門の新たな主君、羽柴秀長は、京にのぼると、早速、秀吉の周旋によって従三位参議に昇進した。以後、秀長は世間から秀長卿と呼ばれ、天下人の弟君としての立場が、より重さを増したようだった。

——秀長卿か……。そういえば、宮仕えははじめてじゃ……。

惣右衛門は、赤井・明智・堀尾家に仕えていた時分は、戦のときのみ主筋の家に従えばよい地侍衆であったので、こうした、日々、主君の城や屋敷に出仕する、いわゆる、宮仕えははじめてだった。

惣右衛門の秀長馬廻衆としての役目は、戦時には無論、秀長のそばに近くにあって護衛をつとめることである。

ただ、上役に聞けば、戦がないと閑になるわけでもなく、秀長の鷹狩や寺社参詣などといった外出時の護衛役、秀長の武芸鍛錬の相手役、城の宿直役、各種奉行の補佐役や天守閣付近の警衛役など、存外、忙しいらしい。

また、秀長は京・大坂にいる兄秀吉より急な呼び出しを受けた際は随行を命ぜられることもあろうし、秀長は体調維持のために温泉を好み、惣右衛門の故郷近くの摂津国有馬温泉にまで足を伸ばすこともあるらしく、その際も随行を命ぜられるであろう、とのことだった。

――これは忙しそうじゃ……。

と、思った惣右衛門は、馬廻衆が馬なしではまずかろうということで、郎党の与次に言い付け、郡山城下で馬を買い求めることにした。

「ここまで桑山殿に馬を借りておったが、もう、心苦しい。二、三〇貫文くらいで、なんとか探してくれ」

与次はいつもより眉を濃くしてにやりと笑った。

「旦那様。山賊稼ぎで奪って参りましょうか」

惣右衛門は思わず苦笑し、それは今はよせといった。

そんな惣右衛門の秀長家での初の大仕事は、戦ではなく、出仕して二ヵ月後の天災に際するものであった。

世にいう、天正大地震である。

天正一三年一一月二九日の夜半、近畿・東海地方などを襲った大地震は、数十日も余震が続き、各地に甚大な被害をもたらした。

後で聞けば、京都蓮華王院三十三間堂では仏像六〇〇体が転倒したという。堺では海際に立ち並んだ蔵三〇以上が倒壊したという。また、秀吉の若き日の居城にして今は秀吉の重臣山内一豊《やまうちかずとよ》の近江国長浜城、小牧・長久手の戦で討死した池田恒興の子の池田輝政《てるまさ》の美濃国大垣城、織田信雄の伊勢国長島城などといった城は全壊か全壊に近い打撃を受けたらしい。飛驒国帰雲《かえりくも》城という城にいたっては地震にともなう土砂崩れにより、在城していた城主内《うち》ヶ島《しま》一族を呑みこんで地中に没したという。

地震にともない、高潮に火災もおきたため、死者は数え切れないらしかった。

惣右衛門にとってもこれほどの大きな地震ははじめてである。大和国をはじめとした秀長の領国にも大きな被害が出た。秀長は偶然、地震前に秀吉の呼び出しを受け、一一月上旬より京・大坂に滞在していた。関白秀吉は近江国坂本城にいた旧主の織田三法師に会うため同城滞在中であったらしく、余計に秀長の居所や安否が分からないことで大騒ぎになった。郡山城では、大規模拡張工事の足場が崩れ、櫓や石垣が崩れたが、それどころではなかった。

惣右衛門はこのときは郡山城の留守衆に組み込まれていた。惣右衛門の屋敷も半壊したが、屋敷内では、死人は出なかった。惣右衛門もあまりの惨状に茫然としたが、我に返って城に出仕し、壊れた建物の材木を運び出すなどしつつ、同輩とともに主人秀長の安否連絡を待ってじりじりとしていた。やがて、早馬があり、大坂城内の秀長屋敷は倒壊したものの、秀長本人の無事は知れ、家中は一様に安堵の一息をついた。

――まずは、よかった。

惣右衛門も安堵した。

秀長は秀吉政権の地震事後処理の政務があり、郡山にはもうしばらく戻れぬとのことであったので、秀長家では、藤堂高虎《とうどうたかとら》ら秀長家の重臣たちの指揮のもと、秀長の遠隔指令を受けつつ、被災した領国の立て直しにあたった。

惣右衛門はほかの馬廻衆ともども、人足を指揮し、郡山城内の瓦礫の撤去や修復を手伝い、それが終わった後には城下町の半壊した町屋の取り壊しや、橋の架け直しに働いた。

震災のどさくさに紛れた群盗があらわれた際には、追捕に手を貸した。

――山賊働きで鳴らした儂が群盗追捕とは……。

と、自嘲したが、山賊働きの来歴は、秀長家では、おくびにもださなかった。

山賊の恋

惣右衛門はこうした忙しい日々を送っているうち、郡山城中である侍女を見初めた。

子細は特別なものでもない。

郡山城の奥向きにつとめる中下級の侍女が、城郭内の馬場で、たすき掛けをして、立ち働く家臣に握り飯を振る舞っていたところ……という図である。

城の石垣修復の指揮を小休止した惣右衛門に竹皮に包まれた握り飯を差し出した侍女は、色白で少々小柄だった。遠目には一重にみえる美しい奥二重の向こうに、意志の強そうな瞳が隠れて

いる。ぼう、とした惣右衛門が赤面しつつ名を尋ねると、

「凛《りん》と申しまする」

と、答えた。

お凛がいうには、なんでも、もともとは、前の郡山城主で今は伊賀国上野城主となった筒井定次の重臣、松倉《まつくら》右《う》近《こん》大《たい》夫《ふ》重信《しげのぶ》の遠縁の者であるという。重信は伊賀国で名張城を任された上、八〇〇〇石ほどの所領を持っている筒井家の大身家臣でありながら、秀吉の直臣のような性質も持っていた。そんなことで重信は秀長とも交誼があるらしい。無論、郡山のことは、筒井家の人間のほうが詳しい。その縁もあって、お凛は行儀見習いもかねて郡山城中の奥に出仕しているという。歳は二〇歳前であろうか。

お凛は楚々としている。

ただ、松倉重信といえば、大名級の武士である。惣右衛門は名乗るには名乗ったが、

――いくら遠縁とは申せ、松倉家ゆかりの女性では、山賊働きあがりの儂では、ちと、無理かの……。

と、落胆した。とはいえ、気を取り直し、縁談はおありかのと聞くと、お凛も頬を染め、

「一度、不縁となりました。今のところありませぬ」

と、答えた。不縁のことは、どうでもよいというか、むしろ、身分違いの儂には好都合かと胸が躍った。とはいえ、それを差し引いてもなお、我が身のみすぼらしさを覚え、

「ほ。左様でござるか。拙者もでござる」

と、へどもど答え、忙し気に立ち去ってしまった。

惣右衛門は多忙なような浮ついたような日々を送っていたが、惣右衛門の主君、秀長は多忙を極めていた。

秀長は、このほど、秀吉が朝廷より豊臣《とよとみ》の新姓を拝領したことで、豊臣秀長を名乗るようになっていた。当然、秀長は引き続き秀吉政権に参画しているが、その一方で、大和国と紀伊国をはじめとした、豊臣家随一の連枝、いわば、大和豊臣家当主であり、かつその大領国を支配する大大名でもあるため、領国経営も怠りなくおこなわねばならなかった。

秀長の領国経営にとっての最大の障害は、興福寺や春日大社をはじめとした大寺社が多数所在する奈良の存在である。惣右衛門にもそれは分かる。主家の用事や余暇で奈良にいき、興福寺や東大寺や法隆寺を仰ぐと、まずは、その大伽藍に圧倒される。町衆らは大伽藍を眺めてありがたがるのであろうが、武士は、武士たる者のさがということか、大伽藍を眺めても、あなたに鉄炮放ちを、こなたに弓兵を置き、あの門、この門を固めて、といった目で眺めてしまうので、大寺院は、そのあたりの武士の小城などは到底及ばぬような、潜在的な大城郭にしかみえない。

そして、奈良の道を歩けば、驚くほど多くの僧や、大薙刀を持った僧兵とすれ違う。人通りも京についで多い。

奈良はまさに、仏都だった。

――寺社は武家にもありがたい存在ではあるが、恐ろしい存在でもある……。

大寺社が経済力と軍事力を持っているということでその所領を特別扱いしすぎると、課税や軍役の賦課に差障りが生じる。特に大和国では寺社の数が多いため、本来的には寺社領だという土地が多く、これに配慮ばかりしていると、とてもではないが、領国経営などできない。

――殿もお大変じゃ……。

そこで秀長はまず、大和国最大の宗教・政治・商業都市、奈良の力を低下させるべく、奈良における味噌・酒・柴木などの諸商売を一切禁止し、それらの諸商売を郡山でおこなわせることにした。大都市奈良が持つ幾つかある顔のうち、商業都市としてのそれを郡山に移そう、ということである。

惣右衛門も目を丸くした。

実現すれば、郡山は大和国最大の政治・商業都市となり、奈良は単なる宗教都市に転落するかもしれない。

秀長はその上、領国で厳格な検地や指出《さしだし》といった土地調査をおこない、公平な課税と軍役賦課をしうる体制を整えた。

これらの秀長の政治は、奈良最大の寺院、興福寺の僧兵大将出身の大名家、筒井家の支配と比べると、寺社にとっては、大変に厳しかった。秀長は、寺領の過少申告については興福寺ですら許さなかったし、聖徳太子ゆかりの法隆寺には、大地震で部分倒壊した郡山城修築の人足を出させた。

――内政も戦じゃの……。

惣右衛門は感心しきりであった。ただ、秀長の力闘は奈良の大寺社の目には苛政と映った。そして、大寺社のみならず、厳格な秀長による検地や指出によって減収となってしまった大和・紀伊両国の国衆や地侍や大百姓も強い不満を持った。

しかも、翌天正一四年の夏は、近畿地方南部で雨が降らず、秋は不作が見込まれたことで、秀長領国は不穏な空気に包まれた。

龍神城の戦

天正一四年（一五八六）の夏、紀伊国日高郡から牟《む》婁《ろ》郡熊野地方で、ついに、大規模な一揆が発生した。領主豊臣秀長からすれば、紀伊は、ひざ元の大和国と違って威令を及ぼしにくい。郡山から遠いのである。一揆勢の頭目ははっきりとせず、どうやら、現地の雑多な国衆や地侍が民衆を扇動して蜂起に及んだらしかった。

――一揆か……。

惣右衛門は地侍出身であるだけに、一揆の恐ろしさはよく知っている。

秀長は急報を受け、同年八月下旬、決然と衣を払い、一万二〇〇〇ほどの軍勢を率いて紀伊国に出陣した。秀長はこうした際、人任せにするのを嫌うたちのようだった。

秀長馬廻衆で蔵米一〇〇石取の惣右衛門は、五〇歳を過ぎた長崎三郎を留守居とし、青山与次に伝蔵、小荷駄持ちの下人数名を連れて秀長に従った。

与次が惣右衛門のために郡山城下の馬商人から二五貫文で買った馬は、栗毛で、体高はそれなりだが、足は太く短かったため、ぶかっこうだった。

しかし、秀長勢が山道に入ると、惣右衛門は自分が乗っている馬の良さが分かった。ほかの馬廻衆が乗った、足の細長い見栄えのよい馬は、みな、鼻づらが地面につくかというほど頭を下げて辛そうであるのに、惣右衛門の短足の栗毛は、依然として鼻息荒く、山道でも元気そうであった。口取りは伝蔵がしている。かたわらを歩く与次は濃い眉を得意げに動かした。

「旦那様。この馬、ようございましょう。大和の南や紀伊は、丹波なみの山道かと思いましてな」

馬上の惣右衛門は、ふむ。よい馬じゃといって、短足栗毛のたてがみをなでた。惣右衛門は兜紐からしたたる汗をぬぐいつつ、つぶやいた。

「そういわれれば、丹波の山道を思い出すのう……」

秀長勢は郡山をはるかに南にくだって吉野川につきあたり、川沿いを南西に進んで紀伊国九度山にいたった。そこから高野山金剛峰寺がある方を左手に振り仰ぎつつ、深く険しい山の細道を南へ南へと行軍していった。

「遠いのう」

惣右衛門はこぼす。

秀長勢は郡山城を発して数日後、紀伊国日高郡龍神という集落にさしかかった。

あたりは深い山奥である。蟬の音まで恐ろしい。

この龍神の集落は日高川が流れる細長い渓谷状の土地である。その土地を日高川沿いに南西にくだっていくと、増賀山という山があった。そして、その増賀山の山頂付近に、鶴ヶ城がある。城の名前は優美だが、西は日高川、東は丹生ノ川という日高川の支流に守られていて、なかなかの堅城であるという。

事前に色々話を聞いていた与次はこの城にまつわる話をそれなりに知っていた。

「鶴ヶ城のかつての城主は玉置《たまき》氏と申すそうです……」

玉置氏はこのあたり一帯を支配する国衆であった。玉置氏は秀長に恭順の姿勢をとっていた。しかし、最近、秀長の厳格な仕置きに反発し、紀伊国日高郡亀山城主湯川直春《ゆかわなおはる》という国衆が挙兵した。直春は勢いにのって、玉置氏の鶴ヶ城を攻略したという。

「湯川直春殿とな……」

「は。しかし、湯川殿はすぐに死んだそうでござる」

与次によると、直春が死んだ状況はよく分からぬらしい。秀長に謀殺されたともいう。それはともかく、以後、玉置氏一党と湯川氏残党による鶴ヶ城を廻る争奪戦が繰り返され、現在は湯川氏残党が城を支配しているという。そして、どうやら、この湯川氏の残党こそが、このたびの一揆の主導勢力の一つらしかった。

「して、鶴ヶ城の一揆勢はいかほどなのか」

「は。物見をつとめた玉置氏の旧臣によれば、一揆勢は湯川氏残党を主力とし、およそ一〇〇〇ほどであるとか」

「小勢だの。したが、秀長様としては、これを捨ておいたまま、熊野表に進むわけにもいくまい」

「はい」

「まずは使者を送り、出方を探られるであろうの」

惣右衛門が予見したとおり、秀長は軍勢を鶴ヶ城に近々と寄せると、早々に使者を立て、降伏せよと申し入れた。

秀長が後方の本陣より城のある山頂を凝然と睨んでいると、すぐに城より降伏するとの応答があった。秀長は、兵力差が大きいこともあって、降伏の申し入れを疑わず、気がはやったのか、惣右衛門を含む馬廻衆ほか三〇〇ほどを率いて日高川を渡り、城がある増賀山に接近した。

惣右衛門は秀長の背中を遠くにみつつ馬をうたせていたが、嫌な気配を感じてふと、横を向いた。すると、山影よりあらわれた数百の敵影がみえた。はじめからそのつもりであったのか否かは分からないが、秀長を急襲するつもりらしかった。

惣右衛門は肌に泡立ちを覚え、馬上、伸びあがって絶叫した。

「殿。伏兵でござる。敵に備えがあり申すぞ」

すると、まるで惣右衛門の声を合図にでもしたかのように、鶴ヶ城からも城兵が喚声をあげ、秀長勢に突撃をしかけてきた。

「一揆勢め。たばかったな……」

吐き捨てた秀長は引き返せと命じたらしいが、狭隘な地形のせいで、秀長が直接指揮する三〇〇ほどの軍勢は身動きがとれない。

――まずい……。

惣右衛門は、意を決し、横合いからの伏兵に突っ込もうとすると、伏兵の人数より、ばすっ、ぶすっ、ぼすっと乾いた銃声が鳴り響き、同輩たちが何人か落馬した。惣右衛門は舌打ちしたが、後にもひけず、南無三、と短くいって馬腹を強く蹴ったところ、思いもよらぬ速さで短足の栗毛が走った。

――速すぎるわ……。

と、思ったがどうにもならず、惣右衛門はまるで一騎駆けのようなかっこうで、敵勢に突っ込むはめに陥った。柄にもないと思う間もなく、無我夢中となった惣右衛門の鎧の袖には矢が突き立ち、半月の前立のついた頭形兜を銃弾がかすめたが、まるで気づかない。惣右衛門は愛用の短槍を突き出し、突き出しして暴れ回った。

これに勇気づけられた秀長勢の一〇〇ほどが続いて敵勢に駆け入ったので、秀長本人は残る二〇〇ほどの人数とともに、なんとか、日高川を渡河し、安全な後方に逃れることができたようだった。それをみて、惣右衛門ら一〇〇ほどの人数は敵伏兵の鋭鋒をあしらいつつ、じりじり、と後退しはじめた。

しかし、敵の伏兵は城より打って出た軍勢と呼吸をあわせ、惣右衛門ら一〇〇の人数をなおも攻め立てた。これは挟み撃ちに近い。湯川氏残党軍は強かった。秀長勢の死傷者は増えていく一方である。山に入り込んだ秀長勢の大軍は、城からの奇襲で、まだ恐慌状態にあるらしい。

――ここは無理をすまい……。

惣右衛門は馬上で槍を振るいながらも主君秀長が危地を脱したことは分かっていたので、味方の手前、目立たぬようにさがろうとした。

乱戦の中、惣右衛門は並走してきた敵の騎馬武者を馬より突き落とすと、まわりで奮戦していた郎党の青山与次と中間の伝蔵に逃げるぞと声をかけようとした。そうしたところ、山に入り込んでいた秀長勢のうち、五、六〇〇の人数が土煙をあげて近づいてきた。

「やあ。惣右衛門殿。見事な働きぶり。ともに敵を攻めつぶしましょうぞ」

軍勢の先頭にいたのは秀長の重臣、桑山左近貞晴だった。

「おお。左近殿」

惣右衛門は、退きそびれたと思わなくもなかったが、味方がそこかしこから合流してきたのをあわせて七、八〇〇になったこともあり、馬首を廻らし、敵の伏兵に攻め入った。乱戦のさなか、惣右衛門の前に、黒の当世具足を着用した騎馬武者があらわれた。惣右衛門は疲労で目がくらみそうであったが、なんとかこれも短槍で突き落とし、中間の伝蔵に首を取らせた。

麓の戦は結局、秀長勢の大勝に終わった。敵の伏兵はほぼ、全滅したろうか。敵からすれば、秀長を討ちもらした時点で、負けが決まっていた戦ではあった。

肩で大息をつくほど疲れた惣右衛門であったが、いきがかりということで、そのまま桑山貞晴に続き、山の頂の鶴ヶ城本丸まで攻め入った。

城内の戦は激戦というより、乱取の局面に移行していた。

惣右衛門はすでに軍功をあげたつもりであったので、あえて阿鼻叫喚の音響がする主郭方面にはいかず、煙を噴き始めた主郭部の脇にあった侍長屋の中をなにげなくのぞいた。すると、中に、年少の武士が五名ほどいて、震えていた。この内、一名が脇差を抜き、可憐な声とともに斬りかかってきたが、惣右衛門はなんなくかわし、手で脇差を叩き落とした。

「死んでもなんにもならぬ。助命の口添えをするゆえ、降るがよい」

唇を白くした五名はきょろきょろ、としつつ、頷いたので、惣右衛門はこれを外に出し、与次と伝蔵に命じて、縄で縛って数珠つなぎにした。

ふと、まわりを見ると、同じように数珠つなぎにされた女・子供がぞろぞろ歩かされている。

鶴ヶ城は落ちた。将領格の湯川氏の残党は、討死する者あり、血路を開いて熊野方面に落ちた者もあり、といったところだったらしい。ただ、主郭部分は消火が早く、主要な箇所は燃えなかったので、秀長が重臣や側近を従えて入った。

早速、論功行賞があるということだったので、惣右衛門は桑山貞晴を通じ、敵の兜首一つと捕虜にした年少の武士五名を差し出した。まもなく、貞晴がやってきて、秀長から褒詞《ほうし》を賜るという。惣右衛門は急ぎ、主郭部分に参向した。

さほど広くない広間の奥の床几に座っていた秀長はかしこまった惣右衛門をみて、

「やあ。惣右衛門。先ほどはよう働いた。肝を冷やしたわ」

と、いった。惣右衛門が、はっと平伏すると、秀長は機嫌よさげに、

「加増じゃ。惣右衛門は蔵米三〇〇石に加増じゃ。捕虜五名は助けて取らせるゆえ、そのまま、そちの郎党にせよ」

と、いった。

――一〇〇石から三〇〇石に加増か。これは、驚いた……。

惣右衛門は感激しながら、秀長の前からさがった。気の良い桑山貞晴は自分のことのように嬉しがってくれている。

松倉重信の申し出

豊臣秀長は、その後、天正一四年（一五八六）九月の紀伊国熊野の戦で苦戦したこともあり、戦を切り上げ、九月中旬、大和国郡山城に戻った。

――一揆はやはり、恐ろしかった……。

惣右衛門も参加したこの熊野の戦における秀長勢の損害は甚大で、秀長勢に参加していた伊藤掃部《かもん》の軍勢などは掃部もろとも全滅したほどだった。秀長としてもこれ以上の無理攻めはさけ、要所要所に軍勢を配置し、一揆勢が立ち枯れるのを待つ持久策をとったらしい。結果、これが功を奏し、一揆は三年後の天正一七年ごろ、鎮圧されることになる。

熊野の戦では惣右衛門の顔見知りにも多数の死傷者が出た。が、幸い、惣右衛門ら本城家の人数は、軍功をあげられなかったものの、死者は出ず、小荷駄持ちの下人数名が軽傷を負ったのみですんだ。

惣右衛門が郡山に戻って疲労がとれたころ、隣国伊賀国上野城主筒井定次の大身家臣、松倉右近大夫重信より、伊賀上野城下の屋敷にこられたしとの誘いがあった。重信は筒井家家臣ではあるが、秀吉直臣的な性質もあわせ持つという。

――はて。松倉様といえば大名並のお方。なんの用であろうか。

と、思った惣右衛門であったが、断る理由もないので、隣家の桑山左近貞晴を通じ、主家、大和豊臣家に断りをいれた上で、伊賀上野におもむくことにした。

伊賀国上野城は、大和郡山からだと、まず、北に進んで山城・大和国境を流れる木津川の南岸に出て川沿いを東に進み、山城国相楽《そうらく》郡笠置《かさぎ》や、さらにその先の月ヶ瀬の集落を抜けてゆくのが無難である。

気候は良い時分である。惣右衛門は、郎党の青山与次と中間の伝蔵を連れ、四日かけて上野城下までいってみると、重信は大名並の武士であるだけに、その屋敷は豪壮であった。惣右衛門は訪いをいれると、松倉家の家人に案内され、広間に通された。しばらくして重信があらわれた。みたところ、重信は五〇歳手前のようであった。

惣右衛門が名乗ると、

「やあ。儂が右近大夫重信じゃ」

との、気さくな返事が返ってきた。惣右衛門が平伏すると、重信は、唐突に、

「そなた、キリシタンではあるまいな」

と、いった。重信はどうやら、惣右衛門の来歴を誰かに調べさせたらしく、明智光秀に仕えていたことを知っていて、それで、光秀の娘にして、今は丹後国宮津城主細川忠興《ほそかわただおき》の妻である明智玉《たま》殿が、このところ、キリシタンに近づいているようじゃからの、と付け足した。意表をつかれた惣右衛門であったが、拙者は熱心ではないが禅宗を信奉していて、明智殿のご息女とは身分が違うこともあり、なんの関わりもないと答えた。

重信は満足げに頷いた。

「禅宗か。それならよい。存じておろうが、儂の主家、筒井家は奈良興福寺ゆかりのお家じゃからの。キリシタンには反感を覚えるのよ」

「はあ」

「しかしの。我が殿、筒井定次様は不用意にキリシタンをお近づけあそばす。ご先代、順慶様と異なり、出家もされぬ。早晩、定次様は、キリシタンにおなりになるのではないかといわれておる。儂は諫言しておるのじゃが、聞く耳もたれぬ。なげかわしいことじゃ」

「興福寺ゆかりの筒井様がキリシタンに……」

「そうなのじゃ。そちからしても馬鹿馬鹿しき話であろう。ま、よい。今日はその話ではないわ」

重信はそういって手を打つと、膳が出てきた。そういえば飯時だった。膳には山盛の玄米飯の椀と大根らしき香の物の小鉢があった。大名級の武士に勧められる膳にしては粗食であったので、嫌がらせかと思ったが、ふと見ると、重信の前にも同じものがある。

重信は儂も食いながら話すゆえ、遠慮せず食えといった。重信は豪快に玄米飯を咀嚼しながら、惣右衛門がこのたびの紀伊一揆との戦で功をあげ、蔵米三〇〇石取に昇進したことを祝ってくれた。惣右衛門としては、嬉しくもあったが、初対面の重信の話ぶりと山盛りの玄米飯に少々、当惑もしていた。惣右衛門が香の物を頼りになんとか山盛の玄米飯をたいらげると、重信は、もう、たいらげ終えていた。そして、唐突にいった。

「実は、そなたを見込んで頼みがある。儂の遠縁にあたる娘を妻にしてもらえぬかの」

惣右衛門は、飲みこもうとしていた玄米飯にむせた。が、さらに話を聞けば、娘とは、郡山城の奥向きで侍女をしているお凛のことだった。

どうやら、お凛の父母はもう亡くなっていて、身寄りといえば遠縁の重信のみなのだそうだ。

そのお凜が時候の挨拶に伊賀上野の重信のもとを訪れた際、秀長家家臣の惣右衛門についてあれこれ話すので、儂としても察するところがあり、かく頼んでおるのだといった。重信は、

「ただ、お凜は初婚ではないぞ」

といい添えた。しかし、惣右衛門もそれは知っている。惣右衛門は、赤面しつつ、

「拙者でよろしければ」

と、答えた。

松倉重信は当然といえば当然ながら、惣右衛門の主君の秀長より婚儀の了承をすでに得ていたようで、惣右衛門が郡山城下に戻ると、話はすぐにまとまった。

祝言は郡山城下の惣右衛門宅でおこなわれた。祝言は松倉重信の名代のみならず、秀長の名代として隣家の桑山貞晴も列席してくれ、にぎやかに終わった。

こうして妻帯した惣右衛門は、年少の郎党が五名増えたこともあり、屋敷を三〇〇石取の武士にふさわしく増築した。

翌、天正一五年には嫡男が生まれたので、これに、かつての自分と同じく小太郎と名付け、その翌々年には次男が生まれたので、いささか安直かとは思ったが、これには小次郎と名付けた。

惣右衛門がこれまでの人生でもっとも幸福なときを過ごしている時、惣右衛門の主君、秀長の威勢は、まさに、振るっていた。秀長は天下人秀吉の政権を支える柱石といっても過言ではなく、秀吉も最近、その存在感を高めていた茶頭《さどう》の千宗易《せんのそうえき》を引き合いに出し、

「政権の表向きのことは秀長に、裏向きのことは宗易に相談せよ」
と、いうほどであった。秀長は天正一四年秋の徳川家康の秀吉への完全な臣従に際しても功があった。

――誇らしい……。

惣右衛門としても主君秀長の活躍は自慢である。

天正一五年三月よりはじまる秀吉の九州島津《しまづ》家攻めに際しては、秀長は一手の総大将をつとめた。秀長は、黒田官兵衛《くろだかんべえ》や小早川隆景《こばやかわたかかげ》といった豊臣大名を率い、豊前・豊後国を経て日向《ひゅうが》国に侵出し、島津勢と激闘した。惣右衛門も遥か、九州まで従軍したが、本陣にある秀長の護衛の任をつとめていたので、特段、功をあげる機会はなかった。

島津家は豊臣家に屈し、秀吉も秀長も上方に帰った。秀長が郡山に凱旋したのは天正一五年七月下旬のことであった。

秀長は帰国して翌月の八月、秀吉の吹挙によって徳川家康と同格の従二位権大納言に昇進し、まさに豊臣政権にとってはなくてはならぬ人になっていた。秀長の家、大和豊臣家は、このころより、大和大納言豊臣家とか、単に大和大納言家と呼ばれるようになる。

ただ、このころから、秀長の体調が以前にも増して悪くなった。秀長は、秀吉による天下統一の集大成とでもいうべき天正一八年の小田原合戦に、ついに、参加できなかった。秀長としても死期を悟り、自身に男子がいなかったこともあって、姉の子を養子に迎え、豊臣秀保《ひでやす》とした。秀長はその一方で摂津国有馬温泉などで療治につとめ、兄秀吉も何度も秀長を見舞い、諸社に秀長快癒を祈禱させた。

しかし、天正一九年正月、秀長は五二年の生涯を終えた。

秀長に押さえつけられていた大和の寺社関係者は、快哉を叫んだ者もいたようだったが、惣右衛門はがっくりと肩を落とした。

――よい主君であった……。

惣右衛門の感想としては、それに尽きた。

惣右衛門は秀長の大和豊臣家を相続した豊臣秀保に引き続き蔵米三〇〇石で仕えた。

秀保も秀吉から厚遇され、文禄元年（一五九二）正月、従三位中納言に叙任された。朝廷から前関白たる太閤の称号を許された秀吉がおこなった朝鮮出兵の内、いわゆる、文禄の役に際しては、秀保は一万五〇〇〇の兵を率いて出陣し、秀吉の指揮所として急造された肥前国名護屋城に詰めた。惣右衛門も遠路、再び九州は肥前国まで従軍したが、特に働きはなかった。

秀保は文禄の役の一応の終結により大和国郡山城に帰ったが、文禄四年四月、疱瘡を病んだ。秀保は容態が悪いにもかかわらず、疱瘡に効くと名高かった領内の大和国十津川温泉を訪れた。しかし、同地で容態が急変し、一七年の短い生涯を閉じた。

――なんたることだ……。

惣右衛門は茫然とした。

太閤秀吉は、甥にあたる秀保が死んだと聞き、かたちばかり悲しみをあらわしたという。ただ、秀吉は当時、狂喜の中にいた。文禄二年八月に秀吉の側室淀《よど》殿が、秀吉にとっては久しぶりの子、秀頼《ひでより》を産んでいたためであるらしい。

だからか、秀吉は、とりたてて秀保の喪に服することをしなかった。秀頼誕生の喜びを乱されることを嫌ったためと噂された。惣右衛門は薄情なと思ったが、これには、秀吉が先ごろ関白職を譲っていた養子豊臣秀次との関係を悪化させていたことも関係しているらしい。秀次とは小牧・長久手の戦いで家康に局地戦で大敗を喫した、あの羽柴秀次である。

桑山貞晴がいうには、故、秀保は関白秀次の同母弟にあたるから、下手をすると秀次の与党になる危険性があった。太閤秀吉と、石田治部少《じぶしょう》輔三成《みつなり》ら秀吉麾下の太閤奉行衆は、ちょうど秀保の処遇に頭を悩ませていたところでもあったという。貞晴は顔をしかめた。

「太閤殿下と石田治部らのお奉行衆からすれば、秀保様の死は都合がよかったのよ」

結局、秀吉と三成ら太閤奉行衆は、秀長、秀保と続いた大和豊臣家の解体を決めた。ただ、大和豊臣家自体が何か罪を犯したわけではないので、同家の旧臣の処遇は悪くなかった。結果的に、重臣藤堂高虎は秀吉の直臣となり、惣右衛門が世話になった桑山貞晴は徳川家康の家臣に転じることとなった。

惣右衛門は良くしてくれた貞晴に別れを告げた。

七　天下の役人

伏見城の戦

　ときは、文禄四年（一五九五）八月、惣右衛門は三八歳である。惣右衛門はひとりごちた。

「よいときは続かぬものだな」

　とはいえ、助かったとの思いもある。先月七月に旧主豊臣秀保の実兄、関白豊臣秀次が太閤秀吉と対立した末、蟄居していた高野山で抗議の自害をしたからである。歯止めがきかなくなった秀吉は、秀次の一族多数を処刑したらしい。

　――中納言秀保様がご存命であれば、大和豊臣家も、儂も、どうなっていたか……。

　惣右衛門としてもそのまわりの者にとっても、太閤秀吉の秀次処分は評価が難しかった。これで次代秀頼体制の障害がなくなったともいえるし、ただでさえ数が少ない豊臣家一門の数を秀吉みずから減らしただけのような気もした。そして、それ以上に、秀吉が、天正一九年（一五九一）

二月に茶頭の千宗易改め千利休《せんのりきゅう》を切腹させたこともあいまって、秀次一族の処刑、というより虐殺は、秀吉に対する得体のしれぬ薄気味悪さを感じさせた。

――太閤殿下は正気を失っておるのか、そうではないのか、よう分からぬ……。

そうこうするうち、空き城になっていた大和国郡山城には、増田《ました》右衛門尉長盛《ながもり》が入部した。

長盛は、石田三成同様、太閤奉行衆の一人である。惣右衛門もその名は聞き知っていたが、長盛は秀吉政権による全国的土地調査、いわゆる、太閤検地に関する業務や、朝鮮出兵の際の軍監・兵站業務で活躍していた切れ者である。

長盛の大和国郡山領の石高はおよそ二〇万石らしい。

――おや、少ないの……。

と、思った惣右衛門だったが、それは秀長・秀保と比べればということであって、この規模は、同時期に近江国佐和山城主となった石田三成と同程度であるらしい。とはいえ、長盛は三成と比べると、太閤奉行衆としての名声は二、三段は落ちる印象があった。

ただ、後で聞けば、長盛の場合、大和、紀伊、和泉にあった豊臣秀長・秀保の旧大和豊臣家領を中心とした合計一〇〇万石ほどの秀吉直轄領の代官を兼務していた。だから、名声や奉行としての才能はともかく、長盛が持っている実力は三成以上との噂もあった。

そうしたわけで、増田家の内証は大大名級に豊かであるらしい。そして、それに見合った人を求めているという。長盛の業務が、おおまかにいえば、豊臣政権の奉行業務と、豊臣家直轄領の管理業務と、自領の経営の三種に及んでいたためであるようだった。

長盛は、石田三成もそうであるが、奉行としての職務に誇りを持っている。しかし、三成、長盛らは、単なる文官扱いされることに抵抗があるともいう。三成は秀吉子飼いの武官的な大名、福島正則《ふくしままさのり》や加藤清正に、文官的性質を揶揄されると烈火のごとく怒り、喧嘩になったことは一度や二度ではないという。そのためか、三成は筒井家旧臣にして豪勇と名高い島左近清猛《きよたけ》を高禄で召し抱えていたし、長盛は中村一氏《かずうじ》旧臣にして小田原合戦で武名を揚げた渡辺勘兵衛《わたなべかんべえ》了《さとる》を客将として迎え入れていた。


――増田右衛門尉殿か……。


惣右衛門は、こうしたことを旧大和豊臣家での朋輩や、自身の郎党や中間からおよそ聞き知っていた。だから、新しい郡山城主、増田長盛への仕官に淡い期待を持っていた。すると、期待どおり、惣右衛門のもとにも仕官の誘いがきた。増田家が惣右衛門に提示した待遇は大和豊臣家の待遇と同じ、蔵米三〇〇石であったので、否やはなかった。

惣右衛門は、何度目かなと思ったが、郎党らに向き直った。

「これよりは、増田右衛門尉長盛様にお仕えするぞ。皆の者、頼む」

惣右衛門の二人の子は、すくすく育っている。長男の小太郎は九歳、次男の小次郎は七歳になっていた。同年相の青山与次にも伝蔵にも家族ができている。

惣右衛門の増田家家臣としての日々は比較的穏やかであった。子に恵まれた幸福感のせいでもあるし、増田家には大和豊臣家旧臣という共通点のある同輩が多かったためでもある。その上、当主、長盛の存外な武辺好みがそうさせるのか、増田家に多い文官肌の家臣は、武人然とした家臣を軽んずるようなこともなかった。だから、増田家の居心地は良かった。

惣右衛門は最初、増田家で無役三〇〇石として、長盛のともをし、郡山と最近、秀吉が滞在することが多い伏見と秀吉の本来の本拠、大坂を行き来する日々を送っていた。しかし、しばらくすると、長盛が代官をつとめる大和・紀伊・和泉国に点在する豊臣家直轄領支配がらみの役目を担うことになった。

――代官とは何やら懐かしい。

惣右衛門が増田家の文官的家臣と雑談する中で、若年時に丹波国で父の給分の代官をつとめたことがあるといったところ、それがまわりまわって長盛の耳に入ったための起用らしかった。これは大和以下三国を駆けまわらねばならないため、存外に忙しかった。

惣右衛門は依然として、漢字を書くのは苦手であったが読むことはでき、仮名まじりであれば文字も書くことはできた。そうしたことで、さすがに、検地に直接かかわるような役目はできなかったが、豊臣家領代官増田長盛の代官、つまりは、又代官の補佐程度の役目であれば、十分、つとまった。

検地を実施する前日に、武士が郎党・中間を従え、いかめしく騎馬で村を見廻ると、検地が滞りなくいくそうだった。だから、惣右衛門のような代官業務に理解がある武官的な家臣は、文官肌の家臣から重宝されたのだった。

大和や紀伊や和泉の村を見廻る惣右衛門は、馬上で含み笑いをすることもある。

――儂が山賊働きもやっていたと知ったら、あのご同輩たち、なんというか……。

惣右衛門が忙しいながらも平穏な日々を送っている間、天下は、まさに、風雲急を告げていた。慶長三年（一五九八）八月に天下人、太閤豊臣秀吉が晩年の居城、京都近郊の伏見城において、六二歳で死去したのである。

――おお。秀吉公が……。

惣右衛門はさまざまな感情がないまぜになった感慨を覚えた。

秀吉が死去すると、長年、隠忍自重してきた豊臣家大老筆頭にして正二位内大臣の徳川家康が、天下への望みを隠さなくなった。

そうしたことで、秀吉の忘れ形見で六歳にして従二位権中納言の官位を持つ豊臣秀頼と家康が不和になったともいうが、六歳の少年に不和もなにもない。要は、秀頼の取り巻きと家康が不和になったということだった。豊臣政権の家康を除く大老や、石田三成らの奉行衆は家康打倒を画策したが、それに、主君の増田長盛も参画しているらしい。

とはいえ、長盛は、単純な反家康派というわけではなかった。翌慶長四年（一五九九）九月、長盛は家康に対し、大老で従三位権中納言の官位を持つ加賀国金沢城主の前田利長《としなが》や奉行衆浅野《あさの》長政《ながまさ》が家康謀殺を計画していると密報した。利長は、同年閏三月に死去した大老前田利家の子である。長盛は家康から大いに感謝されたという。

——はて。殿は徳川内府様と裏で通じておられるのか……

惣右衛門には主君長盛の行動がよく理解できない。大坂城内で家康を刺殺すれば、すべてかたがつきそうな気もするが、長盛と家康の関係は今のところ、悪くはないらしい。

そこで、惣右衛門は長盛の腹中について同僚に尋ねても、殿は豊臣家に見切りをつけ、内府家康公に賭けているのだという者もいれば、いや、殿は豊臣家を守るためには家康公が必要と思うゆえのなされようかという者もいた。

——分からぬ……。

要領を得なかったが、惣右衛門は感ずるところもあって、武具に詳しい青山与次に自身と皆の武具や甲冑の新調や修繕を命じた。

満天下の耳目がそそがれるなか、大坂城西ノ丸にいた豊臣家大老の家康は、慶長五年六月、東国に向かって出陣した。なんのための出陣かといえば、大老にして陸奥国会津城一二〇万石の大大名、従三位前権中納言上杉景勝《かげかつ》を討つためであった。家康は景勝に豊臣家への謀反の企てありとしたらしい。誰がどうみても、家康のいいがかりである。

家康は大坂城で主君秀頼に挨拶をし、伏見城に立ち寄った後、豊臣諸侯を率いて出陣した。その軍勢は、最終的に、総勢六、七万ほどになる予定であった。増田長盛は豊臣家奉行衆として、家康率いる豊臣軍の兵站維持業務におわれた。

しかし、これ以前に家康によって奉行職を免ぜられ、近江国佐和山城に逼塞していた石田三成は、急ぎ、家康不在となった大坂城に入り、増田長盛ら奉行衆をかき口説いて大坂城中を反家康でまとめあげた。三成はその上で、秀頼とその母、淀殿の許しを得て、上方に戻ってきていた大老で従三位前権中納言で備前国岡山城主にして六〇万石の大名、宇喜多《うきた》秀家《ひでいえ》と、大老でやはり従三位前権中納言の安芸国広島城主で一一〇万石の大大名、毛利輝元を擁し、打倒家康の挙兵をした。

——さすが、石田殿。よくまとめあげられたものだ。殿もどうやら、豊臣家のために働くと決められたようだの。

と、惣右衛門は思った。

しかし、郡山城に出仕した際、訳知りの同僚に聞いたところ、どうやら長盛は、反家康の首謀者の一人のような顔をして、裏では三成らの謀議の様子を家康に密報し続けているらしい。

——おやおや。我が殿は、表裏比興の者であられるのかの……。

惣右衛門は苦笑した。とはいえ、惣右衛門は、長盛のこうした振る舞いに慣れてきていたし、いきり立つほど、もう、青くはなかった。

三成ら豊臣方諸将は、軍議の結果、ひとまず、伏見城を攻めることにしたという。

豊臣家の伏見城は厳密にいえば二つある。そして、それは併存したわけではない。

一つ目は、天正二〇年（一五九二年）より京の東寺からみて南東一里半ほどの距離にある木幡《こわた》山《やま》の丘陵の端にある指月《しげつ》という地に築かれた秀吉の隠居城である。但し、この旧伏見城とでもいうべき城は文禄五年（一五九六）の大地震、いわゆる慶長の大地震によって倒壊した。

そこで豊臣家が同年中より木幡山の中心部に築きなおしたのが、二つ目の伏見城である。この新伏見城とでもいうべき城に慶長二年（一五九七）に秀吉・秀頼親子が移住したことで、城下には豊臣大名の屋敷が集まり、以来、伏見城下は一大城下町になっている。

こうしたことで伏見城は旧・新ともども、もともとは、まごうことなき、豊臣家の城であった。しかし、秀頼は秀吉の遺言によって摂津国大坂城に移り、伏見城は紆余曲折の末、大老家康の管轄下に置かれていた。

上杉景勝討伐のために東国へ出陣した家康が伏見城に残していたのは、家康の古参の家臣、鳥《とり》居《い》彦《ひこ》右衛《え》門元忠《もんもとただ》で、副将は家康の遠い一門、松平主殿助家忠《とのものすけいえただ》であった。元忠や家忠率いる徳川勢は、わずか一五〇〇たらずであったが、三成らの打倒家康の挙兵を知って全員討死の覚悟を決めていて、大いに気勢があがっているという。

豊臣方諸勢では、大老宇喜多直家《なおいえ》、豊臣家一門の従三位前権中納言小早川秀秋《ひであき》、大老毛利輝元の養嗣子毛利秀元《ひでもと》、輝元一門の吉川広家《きっかわひろいえ》、肥後国南部を領するキリシタン大名小西行長《こにしゆきなが》、土佐国の大名長宗我部盛親といった西国諸国の有力大名の軍勢が主力であった。長宗我部盛親は長宗我部元親の子である。

そこに、鉄炮頭鈴《すず》木《き》孫《まご》一《いち》重《しげ》朝《とも》が率いる豊臣家鉄炮組が加わっているので、この軍は、堂々たる正規の豊臣軍であった。さらにこの軍には、行動に不透明さが残る豊臣家奉行の増田長盛も大将の一人になっていて、総勢は四万と号しているらしい。

増田家で蔵米三〇〇石取の惣右衛門は、郡山から直接、伏見に向かう増田勢の一員として、郎党・中間・小荷駄持ちの下人数名を率いて出陣した。新品の甲冑をつけた惣右衛門は、背に丸に本の字の旗指物を背負い、短足の栗毛の馬上で揺られる感触を楽しんだ。頭形兜と五枚胴の鎧は黒漆塗のものを新調したが、前立は愛着があったので前のと同様、半月にした。郎党たちの防具もそれなりのものになっている。惣右衛門は久しぶりの出陣で気分は高揚していたが、ただ、首をかしげざるをえない部分もあった。

——はて。これは手柄をあげてよいものなのか……。

惣右衛門は無用に何度も甲冑をゆすってみたが、短足の栗毛が迷惑そうにいななくばかりで、考えはまとまらなかった。とはいえ、惣右衛門はこうした心持のまま戦うことの危なさはよくわきまえている。増田勢の先鋒部隊の一員として伏見に到着し、木幡山の華麗な伏見城を望見するころには、

——目の前の敵と戦うまでよ。ただ、討死などはすまい……。

と、惣右衛門流に腹をくくった。

豊臣方諸勢の本営での軍議の結果、増田長盛の軍勢は、ほかの友軍とともに伏見城主郭部西側の冠木《かぶき》門を攻めることになった。

伏見城にはおもしろい特徴がある。曲輪の名前に、いわゆる、豊臣家五奉行の名が冠されているのである。本丸や西ノ丸からみて、南に増田右衛門尉長盛にちなんだ右衛門尉丸があり、そこから反時計回りに、石田治部少輔三成にちなんだ治部少《じぶしょう》丸、前田徳善院玄以にちなんだ徳善丸、長束《なつか》大蔵《おおくら》少輔《しょうゆう》正家《まさいえ》にちなんだ大蔵丸、浅野弾正少弼《だんじょうしょうひつ》長政にちなんだ弾正丸が連なっていた。本来、これらの出丸は奉行たちの役宅でもあったのである。

しかし、このときの伏見城は徳川家康の老臣、鳥居元忠が占拠している。元忠は開戦前に城内各所に残っていた豊臣方の武士や役人を攻め、かれらを討ち取るか追い出すかしていた。その小さな合戦の際に火を出したため、城内は一部が焼けている。ただ、その小勢では伏見城の外郭部を守ることはできないため、徳川勢はこれを放棄し、本丸、西ノ丸や右衛門尉丸や治部少丸などを中心とした主郭部のみを守っていた。

一方、城を眺める寄手の豊臣方諸勢は、やすやすと、主郭部に攻め寄せたものの、自分たちの城や屋敷を攻める奇妙な感覚があった。増田勢に属する惣右衛門としても、主人の役宅、右衛門尉丸には何度も通っていたので、妙な気分ではあった。

八月一日、豊臣方諸勢と呼吸をあわせた増田勢は作戦どおり、城の主郭部西側の冠木門に押し寄せた。この門を突破すれば、治部少丸になだれ込むことができる。増田勢では破城槌や大木槌を装備した兵を前面に出し、これを竹束楯などの楯持ち兵に守らせていた。惣右衛門はこの最前線に近い場所にいる。

すると、冠木門の固める兵は無論のこと、正面の西ノ丸や、向かって右手の治部少丸から銃弾が雨あられのように降りそそいできた。城の徳川兵はわずか一五〇〇ながら、城内にもともと鉄炮・火薬の備えが十分にあったため、ほとんどの徳川兵が鉄炮放ちとなり、できたばかりの名城の防禦施設をうまく使い、射撃というより狙撃してきたのである。

惣右衛門は馬からおり、郎党の青山与次と中間伝蔵が掲げる楯の影に身を潜めていたが、

――まずい攻めかたじゃ。儂に宰領を任せてくれれば、よい仕寄を築くに。

と、渋い顔をしていた。

冠木門と治部少丸と西ノ丸の三方からの射撃の的になってしまった増田勢には多数の死傷者が出たが、向かって左手の徳善丸からは銃弾が飛んでこなかったので、その石垣の影まで敗走した。惣右衛門もこれ幸いと続いて逃げようとした。しかし、増田勢にも戦を心得た勇士がいた。

惣右衛門も顔見知りの増田家の家臣、川瀬又兵衛《かわせまたべえ》は死地と化した冠木門の前に、よせばよいものを、どっしり腰を落ち着けた。

「ここで城兵が斬り込みをかけてくれれば、味方は総崩れじゃ。殿軍せねばなるまいよ」

また、やはり顔を見知っている増田家の家臣、狩野孫左衛門《かのうまござえもん》も大声で配下に話しかけている。

「あの鉄炮は常日ごろ、我が殿が豊臣家のために買い調えられたものじゃ。徳川勢が好きに撃ち

おってからに」

二人の勇士は銃弾が飛び交うなかで、平素と変わらぬような談笑をはじめてしまった。

惣右衛門は二人の勇士をあきれたように眺めていたが、平素、増田家家中で武官的家臣とみなされている手前、ここで逃げるわけにもいくまいと諦め、首を振ってため息をついた。

「仕寄をつくろうぞ」

惣右衛門は郎党と中間、下人に命じ、竹束楯や鉄盾をもって右往左往している増田勢の兵に声をかけ、前面に整列させた。兵は混乱はしていたが、密集させてみると、それなりに鎮まり、気が付いた者が、どこからか荷駄車を押してきた。その車には米俵が積まれたままであった。銃弾があたった米俵からは、たらたらと米が漏れ出ている。

「ほ。米が入ったままの俵で仕寄とは。これはまた、豪気なことじゃ」

と、兵を沸かせた惣右衛門は、その急造の仕寄の後ろに廻り、愛用の短槍を片手に折り敷いた。

すると、その見栄えがよかったのか、川瀬又兵衛や狩野孫左衛門もこれにならっておもいおもいに仕寄をつくらせ、その後ろで折り敷いた。

城の徳川勢による銃弾は当然、この小さな殿軍に集中した。川瀬や狩野の人数の楯持ちが何人か倒れている。本城家の人数でも下人が二人倒れた。

すると、三人の勇士を心配した増田長盛の本陣より、伝令があった。長盛側近の林《はやし》助《すけ》右衛《え》門《もん》と灰崎《はいざき》小《こ》伝次《でんじ》は、惣右衛門らの後方に駆けつけるなり、怒鳴った。

「殿のお言葉でござる。殿軍、見事なり。したが、一旦、お退きくだされ」

川瀬又兵衛は袖に刺さった流れ矢をへし折り、ちら、と振り向いた。

「いや、いま少しとどまったほうがよいと心得る。それより、仕寄のために荷車でも持ってきてくだされ」

伝令の林と灰崎は、川瀬と狩野の強情によって、冠木門前の前線と増田本陣とを二度、三度と往復するはめになった。ただ、使者が何往復かするうち、川瀬と狩野は撤退を承服し、仕寄をそのままに、配下を連れて本陣に引き上げた。惣右衛門も、やれやれとばかりに後ろにさがろうとした。

そこへ伝令の灰崎小伝次が何度目かでやってきた。小伝次は、和田半十郎《わだはんじゅうろう》という増田家家臣を連れていた。半十郎は甲賀出身の忍びの者とも聞いている。

「はて。本城殿。なにやら、弾がやんだようでござるの」

「確かに」

いわれてみると、確かにそうだった。灰崎小伝次は勝機を感じたらしく、殿にこれを告げてまいるといって本陣に戻った。残った和田半十郎は目を光らせている。半十郎は不敵な笑みとともに口を開いた。

「本城殿。ここは、ひとつ、治部少丸に乗り込んでみませぬかな」

惣右衛門は頷いた。

「よかろう。和田殿。近づいてみましょうぞ」

惣右衛門は郎党の青山与次に命じて、仕寄の後ろで撤退しかけていた破城槌と大木槌の衆を督戦させ、これを冠木門に近づけさせた。しかし、門に近づいても応射はなく、ひっそりしていたため、惣右衛門は、

「門を壊せ」

と、命じた。

与次の号令で破城槌と大木槌の衆は冠木門を壊した。そこで、惣右衛門があたりの人数を率いて中に乗り込むと、徳川勢の武士が一人で立っていた。武士は惣右衛門に槍を向けて怒鳴った。

「拙者、城の副将、松平主殿助が一族、松平采女《うねめ》。主君よりこの門を預かっておる。勝負じゃ」

惣右衛門に近づいてきた郎党の青山与次が、持っていた鉄炮を示し、撃ちましょうかと尋ねる。

「いや。よせ」

惣右衛門は与次を手で制し、短槍を引き付けつつ采女に突進した。采女は惣右衛門に隙をみとめて鋭く槍を繰り出したが、隙と見せたのは惣右衛門の誘いだった。惣右衛門はなんなく采女の槍をかわし、引き付けておいた短槍でその胸板を刺し貫いた。

惣右衛門に同輩の和田半十郎が駆け寄った。

「やあ。本城殿。見事でござる。このまま、治部少丸に攻め込みましょうぞ」

「うむ。そういたそう」

惣右衛門は半十郎とともにあたりの兵を調え、治部少丸に乗り込んだが、すでにそこにいた徳川勢は西ノ丸に撤退していたようで、無人であった。とはいえ、惣右衛門と半十郎は豊臣勢の治部少丸一番乗りであったことに違いはない。半十郎は、如才なく、

「徳川勢はすでに西ノ丸に引いたようでござるの。役目ゆえ、拙者、本城殿の治部少丸一番乗りの功を殿に告げて参る」

と、いった。惣右衛門は、討ち取った松平采女の首をもたせ、中間の伝蔵を付き添わせた。

ややあって、長盛の命を受けた増田勢が治部少丸に充満した。

感状拝領

惣右衛門のそばに灰崎小伝次が駆けつけた。中間の伝蔵をともなっている。

「本城殿。殿が治部少丸一番乗り、見事じゃと仰せでござった」

「は。恐れ入りまする」

「本城殿。このあたりにおる兵の宰領を任せるゆえ、そのまま、西ノ丸黒鉄《くろがね》門に攻め寄せよとのお下知でござる」

「かしこまった」

そこで、惣右衛門は声を嗄らして、あたりの兵の隊伍を調え、今度は西ノ丸の黒鉄門に攻め寄

せた。この門を突破すれば、西ノ丸になだれ込むことができる。ただ、黒鉄門の徳川兵は、あまりに兵が少なくなってきたためか、無謀にも、すぐに門を開いて打って出てきた。惣右衛門は小伝次ともども、弓・鉄炮の斉射で応戦した。惣右衛門はころあいをみて、

「突っ込め」

と怒号し、槍襖をつくらせ、押しまくった。惣右衛門は黒鉄門では小伝次とともに一番槍を果たした。増田勢は徳川勢を殲滅し、西ノ丸になだれ込んだ。

西ノ丸侵入を聞いた本陣の増田長盛は本隊を天守閣のある本丸に肉薄させた。長盛はそうした上で、重臣福原清左衛門《ふくはらせいざえもん》や和田半十郎ら甲賀出身の武士をもって、天守閣に立て籠もる甲賀武士に離反を呼びかけた。甲賀武士は、鳥居元忠が伏見城で一戦するべく、急遽、大枚の銀子をはたいて雇った武士だった。天守閣内の甲賀武士はこれに応じ、天守閣の各所で火をかけ、脱出した。これをみた城内各所の徳川勢は総崩れとなり、寄手の増田勢ほかの豊臣勢諸軍は天守閣に向かって、一気呵成に総攻めをしかけた。

豊臣方諸勢のうち、目覚ましい活躍をしたのは、豊臣家鉄炮組組頭の鈴木孫一重朝であった。重朝は手練れの鉄炮放ちを引き連れて天守閣に乗り込み、徳川勢をみては撃ち、みては撃ちして奥深くまで進み、ついには、天守最上階にいた大将鳥居元忠の首をあげた。このとき、副将松平家忠ほか、徳川勢のほとんどの将兵が元忠に殉ずるかたちで壮烈な討死を遂げた。

伏見城の戦は豊臣勢の完勝だった。

戦が終わって豊臣勢では凱歌があがった。そうなると兵の楽しみは乱取ということになる。しかし、惣右衛門は蔵米三〇〇石取で下士ともいえぬ身分になっていたため、そろそろ、本人が乱取に参加するわけにもいかなくなっていた。それに、伏見城はそもそも豊臣家の城であるため、豊臣勢としても、乱取はしにくかった。城内に残っている女性も豊臣家有縁の者が多い。そのため、ほどなくして乱取停止の軍令が出され、軍令が出されると、大半の兵は、おとなしく従った。

惣右衛門は、冠木門を突破し、治部少丸一番乗りを果たして松平采女を討ち、黒鉄門攻めで一番槍の手柄をあげ、これで十分と感じていたため、あとは無理せぬように力をためて戦っていた。そうしたこともあって、本城家の人数の損害は、冠木門攻めにおける新規の郎党三名の軽傷と下人二名の戦死ですんでいた。

増田長盛は、豊臣勢による天守閣攻略後、豊臣家諸将に断った後、焼け残った自身の役宅、右衛門尉丸に入った。そして、惣右衛門ら手柄をあげた家臣を呼びだした。惣右衛門らが右衛門尉丸の庭先にひかえると、長盛は、特に惣右衛門に呼びかけた。

「惣右衛門、ようやった。そちの城門攻めは、もはや、一つの芸だの」

「は。恐れ入りまする」

続けて長盛は手柄のあらましを述べよといったので、惣右衛門がそれを語ると、長盛はいちいち、林、灰崎、和田といった側近に控える武士に相違ないかと尋ね、かれらが、しかと相違ないと答えると満足げに頷いた。そして、長盛は豊臣政権の能吏らしく、筆をとってさらさらと軍功を褒めたたえた文章を紙にかきつけ、さらに別の紙をとってやはり筆を走らせた。そして、長盛は側にひかえた灰崎小伝次を介し、その二通の文書を惣右衛門に与えた。長盛は満足げに薄い顎髭をしごいた。

「感状と知行充行状《あてがいじょう》じゃ。惣右衛門は一〇〇石の加増じゃ。また、特に白銀《はくぎん》一〇枚を副えて遣わす」

惣右衛門は、かしこまって平伏し、ありがたきしあわせと、答えた。

惣右衛門は長盛の前からさがって知行充行状の方を確認すると、そこには大和国郡山近隣の集落の名前があった。

こうして、惣右衛門は蔵米三〇〇石、知行地一〇〇石の計四〇〇石取の、堂々たる増田家の侍となった。

惣右衛門が郎党の青山与次や中間の伝蔵ら配下の者に告げると、みな、躍り上がって喜んだ。知行地含みの四〇〇石取ともなると、増田家二〇万石では中の上程度の家臣となる。惣右衛門としても、妻子の顔が思い浮かび、やはり、嬉しかった。

――これで、豊臣勢が徳川殿を討てば、いうことはないの……。

惣右衛門を誉めたたえた増田長盛は、開戦すると、うってかわって豊臣方の大名として奮戦したことになる。伏見城の戦の後に発生した、大津城の戦については、長盛自身は参陣しなかったものの、配下の軍勢を派遣し、武功をあげた。

ただ、石田三成以下が豊臣方諸勢を率いて美濃国関ヶ原に出陣した際には同行しなかった。そうしておいて、長盛は徴兵をし直し、改めて二〇〇〇ほどの兵を郡山城に置き、そのうえで、自身は三〇〇〇ほどの兵を率いて大坂城西ノ丸に入った。惣右衛門はこの西ノ丸に入った増田勢に属したため、大津城の戦に参加していない。

大坂城西ノ丸には増田長盛の他、五〇〇〇ほどの兵を率いた大老毛利輝元がいた。輝元自身は西ノ丸を動かなかったが、関ヶ原に一万五〇〇〇ほどの大軍を派遣していた。派遣軍の大将は輝元の養嗣子毛利秀元で、副将は一門の吉川広家と重臣の安国寺《あんこくじ》恵瓊《えけい》につとめさせているという。

——はて。殿はいったい……。

惣右衛門は、なぜ、長盛は関ヶ原に出陣しないのか、とも思ったが、殿には殿の考えがあろうと、中国なまりの喧噪でみちた大坂城中にい続けるしかなかった。

増田家の同輩によれば、大坂城の毛利輝元のもとには、輝元や、なろうことなら幼君秀頼にご出陣をと求める石田三成の早馬がひっきりなしに来ているようだった。そして、三成の使者は当然、長盛のもとにもきていて、秀頼と輝元の出陣の工作を頼まれているようだった。

ただ、別の増田家の同輩によれば、長盛はその一方で、文官的家臣を総動員し、長盛が代官をつとめる大和、紀伊、和泉の豊臣家直轄領から、軍資金と称して大量の金子や銀子を集めているという。しかも長盛は、その半分は大坂城の蔵におさめたものの、残り半分は自家の郡山城の蔵におさめたともいう。

それはともかくとして、惣右衛門がより驚いたのは、さらに別の同輩から、長盛が家康への豊臣家の内情の密報をまだ続けておいでらしい、と聞いたときだった。

――なんと……。はてさて。殿はおつむりがよすぎるようじゃ。

惣右衛門としては、苦笑を続けるしかなかった。

関ヶ原参戦せず

慶長五年（一六〇〇）九月中旬、惣右衛門がいる大坂城に驚天動地の急報が届いた。

いわゆる、関ヶ原の戦において、徳川方諸勢が大勝利したというのである。

石田三成率いる八万ほどの豊臣方諸勢のいわゆる西軍と、七万ほどの徳川家康率いる徳川方諸勢のいわゆる東軍の会戦は早朝からはじまったらしい。

昼前までこそ、石田三成、小西行長、宇喜多秀家の三隊を中心とした豊臣方が健闘したものの、午後にはいって豊臣家一門小早川秀秋ら諸将の裏切りがあいつぎ、総崩れになったという。

徳川方では、中山道を通って上方にいたる手はずであった家康の嫡子、徳川秀忠《ひでただ》が率いる徳川軍本隊が、豊臣方の信濃国上田城主真田《さなだ》昌幸《まさゆき》に阻まれ、ついに会戦に間に合わなかったという誤算もあったらしい。しかし、豊臣方で最大の兵力をほこった毛利秀元率いる毛利軍が、副将で親徳川派の吉川広家と親豊臣派の安国寺恵瓊の対立によって戦闘に参加しなかったらしく、これが豊臣方の敗因ではないかと早くも噂されていた。

――ああ。これで、次の天下人は徳川殿に決まったか……。

惣右衛門としても、まさか、三成らがわずか一日で敗れようとは思っていなかった。

大坂城で不透明な動きをしている主君、増田長盛も驚いたことだろう。

ただ、惣右衛門が思うに、長盛には幾つかの選択肢があるはずだった。

一つは、三成・行長・秀家らの敗兵を大坂城に収容し、大老毛利輝元を抱き込み、秀頼を戴いて家康と決戦に及ぶというもの。一つは郡山城に帰って様子を見るというもの。一つはひそかに恩を売ってあるらしき家康と交渉し、秀頼と豊臣家に関ヶ原の累が及ばぬよう交渉する、といったところであろうか。

――殿はどうされるかの。場合によっては、殿のお手元に天下の権がころがりこむことがあるやもしれぬ……。

惣右衛門は固唾をのんで長盛の動向を見守った。

当初、長盛は抗戦策をもって輝元と協議したらしかったが、輝元によれば、関ヶ原に派遣した毛利勢は、親石田の副将安国寺恵瓊が逃亡したこともあって、すでに、親徳川の副将吉川広家が実権を掌握しているらしく、輝元をもってしても、もはや、どうにもならぬらしい。長盛はこれを聞いてすばやく抗戦策を諦め、次善策よろしく、豊臣家に累が及ばぬための工作をしはじめたという。

——むう……。

惣右衛門もうなるほどの速さで態度を変えた長盛は、すみやかに家康に急使を送り、その出方をうかがった。すると、家康からは、輝元を大坂城からすみやかに退去させるのに尽力すれば、長盛を助命せぬでもないし、秀頼や豊臣家の責任を問うこともない、との内意を伝えてきたそうだった。

これを受け、長盛は輝元と交渉したところ、輝元はあっさり西ノ丸を捨て、本国安芸国広島城に帰っていった。

長盛はこうして大坂城にい続け、家康を出迎えた。長盛は出家したうえで、いつのまにやら郡山城よりとりよせていた大量の金子や銀子を家康に献上し、改めて敵対を謝罪した。家康は長盛の密報に助けられていたことと、輝元の早期の大坂退去は長盛の功績であるとして、一旦は長盛を評価したらしい。しかし、しばらくして、増田勢が伏見城の戦ほかで奮戦していたとの報告を受け、態度を硬化させたという。

家康は結局、大和国郡山二〇万石増田長盛家を改易し、長盛は助命したものの紀伊国高野山に追放との処分を決めた。長盛はこの処分に服した。改易処分を聞くと、長盛は郡山城に急使を出し、残っていた金銀を惜しげもなく家臣に配った。惣右衛門は長盛の処遇を聞いて嘆息したが、ただ、なにやら、おかしくもあった。

——妙な殿様じゃ。したが、山賊あがりの儂の主君に、ふさわしかったやもしれぬ。

惣右衛門の嘆息はさておき、いわゆる豊臣家五奉行は、年齢順でいえば、前田玄以、増田長盛、浅野長政、石田三成、長束正家の順になるが、関ヶ原の戦の後の処遇は、五者五様とでもいうべきものになった。

玄以は関ヶ原本戦に参加せず、大坂城中での徹底した中立ぶりを家康に評価されての本領安堵。長盛は関ヶ原本戦には参加していないもののその他の戦に参戦していたことにより改易。長政は関ヶ原前に三成と対立し、関ヶ原本戦で東軍として参戦したことで事実上の加増。三成は関ヶ原本戦で西軍の事実上の大将として奮戦し、敗れた後は戦場を脱出し、近江国古橋郷で捕縛され、京都六条河原で斬首。正家は関ヶ原本戦に西軍として参戦し、敗走後、本拠、近江国水口城に戻るも東軍に包囲され、切腹。

他のおもな西軍諸大名の処遇としては、大老上杉景勝は関ヶ原本戦に参加していないが騒乱を招いたことで出羽国米沢城三〇万石に大幅減封。岐阜城主織田秀信は西軍に属し、関ヶ原の前哨戦たる岐阜城周辺の戦いで敗れ、改易のうえ高野山に配流された後、病死。大老毛利輝元は西軍に属し、関ヶ原本戦で毛利勢が動かなかったことを評価されるも、国許で積極的に軍勢を動かしていたことが発覚し、長門国萩城三〇万石強に大幅減封。大老宇喜多秀家は本戦で西軍として奮戦するも大老であったことと、縁者で元、大老の前田利長の嘆願もあって助命・改易の上、八丈島に遠島。小西行長と安国寺恵瓊は本戦に西軍として参加し、戦場を脱出するも捕縛され、三成とともに六条河原で斬首といったところであった。

改易された増田長盛の郡山城は徳川家康の直轄となり、城下はまたもや、武士らの引越の喧噪につつまれた。

八　公儀の役目

浪々の日々

惣右衛門は、旧主増田長盛の改易後、郡山城を預かることになった大久保《おおくぼ》長安《ながやす》から仕官の誘いがあるかと期待した。長安は徳川家の出頭人《しゅっとうにん》で奈良代官であった。

しかし、仕官の誘いはなかった。そこで、郡山城にいるという長安に仕官の願いにいこうかと思った矢先、長安より使者があった。郡山城下より退去せよとのことだった。どうやら、惣右衛門が、最前の伏見城の戦で松平家忠の一族を討ち取ったことを長安が嫌ったらしい。

ある意味、旧主増田長盛の不可解な振る舞いのおかげで、徳川家に捕縛されるとか、見つかり次第に斬られるといったことを免れていた惣右衛門であったが、郡山から出ていけといわれると、妻子郎党を抱える身としては、途方にくれた。

惣右衛門は旧主長盛が改易された慶長五年（一六〇〇）のこのとき、四三歳である。

――次の主取りをせねばなるまい……。

そこで、惣右衛門は妻のお凛や郎党たちと相談し、お凛の遠縁にあたる伊賀国上野城主筒井定次の重臣、松倉右近大夫重信を頼ることを考えた。しかし、重信はすでに文禄二年（一五九三）に五六歳で死去していたので、子の松倉豊後守重政か、あるいは、丹波時代の旧主、赤井忠家を頼ることを考え、中間の伝蔵に二人の近況を探索させた。

戻ってきた伝蔵によると、松倉重政は父重信より八〇〇〇石の所領と名張城を継承すると、ほどなくして筒井家より離れ、豊臣家の直臣になったという。

伝蔵はいう。

「筒井定次様は、やはりキリシタンにおなりあそばしたとか」

これが重政が筒井家より離れた原因の一つになったらしかった。しかし、重政は関ヶ原の戦の前にすでに豊臣家を見限り、戦では、徳川家康重臣井伊《いい》直政《なおまさ》の麾下で活躍したという。そのため、重政は戦後、家康によって大和国宇智郡五条二見《ふたみ》城一万石を与えられ、家康傘下の大名になっていたそうだった。惣右衛門は重政の変わり身の早さに舌を巻いた。惣右衛門は伝蔵とかたわらにいる青山与次を眺めた。

「ま。頼り先として悪くあるまい。して、赤井様は」

惣右衛門が話をうながすと、伝蔵も少し身じろぎした。

「赤井忠家様は……」

伝蔵によれば、忠家は重政同様か重政以上に数奇な人生を歩んでいた。

忠家は織田家重臣時代の明智光秀のもとから退転した後は遠江国浜松におもむき、同地の大名、徳川家康に仕官を願ったが、なぜかかなわなかった。ただ、小牧・長久手の戦に際し、遠く故郷の丹波に手を廻し、秀吉麾下の堀尾吉晴の所領を混乱に陥れる功績もあげていた。とはいえ、忠家は家康が秀吉に臣従すると、家康の推挙で豊臣秀吉に仕えることに成功し、播磨国美嚢《みのう》郡で一〇〇〇石を与えられた。

ところが、忠家は、一〇〇〇石の領主になったことで、赤井家の旧臣を呼び戻そうとして失態を犯した。旧臣を召し抱えていた幾つかの大名家に旧臣の譲渡を申し入れたが、それが、あまりに唐突かつ無礼で、各家の不興を買ってしまったのだった。そのなかには、当時、惣右衛門が仕えていた豊臣秀保の大和豊臣家も含まれていた。

「ああ。そういえば、そのようなことを聞いたの」

惣右衛門もそのとき、大和豊臣家の重臣から、それを聞かされたが、惣右衛門が返事をするもなにも、忠家の強引なものいいに腹を立てた大和豊臣家の重臣が、惣右衛門に打診するまえにすでに断わっていたとのことだった。結局、忠家は各家からの苦情を寄せられた秀吉の譴責を受け、いたたまれず、豊臣家より出奔したという。

「ふうむ。その後、忠家様はどうなされたのか」

「は」

伝蔵によると、その後、忠家は再び遠江国に戻って家康に仕官を願ったが、なぜかやはりかなわず、遠い本家筋にあたる信濃国蘆田の蘆田一族のもとにおもむき、その客分として過ごしていた。ただその後、忠家は家康の口添えを得たことでなぜか秀吉に許され、最晩年の秀吉に再出仕することになった。しかし、忠家は豊臣家での処遇に不満をもち、なんと再び出奔したらしい。

「また、ご出奔か。どういうことじゃ」

「それが、そのあたりは、はっきりしませなんだ」

伝蔵もこれには首をひねった。

そんな忠家だったが、秀吉が死去すると、その時、伏見にいた家康のもとに駆けつけ、これを警固したことで、ついに家康に仕官することに成功し、家康の裁量によって大和国十市郡で一〇〇〇石を与えられた。その上、忠家は家康の家臣として関ヶ原の戦の前後で功があったため、近々、同郡で一〇〇〇石を加増され、計二〇〇〇石の領主になるらしいというものだった。

惣右衛門は、そうした忠家の履歴を伝蔵から説明され、長い息を吐いた。

——苦労されたようだの……。

奥丹波三郡の大名だった忠家も指折り数えると、五二歳である。惣右衛門は忠家が同じ大和国で領主になっていたことのみは知っていたが、今は、それだけに忠家より仕官せぬかとの声がかかることを期待した。ただ、忠家が豊臣家を二度出奔したことについては、

——いささか、妙じゃの。誤伝でないとすれば、赤井の殿にこらえ性がなかったのか。いや、そうではなく、赤井の殿は、家康公が秀吉公のもとに送り込んだ間諜のようなものだったのやも

しれぬ……。

と、思った。しかし、旧主の増田長盛が似たような動きをしていたので、それはそれでかまわぬと思い、ひとまず、忠家に無沙汰の詫びを記した書状を送り、仕官の機会を探った。

ただ、淡い期待に反し、松倉重政からも赤井忠家からも、あたりさわりのない返書はきたが、仕官の誘いはなかった。

惣右衛門は落胆しつつも、蓄えもあることであるし、郡山から奈良に移住し、じっくり仕官先を探すことに決めた。

惣右衛門は奈良に移ると、奈良のはずれの畑地つきの荒れ屋敷を購入した。青山与次らの郎党と伝蔵らの中間と下人の何人かも家族ともども周辺に小屋掛けし、畑を耕した。こうしつつも、惣右衛門は仕官の道を探ったが、うまくはいかなかった。奈良の大寺の寺侍の口ならばありそうだったが、それは何やら気がすすまなかった。

ついにはお凜の勧めに従い、五条二見城主松倉重政のもとを訪れ、はっきりと仕官を願い出てみた。気さくに会ってくれた重政は三〇歳前のようである。しかし、重政の父の右近大夫重信のときと同様、玄米飯をたらふく振る舞われたものの、当家への仕官は待たれよといわれた。松倉家は徳川傘下の大名に取り立てられたばかりであるので、伏見城の戦で松平家忠の一族を討った惣右衛門を召し抱えると、それがどう作用するかわからぬゆえとのことだった。

重政からは幾ばくかの銀子が贈られたので、それはありがたかったが、惣右衛門としては嘆息する他なかった。

赤井忠泰のささやき

そのまま、一〇年あまりの歳月が流れた。

この間、惣右衛門は近畿で数人の主君に仕えたが、いずれも長続きしなかった。惣右衛門の気持ちも荒れすさび、朋輩と喧嘩をしたり、主命に背いたりといった理由での放逐が続いた。ある大名などは、ささいなことで惣右衛門に激怒し、二人の鉄炮放ちに三間の至近距離で二発ずつの狙撃をさせたことまであり、惣右衛門はほうほうのていで逃げ回ったことさえあった。

――儂はこの先、どうなるのか……。

惣右衛門は四〇歳代の後半を無為に過ごした。

ときは、慶長一七年（一六一二）、惣右衛門は五五歳である。依然として筋骨たくましいが、髪には白いものがふえた。妻のお凛も、はや、四〇代の半ばである。

二六歳になった長男の小太郎は屋敷そばの畑地を広げるのに精を出し、二四歳になった次男の小次郎は奈良で寺侍になっている。

――お凛や家にとって役にたっておらんのは儂だけだの……。

惣右衛門は自嘲するほかなかった。前年の慶長一六年に、旧主筋の堀尾吉晴が六九歳で亡くなったと聞いたときは、惣右衛門の気持ちを一層、暗くした。

吉晴は、惣右衛門が革陣羽織と野々口西蔵坊豪淵の件で堀尾家を退転した後、豊臣政権下で栄達し、帯刀先生《たてわきせんじょう》の官職を得て、遠江国浜松城一二万石の領主となっていた。浜松城は小田原合戦後、秀吉によって関東に転封させられた徳川家康の旧城であったため、このことで家康との関係が深まったらしい。吉晴は関ヶ原の戦の直前の家康の上杉討伐の際に息子忠氏を家康に従軍させ、忠氏が関ヶ原の戦で東軍に属して功績を挙げたため、堀尾家は、戦後、家康より出雲国富田城二四万石を与えられた。その後、吉晴は本拠を富田城から同国松江城に移し、その城下町の発展につとめていたという。

一方、関ヶ原の勝者、徳川家康は慶長八年（一六〇三）に征夷大将軍に任官し、本拠地江戸で幕府を開設していた。

家康は慶長一〇年に将軍職を息子秀忠に譲り、慶長一二年には江戸城をも秀忠に譲って自身は駿河国駿府城に移った。しかし、天下の実権は家康がなおも握っていて、世間はみな、家康を大御所と尊称していた。

ただ、大坂城の豊臣秀頼も健在で、秀頼は家康のはからいで慶長八年に秀忠の娘千姫《せんひめ》を娶り、慶長一〇年には右大臣に昇進していた。こうしたことで、なおも豊臣家と徳川家は融和的であったが、慶長一六年、家康が京都伏見城で久しぶりで秀頼と会見をしてみると、一九歳になっていた秀頼は、小男だった父秀吉とは似ても似つかぬ堂々たる体軀をもった青年に成長していた。

七〇歳になっていた家康は自身の老いに焦り、処遇を決めかねていた秀頼を滅ぼす決心を固めたという。

世はこのように移り変わったが、奈良の惣右衛門の身上に変わりはなかった。

妻のお凛の遠縁にあたる大和国五条二見城一万石の大名、松倉重政からは時折、見舞いということで金子や銀子が届いたが、仕官のことははぐらかされ続け、いつしか、見舞いも途絶えた。家の蓄えもほぼ尽き、本城家相伝の旗指物、刀剣、文書と自身の甲冑や愛用の短槍を除けば、集めていた武具も少しずつ売り、もう生活に必要最低限なものしかなくなってしまった。昔ながらの一の郎党青山与次と二の郎党長崎三郎に中間の伝蔵は残ってくれているが、そのほかの郎党や中間・下人には皆、いとまを与えていた。与次と伝蔵は惣右衛門と同年配だが、三郎は、すでに七〇代の後半であった。

時折、ふと気づくと、郎党の与次や中間の伝蔵が、昼ひなか、屋敷にも畑にもいないことがあった。そして、明け方に帰ってきたなと思っていたら、だいたい、かれらは生傷を負っていた。そして、決まって、蔵の箱にいれてある銀子が増えていた。惣右衛門は夜中にかれらが何をやっていたのかはおおよそ見当がついたが、問いただしはしなかった。

そんなある日、惣右衛門の屋敷に使者がやってきた。

使者は徳川家家臣赤井豊後守忠泰《ただやす》の家臣であった。忠泰は惣右衛門の旧主、赤井忠家の子である。忠家は徳川家家臣となった後は大和国十市《とおいち》郡池尻の二〇〇〇石を領していたが、慶長一〇年

（一六〇五）に京都伏見で死去していた。波乱万丈の五七歳であった。惣右衛門も忠家死すと聞いたときは天を仰いだ。ただ、豊後守忠泰は、忠家が明智家を退転した直後に生まれていたらしく、惣右衛門には、まったく面識がなかった。

——忠泰様か。何のご用であろうか……。

普段、忠泰は徳川家の本拠、江戸で幕府の高級吏僚として働いているが、近時、所領の大和国池尻にいるそうで、急ぎ、池尻の屋敷にきてくれ、ということだった。

翌早朝、惣右衛門は久しぶりで他家を訪ねるにふさわしい羽織と袴を身につけ、大小を帯び、編み笠をかぶって池尻の赤井家屋敷に向かった。郎党の青山与次と中間伝蔵を連れていたが、短足の栗毛はすでに病死し、次の黒毛馬は売り払っていたため、惣右衛門も歩きだった。惣右衛門一行は、奈良から南に向かって歩き、昼過ぎ、赤井家の池尻屋敷についた。屋敷は、天香久山や古代の藤原宮跡の近くであったが、気がせいていて、それらを眺めるゆとりはない。

惣右衛門が屋敷の奥に通されると、ややあって、忠泰があらわれた。

「本城惣右衛門殿か。はじめて会うの」

惣右衛門が名乗ると、忠泰は江戸から戻ってきたばかりといった。忠泰の容貌は忠家の顔にさすがに似ていた。年のころは惣右衛門からすれば、二〇以上は若い、三〇過ぎであろうか。

「儂は父忠家よりこの十市郡池尻二〇〇〇石を引き継ぎ、江戸のお城で吏務につとめておる。ただ、存じておろうが、徳川家と大坂の豊臣家の関係が思わしゅうない。それゆえ、徳川家の命を受け、過日、帰国したのじゃ」

「は」

惣右衛門は少し、頭を低め、次の言葉を待った。

「そこでの。何かと当家のために働いてくれる者を探しておる……」

忠泰は父忠家よりも表情に冷えがあるようだった。

「……とりわけ、丹波の時分に最後まで当家に尽してくれた者をの」

――最後まで、か……。

惣右衛門は忠泰のいい方に棘を感じた。惣右衛門は忠泰の父忠家が明智光秀に降伏するよりも前に忠家から離れていた。惣右衛門は脇に少し汗を覚えた。

「厳しい戦でござった」

惣右衛門がやっと答えると、忠泰は扇子をぬき、表情を変えぬまま、ふん、そうらしいの、と、頷いた。惣右衛門は、これは仕官の誘いではないらしいと内心、諦めた。忠泰は一層、表情を冷たくしている。

「本城殿よ。先ごろの伏見城の戦で豊臣方の増田殿のために手柄をあげたとか。したが、あの戦では徳川家の老臣、鳥居元忠殿が立派なお討死を遂げられた。徳川家に鳥居殿の御一門や縁者は多い」

忠泰は惣右衛門に扇子を向けた。

「その上、ご貴殿は伏見城で副将格であった松平主殿助家忠殿のご一族を討ったとか。再仕官は容易ではあるまい……」

――儂のことをよく知っておいでじゃ……。

惣右衛門は、床をみながら、戦で手柄を立てて何が悪いとも思ったが、確かに仕官は難しそうだとも思った。そして、はて、この御仁は嫌味をいうためだけに呼んだのかと思い、眉を寄せたところ、忠泰は惣右衛門に向き直った。

「そこでじゃ。本城殿よ。ひと働きせぬか」

惣右衛門は顔をあげて身を乗り出した。しかし、忠泰は空いている左手を振った。

「いや。当家に仕官せぬかということではない」

小首をかしげた惣右衛門が、ではどういったと尋ねると、

「ひとまず、公儀のために働くのじゃ」

と、忠泰は、最近よく耳にする徳川政権の尊称を口にした。なんでも、忠泰は江戸城中で将軍徳川秀忠の側近より、ある密命を受けたという。それは、摂津・河内・和泉国に散らばる豊臣家直轄領を攪乱せよというものだった。ただ、江戸の公儀としては、大坂が挙兵せねば、それはそれで困るので、大坂入城を志すような牢人などをすべて斬る必要はないし、大坂城に入る武器弾薬をすべて奪う必要もないとつけたした。

――ほほう。駿府の家康公はともかく、江戸の秀忠公は戦がしたいらしいの……。

忠泰は精気が満ちてきたとみた惣右衛門に当座の費えじゃといい、相当額の銀子が入っていそうな袋を三つおしやった。惣右衛門は顔を伏せながらも反射的に袋に目をやった自分をはじた。それをみた忠泰はつぶやいた。

「山賊働きは得手であろう」

惣右衛門がむっと顔をあげると、忠泰は、少し慌て、

「ま、父忠家も含め、山賊働きは丹波武士のならいだそうだからの」

と、いいつくろった。そして、忠泰は急に威厳をかもしだしていった。

「公儀のお役目を大事と心得えられよ」

平伏した惣右衛門は無表情に袋三つを懐におさめ、承知したといった。

別離

惣右衛門は奈良の自分の屋敷に帰宅すると、妻のお凛に江戸の公儀の役目について、話せることは話した。そして、大和国宇智郡五条二見城主、松倉豊後守重政のもとにしばらくやっかいになっていてもらえぬかといった。すると、お凛は、

「なぜです。旦那様をおそばでお支えするのがこなたのつとめです」

と、詰め寄った。しかし、惣右衛門としては、公儀の役目とはいえ、中身が中身なので、

「すべてはいえぬが、役目はかなりの荒事なのじゃ。松倉家にいってくれた方が、心やすいのじゃ……」

と、いって得心してもらった。

惣右衛門は郎党の青山与次を使者として、松倉家に対し、公儀のお役目を負ったゆえ、家重代の物や文書、妻子眷属を暫時、預かってもらえぬかと打診した。すると、公儀のお役目が効いたようで、松倉家から承知したとの返答があった。そこで、惣右衛門は妻子眷属をともなって五条二見城におもむいた。

奈良から五条二見は同じ大和国とはいえ、遠い。自身の妻子のみならず、郎党や中間の家族もいたこともあって、数日かけて到着した。二見は東に折れれば吉野地方、西に折れれば紀伊国高野山の入り口、九度山である。

二見城下の指定の寺に妻子と長崎三郎を残し、惣右衛門は青山与次と伝蔵のみをともなって二見城を訪れた。二見城は東に吉野川が流れているが、西は遮蔽物のない平野であったため、西に防禦の重点がおかれている小さな平城で、本丸に御殿があるものの天守閣はなかった。惣右衛門がこの城を訪れたのははじめてではない。

城門で案内をこうと、惣右衛門は話が通っていたことと、妻が城主松倉重政の遠縁であるせいか、丁重に本丸の御殿に通された。しばらくして重政が出てきた。重政は四〇歳手前になっているらしい。

「惣右衛門殿。久方ぶりでござるの」

「は。豊後守様には幾度となく、お見舞いをいただき、かたじけのうございました」

「ふむ。すぐにでもご貴殿を当家で召し抱えようかとも存じたがの。伏見城の戦のことがちとの。ありていに申さば、儂はこの二見一万石で終わるつもりはござらぬ。そのためには、ささいなことでも徳川御公儀の聞こえを悪くしとうないのでござるよ。そこは大藩の他家のようにはまいらぬ。悪く思われるな」

「は」

重政は丁寧な物いいながらも仕官を望む惣右衛門に柔らかく釘をさし、腰から扇を抜いた。

「みたとおり、この城は手狭。いずれ、加増か移封となったらば、天守閣をもった豪壮な城をつくるつもりじゃ」

「はあ」

重政はどうやら、二見城に満足していないようだった。そういった重政は、ここでふと、惣右衛門の用向きに気づき、して、こたびはその公儀のお役目とか、といった。惣右衛門は、頷いた。

「大坂の豊臣家に、ちと荒事をしかけることにあいなり申した」

「ほう」

惣右衛門は公儀と聞いて態度がやや改まった重政に、妻子と老いた郎党長崎三郎をはじめとした眷属に加え、丸に本の字の本城家相伝の旗指物、刀剣、文書を預かってほしいと願った。重政はそれしきのことはかまわぬといい、側近を介し、用意していた銀子を出した。

「どのような役目でも徳川御公儀のお役目が大事と心得る。この先、どうあっても豊臣家の世には戻りますまい。徳川御公儀のために励めば、惣右衛門殿の仕官も、いずれは、かないましょうぞ」

「は」

「それはそうと、惣右衛門殿。玄米飯を食ってゆかれよ。儂が獲った魚鳥もあり申す。野菜は城の菜園で採ったものでござるよ」

「はあ。豊後守様。拙者はもう五〇の坂を越えてござる。腹をすかせた若い狼ではござらんぞ……」

「ははは。まあ、そういわず……」

しばらく後、食べ過ぎた惣右衛門は腹をさすりながら城下の寺に戻った。そして、妻子にしばしの別れを告げ、長崎三郎に本城家相伝の品々と妻子眷属をくれぐれもといって頼みおいた。

山猿の一党

妻子に別れを告げた惣右衛門は、多少の悲壮感も感じたが、なにやら、身軽になってさっぱりもした。ついてきてくれている郎党の青山与次と中間の伝蔵には役目の内容を教えてある。惣右衛門はしずかにいった。

「これよりは、江戸の公儀の役目つとめるぞ。与次、伝蔵、頼む」

与次と伝蔵は叩頭した。与次は、少々、惣右衛門の暗い様子を気にしたのか、あえて明るい眉をし、

「丹波のころに戻ったようですな」

と、いった。惣右衛門はそうだなと答え、苦く笑った。

惣右衛門らは奈良の屋敷に戻った。もともと狭い屋敷だったが、妻子眷属がいなくなってみると、がらん、として広く感じられた。惣右衛門としては、そう腐ってもおれないので、落ち着くと、与次と伝蔵に声をかけた。与次は縁側に、伝蔵は庭先にひかえている。

惣右衛門は低くいった。

「旧主増田長盛様は豊臣家領代官をつとめておられた。儂はそのおり、又代官をつとめた増田家の上役の介添役をしたこともある。それゆえ、豊臣家御支配の郷や村は知らぬでもない……」

与次と伝蔵は頷く。惣右衛門は二人を交互に見やり、言葉を続けた。

「そのような、知らぬでもない村にゆき、問答無用で荒らしまわるのは嫌じゃ。ここは、短慮なことをせず、まずは、西隣の河内国におもむこうぞ」

「は」

「かしこまり申した」

翌朝、三人はひとまず、河内国に向かうべく、奈良をたった。屋敷は何かの役にたとうという

ことで売りはしなかった。

奈良から河内国に向かうのであれば、南北に延びる生駒山地を西に横断するのがもっとも早い。これを生駒越えという。ただ、その峠はなかなかに険しい。一方、奈良から北上して山城国の南端の田辺あたりに出て、生駒山地を反時計回りに迂回すると、行程は楽だが、一日、二日余計にかかる。

一行は山に慣れた丹波出身の男三人の旅であるし、生駒越えをすることにした。峠は、いっそわれらの境遇にふさわしかろうということで、山頂南の鞍部、暗《くらがり》峠を選んだ。

暗峠は闇峠とも書くが地名の由来には諸説ある。それはどうあれ、急勾配の道沿いに杉や松の大木、古木が林立しているため、確かに昼でも、うす暗い。

伝蔵によれば、この峠には山賊が出ることがあるとのことだったので、惣右衛門は、念のため、郎党の青山与次に鉄炮の火縄の火を絶やさぬようにと命じた。与次は上衣の下に鎖帷子を着込んでいる。

三人が急勾配を四半刻ほどのぼり、峠の頂上付近にいたると、予想に違わず、ばらばらと雑多な得物をもった男があらわれた。

惣右衛門が、

「賊か」

と、尋ねると、賊にしてはみなりのよい、小具足の上に陣羽織を羽織った三〇過ぎの武士があらわれ、意外なことをいった。

「無礼な。公儀のご用じゃ。あやしき者は通すわけにはいかぬ」

惣右衛門は、ほう、とつぶやき、公儀とはいずれの、と問うた。すると武士は、

「知れたことよ。大坂の豊臣家公儀じゃ。そなたら、徳川の手の者か。名を名乗れ」

と、いう。惣右衛門は編み笠の前をおさえて顔を隠した。

「いかにも徳川の手の者。名は……丹波の山猿としておこう。ご貴殿は」

豊臣家の者と名乗る陣羽織の武士は、刀の柄に手をかけた。

「丹波の山猿じゃと……。拙者は右大臣秀頼公が中老、木村《きむら》長門守《ながとのかみ》重成《しげなり》が一族、木村兵部《ひょうぶ》。胡乱な者め。みな、討ち捨てにせよ」

惣右衛門は、おやおや乱暴なと思ったが、いきなり、こちらに負けず劣らず、すさんだ雰囲気の武士が右と左に分かれ、槍を繰り出してきた。惣右衛門は心得たもので、後ろにさっと飛びすさった。惣右衛門は伝蔵が旦那様との掛け声とともに投げてよこした愛用の短槍を受け取ると、なにげなく距離をつめた。そして、短槍を神速に動かし、二人を突き殺した。惣右衛門は、再び左右に目を配って低い声でいった。

「与次よ。伝蔵よ。考えがある。あの木村兵部とやらと中間や下人は討つな。ほかの武士は殺せ」

承知、といった与次は鉄炮をかまえ、少し狙いをつけて引鉄をひいた。狙いはあやまたず、兵部の横にいた山賊風体の武士の顔の半分を吹き飛ばした。顔を半分失った武士は弓を取り落と

し、どさりと倒れた。すると、残った今一人の山賊体の武士は、持っていた古風な薙刀を取り落とし、中間や下人らとともに、尻餅をつきつつ逃げていった。すると、兵部は舌打ちした。

「牢人どもめ。まるで使い物にならぬわ」

兵部は陣羽織を翻し、峠を河内方面に駆けくだっていく。

惣右衛門から目くばせを受けた伝蔵はすばやく後を追った。しばらくすると、伝蔵が戻ってきた。逃げる山賊体の武士を短刀で刺し殺したらしい。

「旦那様。お言い付けのとおり、木村兵部とやらと中間・下人は逃がしてまいりました」

「ようやった。それでよい」

横にひかえていた与次が、してお考えとはと問うたので、惣右衛門は編み笠の顎紐を結わえ直した。

「いや、なに。たいしたことではない。儂らの役目は、豊臣家を挑発することだからの。我らのことをしらしめたほうが、やりやすかろうと思うての」

惣右衛門一行は峠を四半刻かけておりると、河内国河内郡豊浦《とようら》村に出た。この村は六〇〇石ほどが小林元次《こばやしまさつぐ》という徳川家家臣の知行地になっていて、残りは、同地の出雲井にある河内国一宮、枚岡《ひらおか》神社の知行地になっている。

そこで、惣右衛門らは小林家の代官屋敷に向かった。一行が代官屋敷におもむき、訪いをいれると、中村四郎右衛門という代官が応対をしてきた。惣右衛門が江戸の公儀の役儀だと断った上で近況を尋ねると、四郎右衛門は、徳川家と豊臣家のあいだが険悪となって以来、豊臣家役人を名乗る武士が頻繁にやってくるようになり、その都度、村で米や銀子を徴発するので困っているといった。

四郎右衛門は主人の小林元次を介して江戸に陳情をおこなっているそうだったが、いまだ、なにもいってこないらしかった。四郎右衛門は憤慨している。

「本城様。豊臣家に作物や銀子を奪われた村人に向かって、さらに当家に年貢を納めよとはいいにくうございますよ」

そこで、惣右衛門は四郎衛門に代官所に泊めてもらい、次にその豊臣家役人がきたらば、応対を任せてもらいたい、といった。四郎右衛門はすぐに同意した。しかし、以前、主人の小林が豊臣家を刺激せぬようにといっておりましたが、との懸念を示したので、惣右衛門は、いや、時勢もかわり、江戸の公儀は今や、豊臣家を怒らせ、むしろ、挙兵してもらいたいそうじゃ、との観測を述べ、得心させた。

数日後、惣右衛門らが代官屋敷であてがわれた小部屋でくつろいでいると、代官の四郎衛門が駆け込んできた。

「本城様。豊臣家の役人が参りました」

惣右衛門が大小をひろって村に出てみると、黒鹿毛の馬上でこちらを眺めている役人らしき武士と、徒歩で帳面を眺めている小役人がいた。そして、時節柄ということか、かれらが連れてきたらしき五名の従者は、やはり、牢人風体の武士であった。中間や下人がその後ろに続いているらしい。そのうち、月代《さかやき》が伸び放題になっている牢人体の一人は早くも百姓屋の農民を蹴り飛ばし、袋かなにかをつかんでいる。髭面の熊のようなもう一人は、嫌がる村娘をどこかにひきこもうとしていた。そして、残り三名の牢人体はにやにや酒をふくんでその乱行を眺めているという、まさに、絵に描いたような悪役人ぶりであった。

出ていった惣右衛門が鉄炮を担いだ与次と短槍を担いだ伝蔵を従えてこの者らを睨みすえると、豊臣家役人が馬上でふんぞりかえっている。

「豊臣家の御用である。徴発に参った」

惣右衛門は思わず、憫笑をさそわれ、多少の嘘を交えて返答した。

「はて。異なことをうけたまわる。ここは、徳川家家臣小林殿の知行地。かくいう拙者は、丹波の山猿。さるおかたより、豊臣家の無法からこの村を守れと命ぜられてござる」

すると、徒歩の小役人が丹波の山猿とはなんじゃ、無礼すなというと、牢人体の武士たちが抜きつれ、あとはおきまりの小合戦となった。

惣右衛門はあらかじめ、与次と伝蔵に最前の暗峠と同じく、中間・下人と頭だつ役人を一人は見逃し、牢人風体のもののみ討てと命じてあった。そうしたことで、与次がまず鉄炮で月代が伸び放題の男を撃ち殺した。馬上の役人は銃声に驚いた黒鹿毛を御しきれず、落馬し、足を引きずって逃げていった。徒歩の小役人は帳面を取り落とし、口を開いて茫然としている。

そこで、惣右衛門が伝蔵から受け取った短槍をかまえて小役人のもとに駆け寄ろうとすると、横合いより、村娘の手を放した髭面の熊のような男が刀を抜いて横に薙ぎつけてきた。

「この老いぼれがっ」

――老いぼれじゃと……。

と、不服に思った惣右衛門だったが、その勢いは認めてこれは短槍でうけず、とっさに身をひねってかわした。しかし、畦道のくぼみに足をとられ、田に落ちそうになった。

――ま。若くないことは確かだの……。

一瞬、自嘲した惣右衛門に対し、髭面の武士は熊のような咆哮をあげ、刀を片手大上段に振りかぶって追いすがってきた。田に落ち込む寸前になんとか踏みとどまった惣右衛門は、裂ぱくの気合とともに、槍を繰り出し、髭面を田楽刺しにしてのけた。男の体重が槍を通じて手をしびれさせる。

――おお。手がきかぬ。やれやれ、歳だのう。

惣右衛門は槍を横に振ってなんとか、巨体を転げ落とした。ふと見ると、中間の伝蔵が、酒を飲んでいた牢人体の三人の背後にひそやかに忍び寄り、ずぶりずぶり、と脇差で刺してまわっている。

――おや伝蔵め。腕はまったく落ちておらんの。

ここで、帳面をとりおとした小役人は、はじめて気が付いたような悲鳴をあげて西へと逃げ去っていった。

ふと、気づくと、代官の四郎右衛門が惣右衛門の後ろにきていた。

「見事なお手並みでござるな」

道にあがっていた惣右衛門は手を振って、いやなに、いかほどのものでもござらぬと答え、懐紙で短槍の穂先をぬぐった。

その晩、惣右衛門らは代官屋敷で四郎右衛門らの歓待を受けた。席上、惣右衛門が豊臣家からの報復があるやもしれぬ、と心配したところ、四郎右衛門は、いや、江戸の御公儀の覚悟も分かりましたゆえ、こちらも人数を集めまする、と剛腹なところをみせた。

安心した惣右衛門は、しからば、ほかの村をみてまわることにする、と四郎右衛門に告げ、翌朝、豊浦村をあとにした。

惣右衛門は久しぶりで馬上にある。馬は伝蔵が口取りをしていたが、これは最前の豊臣家の役人が乗り捨てたのを伝蔵が連れてきた黒鹿毛である。馬の斜め後ろには鉄炮を担いだ与次が従って歩いていたが、与次の手には帳面があった。これは役人が落としていったものである。

帳面には摂津・河内・和泉国の郷や村の名前が書いてあり、銀子幾つとか米何石とか書いてあった。これだけ、徴発するつもりらしい。

――豊臣家はどうやら、本気で徳川家と戦うつもりらしいの……。

惣右衛門は豊臣秀長や秀保、そして豊臣家五奉行増田長盛に仕えていただけに、豊臣家に同情がないことはない。秀長や秀保の大和豊臣家が健在であれば、いまごろは、きたるべき徳川家との決戦に備えていたやもしれぬとも思うし、そもそも秀長が生きていれば、豊臣家の天下は動かなかったやもとも思う。

「さて。その帳面にある郷や村をまわろう。さすれば、豊臣家の役人に出会おうぞ」

惣右衛門一行は赤井忠泰より出ていた銀子を元手に牢人を雇い、配下を増やしつつ、河内・和泉・摂津国の各郷村をまわった。

豊浦村のように、豊臣家の役人が徴発に押し込んでくる徳川家家臣の知行地になっている村では、みな、公儀御用の惣右衛門に協力し、豊臣家役人の撃退につとめた。しかし、もとから、豊臣家ないしは同家家臣の知行地である郷や村ではうかつに名乗れない。その場合は、村の周辺に人数を伏せ、あきらかに豊臣家役人が村で無体なことをしたときのみ飛び出し、丹波の山猿一党と名乗ったうえで役人一行に襲いかかった。それらの際はいつも、役人が連れていた牢人風体の者は容赦なく討ったが、役人の内、一人、二人は逃がした。丹波の山猿一党の名を大坂で喧伝するためである。

惣右衛門の配下の人数は、気づけば、一〇〇近くになっていた。それだけ、近畿に主家にあぶれた牢人が多かったということである。江戸の公儀とつながりがありげな惣右衛門に仕官の期待を持つ牢人が多かったということでもある。

——儂自身の仕官もおぼつかんのだがの。

とは思うが、配下の牢人衆にそれをいう必要はない。

惣右衛門らはこうして豊臣家の役人一行を何度か襲い、成果をあげた。成果をあげるたび、伝蔵をもって大和国十市郡池尻の赤井忠泰に報告した。そして、報酬が出ると、配下にばらまき、余りはみな、大和国宇智郡五条二見城主松倉重政のもとに預けてある妻のお凛のもとに送った。

山猿の窮地

ときは過ぎ、慶長一八年（一六一三）となった。惣右衛門は五六歳である。

惣右衛門が青山与次を従え、丹波の山猿一党の首領よろしく、和泉国堺のはずれで見つけた荒れ寺で休息をとっていると、探索に出ていた伝蔵が戻ってきた。

「旦那様。どうやら、大坂の豊臣家より、丹波の山猿一党を討てとの命が出たようでござる」

「ほう。ついに出たか。待っておったぞ。どれ。もう、ひと仕事じゃの」

庭先に片膝をついている伝蔵は厳しい顔を崩さなかった。

「は。どうやら、豊臣家の重臣、木村長門守重成殿が大坂城より出張り、討伐の指揮をとっておられるそうにござります」

「ほ。長門守殿みずからか。ま、よい。長門守殿なれば、よき敵じゃ。居場所は」

伝蔵は少し身じろぎした。

「は。長門守殿の居場所は、ここよりほど近い、五《ご》ヶ庄《しょう》船堂《せんどう》村という村でござる」

木村重成が出張っている船堂村は、和泉国堺から一里もない。ただ、国郡は摂津国住吉郡である。要は、このあたりは、和泉・河内・摂津国の三国の国境地帯なのである。

伝蔵によると、船堂村は過酷な目にあっていた。この村に含まれる奥村九〇〇石の地が豊臣家直轄領となっていたが、その地の代官が、堺の豪商にして茶人の今井《いまい》宗薫《そうくん》だったからである。

納屋《なや》という屋号をもつ堺の今井家は、宗薫の父の今井宗久《そうきゅう》が織田信長や豊臣秀吉に気にいられて権勢を築いた。しかし、秀吉の寵がやはり堺の茶人出身の千利休に移ったことで今井家の往時の勢いは衰えた。ただ、利休が晩年の秀吉によって切腹に追い込まれ、宗久の子の宗薫が、いち早く徳川家康に近づいたことで、今井家は再び、盛り返していた。

伝蔵によれば、大坂の豊臣家は徳川家の庇護を受けるかたちでの今井家の復活を不快に思い、今井宗薫とその子、今井宗呑《そうどん》を徳川家と通謀したかどで大坂城に連行する予定とか、すでに城内で幽閉したとかいう。

だから、木村重成が三〇〇もの人数を率いて船堂村にいることは、今井親子の所領の没収沙汰かと思えば不思議ではない。ただ、なにも、豊臣秀頼の信任篤い重臣にして、秀頼の乳母である宮内卿局《くないきょうのつぼね》の子ともあろう者が、丹波の山猿一党の討伐にみずから出張る必要はなかった。

惣右衛門は含み笑いをした。

「長門守殿も酔狂なお方よな。ま。折角じゃ。一泡吹かせてくれよう」

翌早朝、惣右衛門は一党を引き連れ、船堂村におもむいた。探索に出ていた伝蔵によると、長門守重成は豊臣家で接収した同村の今井家代官屋敷に陣取り、配下の人数を村の要所要所に配っているらしかった。

——ふむ……。

惣右衛門は一計を案じ、九〇名ほどの人数を青山与次に率いさせ、代官屋敷に正面から攻め寄せる手はずを整えた。そして、自身は伝蔵以下一〇名ほどの人数を率い、屋敷裏手の虚をつくべく、裏の林に潜んだ。

血ぶくれした蚊を数匹か、たたいたところで、正面から乾いた銃声と矢鳴が聞こえた。惣右衛門は短槍を握りなおし、伝蔵らに目配せした。

「今じゃ。続け」

惣右衛門ほか、一〇名ほどの人数が土塀をこえて裏庭に乗り込み、縁側にむかって駆けようとした。すると、突然、屋内の障子が音をたてて開け放たれた。中には、こちらに鉄炮を向けた兵が一〇名ほど折り敷いていた。惣右衛門は、

「あっ。ぬかった。ひけ」

と、いったが、鉄炮は無情にも火を噴き、惣右衛門のまわりの人数は、ばたばたと地に倒れた。惣右衛門自身にも横腹に火箸をあてられたような感覚があった。意識が遠のく中で伝蔵と目があい、逃げよと手を振った気がするが、深い闇に落ちていくような感覚のみが残った。

「むう……」

ややあって、惣右衛門は激痛のあまり気がついた。うめきつつ横腹を見ると、血止めの布が巻かれているようである。ただ、それも赤く染まり、座らされている庭土に血がしたたっている。首をよじって後ろを見ると、手は後ろ手で縛られているらしい。

——おお。これは、儂もついに……。

ふと、縁の上にかすむ目をやると、烏帽子に鉢巻をし、小具足の上に猩々《しょうじょう》緋《ひ》の陣羽織を羽織った白面の青年武将が床几に腰かけ、自分を見下ろしている。

「賊よ。そなたが、丹波の山猿一党の首領か。儂は木村長門守じゃ」

「……」

惣右衛門が痛みに耐えて黙っていると、横の武士に槍の石突でこづかれた。

「長門守様にお答えせぬかっ」

惣右衛門は脂汗を浮かべつつ、口を開いた。

「丹波の山猿一党の首領に相違ないわ……」

すると、郎党らしきものが、あっ、と短く叫んで重成に向き直った。

「殿。あの賊。見覚えがござる。大和大納言豊臣秀長卿のご家臣であった者のように思いまする」

今一人も重成に体を向ける。

「殿。拙者はその賊を増田右衛門尉様ご家中でみた気がいたす」

重成は青白い顔に怒気を浮かべて床几をたった。

「何。では、そなたは、豊臣家恩顧の者ではないか。さては徳川に魂を売ったか」

惣右衛門は傷の痛みで朦朧としながらも、階上の声は聞こえて、自嘲の笑いを浮かべた。

「左様でござる。秀長卿にも増田様にもお仕えしており申した。それに免じてお解き放ちくだされい」

重成は青白い顔を扇で隠した。

「なんと。この期に及んで命乞いか。くだらぬ。斬れ」

惣右衛門の横に太刀を抜いた武士が立った。見たような武士が口を開いた。

「山猿一党の頭よ。木村兵部じゃ。覚えておるか」

――ああ。暗闇峠の……。

答える気力もなかった惣右衛門は力なく地面を眺めさせられた。汗がたれる。中間か下人のような者に肩をおされたらしい。首にひやり、としたいやな気配を感じる。

――ここまでか……。命あっての物種ゆえ、長生きせよとの父上の遺言、果たせぬか……。

と、思ったところで、木村兵部がもんどりうって、どう、と倒れた。

惣右衛門が緩慢な動きでそちらを見ると、太刀を取り落とした兵部が右腕をおさえてうずくまっている。そういえば、銃声を聞いた気もする。惣右衛門の意識が目覚めはじめた。

惣右衛門が後ろを振り返って目をこらすと、土塀の上に鉄炮や弓矢を手にした人影がみえる。

前を見ると、青山与次と数名の武士が木村勢相手に槍で戦っている。自身の後ろ手のほうでごそごそする気配を感じたが、それは伝蔵だった。

「旦那様。逃げまするぞ。お気を確かに」

「む」

惣右衛門は伝蔵に肩を担がれ、裏木戸のほうに引きずられるように走っていった。

後で聞けば、青山与次が率いていた屋敷の正面から弓や鉄炮をうちかける人数は、木村勢に知られていたらしく、すぐに応射があって、ほとんどが逃げ散ったらしい。但し、数名残った者がいたので、与次はそれを率いて裏にまわったところ、壁の上に潜んで脂汗をたらしていた伝蔵を見つけ、惣右衛門の身柄の奪還となったそうだった。


半月後。

ここは売らずにおいた奈良の屋敷である。

「旦那様。最後までついてきた人数に多めに銀子を与え、いとまを与え申した」

と、与次はいった。

頷いた惣右衛門であったが、奈良にいたる記憶はほとんどない。与次や伝蔵によれば、惣右衛門らは一旦、堺のはずれの荒れ寺に戻って傷の応急の手当をおこなったらしい。そして、小康を得ると、惣右衛門を黒鹿毛の背に括りつけるようにして徳川家家臣小林元次領の河内国河内郡豊浦村にいたり、代官中村四郎右衛門の世話になったそうだった。幸い鉄炮の弾は臓腑を傷つけずに抜けたので大事にはいたらなかったものの、肉がえぐれたせいか、高熱が出たそうだった。

数日後、与次が惣右衛門の額に当ててある冷水でしぼった布を変えた。

「旦那様。探索に出ている伝蔵によれば、木村長門守殿が討手をだしたそうでござる」

「ほう。丹波の山猿一党も、えらく見込まれたものだの。して、赤井忠泰殿へは……」

与次は相変わらず濃い眉をしかめた。

「見舞いの銀子は多めにいただきましたが、他所に潜んで傷の養生をせよ。仕官については悪いようにはせぬ、とのことでござった」

惣右衛門は苦笑いをした。

「いいように使われたのみであったか」

憤然とする与次をなだめるように惣右衛門は笑った。

「ま。山猿一党の名が知れすぎたからの……。赤井の殿も功績は欲しかろうが、汚名は迷惑ということであろう。妻子眷属を預けたままの松倉家にはなおのこと、迷惑をかけるわけにはいくまい。いつでも立てるよう、荷造りを頼む……」

数日後、屋敷の庭に伝蔵が駆け込んできた。

「殿。木村兵部の人数が大和に入り申した」

顔色の悪い惣右衛門は与次の肩をかりてなんとか起き上がり、伝蔵が厩からひきだした黒鹿毛の馬に担ぎ上げられた。

　惣右衛門らは伊賀国との国境に近い、奈良の北東に位置する山城国相楽郡笠置まで逃げた。惣右衛門の体調は依然思わしくなかったが、与次と伝蔵が才覚し、木津川沿いの大きめの百姓家を購入した。そして、後で聞けば、与次と伝蔵は交替で奈良周辺に出かけ、そこまで出張ってきていた木村兵部の手勢を狙撃したり、寝首をかいたり、ということを根気よく続けたらしい。兵部の手勢はそのために戦意を喪失し、兵部は歯嚙みしながら、大坂に引き上げていったという。

九　大坂冬の陣

陣借

ときは、慶長一九年（一六一四）秋、惣右衛門は五七歳である。

どこか、故郷の丹波と似た雰囲気のある山城国相楽郡笠置で養生した甲斐もあり、惣右衛門の脇腹の傷は癒えてきた。一の郎党の青山与次が作ってくれる粥も、鹿肉のあぶりも、美味く感じられるようになってきた。

ただ、そのころ、天下は再び風雲急を告げていた。

外から帰ってきた中間の伝蔵がいうには、駿府の大御所徳川家康が、いよいよ、大坂城の豊臣秀頼を滅ぼすことに本腰をいれはじめたらしい。家康としては、予想外に立派な若者に育った秀頼を自分の目の黒いうちに、何としても、滅ぼそうということらしかった。

血色がよくなった惣右衛門はかたわらの与次に笑みを浮かべた。

「これは。稼ぎどきだの。どれ。老骨に鞭打って、いずれかの大名家の陣借でもいたすかの……」

「そうですな。旦那様の具合もまずまずでござりますし」

最近、白髭をたくわえはじめている惣右衛門は与次と伝蔵に武具の手入れを命じ、自分は庭に出て、そろそろと、短槍を振るって体を動かしてみるようになった。本能寺の変以来の短槍は、最前、なくしてしまったので、よく似たものを与次が用意してくれていた。入手方法はあえて聞いていないが、使い心地はよい。以前のものより少々、軽い。何もいわないが、与次の気遣いだろう。

ある日、笠置の集落が騒がしくなった。様子をみてきた与次がいう。

「どうやら、伊勢・伊賀の大名、藤堂和泉守高虎様の弟、与右衛門高清《たかきよ》様の軍勢が徳川家による大坂攻めに参陣すべく、このあたりを通られる由にござる」

「おう。藤堂様か。藤堂和泉守様は、豊臣秀長様や秀保様の重臣であられたかた。それはよい。身分は違えども、儂は大和豊臣家で同輩であったのじゃ。疎略にはされまい」

「好都合にござりまするな」

「うむ。なれば、藤堂様の弟御でもよかろう。それに、かつての丹波国黒井城主、荻野悪右衛門直正様のお子が赤井直義様を名乗り、和泉守様のご家臣になられたのであったな」

「は。ますますもって好都合ですな」

「よし。藤堂与右衛門様に陣借を頼もう」

惣右衛門は久しぶりで甲冑を身に着けた。松倉重政に預けている妻子や二の郎党長崎三郎は息災ではあるようだが、丸に本の字の本城家の旗指物も預けたままであった。陣借衆は所属する軍勢より旗指物を借りて背にさせばよいので、必要とは限らないが、背が妙に軽く感じられた。

　手になじんできた短槍を持ち、黒鹿毛の馬にまたがった惣右衛門は、与次と伝蔵を引き連れ、藤堂高清の軍勢に近づいた。すると、その部将らしき者があらわれ、何者かと問われた。これに対し、惣右衛門は名乗ったうえで、陣借をお願いいたしたいといった。そして、拙者は大和大納言豊臣秀長様、大和中納言豊臣秀保様のご家中では、身分は違えども、和泉守様と同輩でござったといい、さらに、生国は丹波国であるため、和泉守様ご家中の赤井直義様と有縁の者だといい添えた。すると、その藤堂家の部将の警戒の表情はゆるんだ。

「む。なれば、陣借衆として陣列に加われよ。当家と縁があるようでござるし、はげまれよ。いかにも赤井様は和泉守様に仕えておいでじゃ。赤井様には拙者からお知らせしておき申す」

　こうして惣右衛門らは陣借衆として、藤堂高清の軍勢に加わった。惣右衛門は与次と伝蔵にひそやかにいった。

「これよりは、藤堂与右衛門高清様に陣借としてお仕えするぞ。頼む」

　高清勢が西に進むうち、高清家臣の惣右衛門への物いいは格段に丁寧になった。藤堂高虎本隊で部将の一人をつとめていた赤井直義よりわざわざ高清に当てた使者があったらしい。惣右衛門の立場が陣借衆であることに変わりはなかったが、惣右衛門は、藤堂家の旗印が入った旗指物の貸与を受けた。

高清勢は西へと進んでいったが、途中、惣右衛門と似たような雰囲気の武士が何人も軍列に加わった。いずれも陣借衆として認められたらしい。伝蔵がいうには、大坂城の豊臣秀頼のもとには、西国各地の腕に覚えのある牢人どもが陣借衆として集まったというが、徳川方の軍勢に参加する陣借武士も相当数いるようだった。

伝蔵は如才なく、藤堂勢の軍列にいた中間や下人にとりいり、道々、色々なことを聞いてきた。それによると、大坂の豊臣方についた現役の大名は、秀頼生母淀殿の叔父にして信長の弟である織田有楽《うらく》を号する大和国で三万石を領する織田長益のみであるらしいが、有楽は豊臣家と徳川家の和平を望む城内和平派の領袖らしい。一方、戦働きを期待されている有力な部将としては、豊臣家譜代の重臣である大野治長《おおのはるなが》の弟の治房《はるふさ》や木村重成が重きをしめているという。淀殿の側近である大蔵卿局《おおくらきょうのつぼね》の子である大野兄弟の動向は複雑で、長男の大野治長は和平派ながら次男の治房や道犬の号で知られる三男の治胤は主戦派とされるという。ただ、そうでもないともいい、話は錯綜していた。

そして、このときの豊臣勢の特色である大物の牢人大将としては、元土佐国の大名長宗我部盛親、元信濃国上田城主真田昌幸の子の真田信繁《のぶしげ》、元豊前国小倉城主毛利勝永《かつなが》がいるらしい。そして、これにつぐ牢人大将としては、筑前国福岡城主黒田長政の元重臣の後藤又兵衛《ごとうまたべえ》、元豊臣家大老宇喜多秀家の重臣にしてキリシタン武士の明石全登《あかしてるずみ》がいるという。そんな豊臣勢は、総勢あわせて、なんと、一〇万を号しているらしい。

黒鹿毛の馬上で揺られる惣右衛門は口取りに戻った伝蔵を見下ろした。

「一〇万。なんと集まったものだの」

「は。徳川方では豊臣方は烏合の衆にすぎぬとあざける者が多いようにござりまするが」

「ふむ。烏合の衆か。戦場往来の衆をあなどると痛い目にあうと思うがの……」

そうこうするうちに藤堂勢は大坂に到着した。

戦は、世にいう大坂冬の陣である。

伝蔵によれば、大御所徳川家康と征夷大将軍徳川秀忠率いる徳川方の軍勢は全国の諸大名が参加していて、総勢二〇万の規模という。

大坂周辺では、人馬がひしめき、濛々と砂塵がまきあがっている。

一一月中旬の序盤戦で徳川方の諸勢は大坂城周辺で豊臣方諸勢を圧倒した。これを受け、豊臣方諸勢は潮が引くように退いていき、天下の名城、大坂城に本格的に籠城するかまえをとった。

藤堂勢は、一二月に入り、家康の指示により、大坂城の南に布陣することになった。旗印などを見るところ、藤堂勢の東隣には家康の孫で越前国北庄城主松平忠直《ただなお》の軍勢が、西隣には陸奥国仙台城主伊達《だて》政宗《まさむね》の軍勢が布陣している。大軍勢の様子は、まさに、雲霞の如し、という表現がふさわしかった。

惣右衛門は負傷が癒えたばかりであるので、例のごとく、無理はすまいと、藤堂高清勢の後方にいて馬上から戦機をうかがっていた。

吶喊《とっかん》の声と銃声がこだまする戦場特有の音が耳を聾するばかりに響いてくる。惣右衛門は持っている短槍で特に激しく轟音が響いてくる方角を指し、徒立の郎党青山与次をみた。与次は鉄炮を背に負っている。

「彼のほうには何があるのか」

「豊臣方の出城があるようでござる」

大坂城の南東部の丘に設けられた豊臣方の出城は、後で聞けば、豊臣方の牢人大将、真田信繁が立て籠もった出城、いわゆる、真田丸だった。信繁率いる真田勢は押し寄せる徳川方の大軍に情け容赦のない一斉射撃を浴びせ続けた。大坂方の鉄炮はすべてあわせれば五万挺はあり、真田丸にも一万挺はあるかもしれぬという者もいただけあって、すさまじいばかりの銃声である。

出城の前面にいた徳川方の加賀国金沢城主前田利常、大和国五条二見城主松倉重政、松平忠直の軍勢は竹束楯や鉄楯を並べ、出城に肉薄したものの、一斉射撃の連続にあって多数の死傷者を出した。仕寄をつくるのもままならなかったらしい。

すると、惣右衛門が属する藤堂高虎の弟、高清の軍勢が動いた。東側に動いているので攻める目標は真田丸のようだった。高清勢後方の惣右衛門の目にも城方の鉄炮があげる白煙が間近くなった。惣右衛門としては使番《つかいばん》の軍令か訓示でもあろう、と思っていたが、ほとんどなんの前触れもなく、高清勢は出城めがけて突撃した。惣右衛門のまわりの人数も喚声を上げて進みはじめる。

しかし、斜め前を歩く与次が冑の眉庇をあげて惣右衛門に怒鳴る。

「これは無理押しじゃ。旦那様、馬から降りなされ。鉄炮の餌食でござるぞ」

「うむ」

惣右衛門は乗っていた黒鹿毛からおり、最初は馬の陰に隠れながら進んだが、途中で馬が動かなくなったので馬を捨て、そのあたりに散乱していた木製の楯を拾い、それをかざしながらじりじりと進んだ。楯にあたる流れ弾の数が増えてきたなと思ったころ、算を乱した高清勢が撤退してきた。高清勢の部将らしき者が怒鳴る。

「退け、退けっ」

高清勢は尋常ではない崩れ具合であった。なんでも大将高清本人が側近がかざす楯を振り払うように突出し、城端で足に銃弾を受けたらしい。高清勢には甚大な被害が出て、兄の和泉守高虎からもさがるように下知が出たらしかった。そうしたことで、惣右衛門は結局、敵に一槍もつけずに引いた。自身も与次も伝蔵もかすり傷一つ負っていないのはよいが、陣借が首を一つもとっていない以上、恩賞はまったく期待できない。

そもそも、藤堂勢自体も一方的な射撃を受け、大損害を出したのみで撤退した。だから、陣中の食事を求めるのも気がひけた。とはいえ、飯時になると、そこは中間の伝蔵がどこからともなく酒食をかき集めてきてくれはした。

惣右衛門は声を潜めて与次にいった。

「弓なればともかく。鉄炮を撃つ者は、主君持ちであろうが牢人であろうが、弾の勢いにかわりはあるまいが」

「は。まったくそのとおりでござる。侍衆が撃とうが、烏合の衆が撃とうが、弾が当たれば死にまするわ」

真田丸攻の攻防は、徳川方諸勢が撃退されて終わった。

ただ、陣中の噂によると、百戦錬磨の大御所徳川家康は、戦が鉄炮の射撃戦になること、そうなれば籠城側が圧倒的に有利になることを見越していたらしかった。そうしたことで、家康は、側近にいた西洋人の政治・軍事顧問の助言も受けつつ、攻城戦で威力を発揮する大筒を二〇〇門近くも用意していたらしい。筒は国産のもののみならず、西洋産のものまであるという。

大坂城の北にあたる備前島に置かれた徳川方の砲兵陣地などより、その大筒が火をふきはじめた。大筒を撃つ音は腹に重くひびく。

惣右衛門も与次や伝蔵とともに陣地を飛び出した。

「これが、音にきく国崩《くにくずし》か」

「おお」

「なんと」

――戦のやりかたも変わったの……。

家康は豊臣方手ごわしとみるや、城郭そのものを標的とした大筒砲撃に戦術を切り替えた。後で聞けば、もともと大坂城にも大筒の備えがあったが、関ヶ原の戦の際に石田三成が持って出ていき、それを徳川方に鹵獲されて以降、その有効性に気づくものがおらず、補充が不十分だったらしい。徳川方が砲撃に戦術を切り替えたと知ったらしき豊臣方でも砲撃をおこなったようだったが、砲撃音は、まばらだった。

それにひきかえ、城の北の備前島などに築かれた徳川方砲兵陣地からの砲撃は効果的で、徳川方の砲弾のうちの数発が、天守閣にあった淀殿の居室近くに着弾し、侍女ら数名が死んだという。これによって秀頼も淀殿も戦意を喪失し、一二月の中旬、大坂城内の和平派は抗戦派を押し切り、徳川方に和議を申し出たという。

知己との再会

惣右衛門は藤堂高清勢の陣所からほど近くに陣所を持つ二見城主松倉重政の陣所を訪ねようかとも思った。しかし、松倉勢も高清勢同様、かなりの損害が出たように聞いていたので、あえて、それは控え、高清勢とともに安全な後方にいた。その際、徳川家と豊臣家の和平の話を耳にしたのである。

惣右衛門は腕組みする。

「和平か。豊臣家としては惜しいの」

伝蔵がいうには、和平の条件は天守閣を除く大坂城の防禦施設をほぼすべて取り壊すことなどらしかった。与次が惣右衛門に不思議そうな顔をむける。

「豊臣家は和平が永続すると思ってござるのかの」

「ふむ。和平を勧めた者は牢人衆を城から出しさえすれば、和平が長続きすると思っているのやもしれぬ。しかし、戦の原因が大御所家康様の自身の命数の少なさへの焦りにあるのであれば、和平が長続きすることなど、あるまい」

「ほう。大御所様の命数。確かに東海一の弓取とうたわれた大御所様もはや、七〇を過ぎておわしますな。そうですな。となれば、次の戦こそが、豊臣家の命運を決める戦となりましょうな」

「そうなろう」

翌日、惣右衛門が所在なさげに与次や伝蔵と藤堂高清勢の端で話をしていると、従者を多数引き連れた大身らしき騎馬武者が、目の前を通り過ぎたところで、馬を止めた。馬上の武者が振り返って叫ぶ。

「ややや。卒爾ながら、丹波赤井家の本城小太郎、いや、惣右衛門殿ではござらぬか」

惣右衛門は立ち上がって騎馬武者を見ると、顔に大いに見覚えがある。

「まさか。まさか、丹波黒井城でお目にかかった荻野四郎右衛門様では」

騎馬武者はまさに、その昔、丹波国氷上郡黒井城で面識のあった荻野四郎衛門永道であった。

「左様。荻野四郎右衛門永道でござるわ。今は荻野河内守と改め、越前少将松平忠直様に仕えてござる。おお惣右衛門殿。まさしく、惣右衛門殿じゃ。なんと、懐かしいのう」

「は。お懐かしゅうございます」

「して、今は」

「藤堂和泉守様御舎弟、藤堂与右衛門高清様の陣借でござる」

永道に会うのは三〇数年ぶりである。惣右衛門とほぼ同年配の永道であったが、立場のせいか、惣右衛門よりもだいぶんに貫禄がある。

永道は従者に指図をした後、惣右衛門らのそばによってきて、伝蔵がどこからともなくもってきた床几に座った。

「おや。惣右衛門殿の従者にも見覚えがあるわ」

「は。郎党の青山与次と中間の伝蔵でござる。両名とも丹波以来、つきしたごうてくれておりまする」

「そうか。与次殿。伝蔵。はげまれよ」

惣右衛門は昔を思い出し、万感、胸に迫ったが、河内守永道も同様のようだった。互いの健勝を祝いあうと、後は、武功話となった。

惣右衛門は手ずからとった首としては、丹波赤井家傘下にあってまだ小太郎と名乗っていた時分に荒木城の戦で明智光秀の一門、明智弥平次秀満の有力部将からとった首が一番のものという話をした。河内守はこれを誉めそやし、氷上郡後谷城主赤井忠家や、黒井城主の旧主、荻野直正のことが思い出されるといった。

一方で永道は丹波国が織田勢を率いる光秀に降伏した後は織田家家臣になっていたと語った。手ずからとった首としては、織田家家臣として河内国交野《かたの》郡私部《きさべ》城安見《やすみ》氏を攻めた際にとった首が一番のものと語った。

荻野永道は豊臣秀吉の天下であったころの話はしなかったが、関ヶ原の戦では徳川方として手柄をあげたらしい。戦後、永道は江戸城を守って功績をあげた徳川家康の次男、結城秀康に三五〇〇石で召し抱えられ、秀康の死後は同様な禄で秀康嫡子の松平忠直に仕えているとのことだった。

もともと、丹波国で地侍だった惣右衛門と黒井城主荻野家一門の永道では身分が違うので、身代の桁が一つ違うのは無理もないが、陣借の我が身と引き比べ、うらやましくないことはなかった。

長い話の後、惣右衛門の表情の変化に気づいた永道は、はげますように、惣右衛門の肩をたたいた。

「ま。気づいておられようが、徳川家と豊臣家の戦はこれでは終わるまい。武功をあげる機会はあろう。それに、藤堂和泉守様にはそれがしの旧主、荻野直正様のお子の荻野直義様がお仕えになっているのではなかったか」

「はい。今は赤井に名字を戻され、赤井悪右衛門直義と名乗っておられ、和泉守様の陣中におられます」

「ほう。直正様同様、悪右衛門と。それはよい。なれば、惣右衛門殿にも藤堂家より仕官の話があるかもしれぬの。おう。折角じゃ挨拶に参ろう。惣右衛門殿よ。同道せぬか」

惣右衛門は永道に求められるまま、藤堂高虎勢の宿営地に赤井直義を訪れた。惣右衛門は黒井城中で、よそながら、七、八歳のころの直義をみかけたことはあるが、話をしたことはない。とはいえ、親しみはある。

今はすでに四四歳になっている直義は藤堂高虎に仕える一〇〇〇石取の家臣である。この戦でも活躍したらしいが、配下の手勢に死傷者が多く出たとも聞いている。

直義は藤堂家家中では無論、大身家臣であったが、禄高では三五〇〇石の永道に及ばない。それに永道は将軍秀忠の甥の松平忠直の家臣なのであるから、二人して藤堂勢の陣地で案内を乞うと、丁重に直義のもとに案内された。

そんなわけで、荻野永道のほうが、赤井直義よりも世間的には格上で年長である。しかし、永道からすれば、直義は旧主荻野直正の子であるから主筋にあたる。そのため、永道と直義は両者ともに譲り合い、惣右衛門も加えての鼎談は気持ちの良いものとなった。

永道としても、惣右衛門としても、直義の郎党に見覚えのある者があって、故郷、丹波の話に花が咲いた。永道と惣右衛門が辞去しようとした際、直義はいった。

「惣右衛門殿。今は殿の御舎弟、与右衛門高清様の陣借とか。豊臣家との戦が終われば、拙者、ご貴殿を殿に推挙いたすつもり。次の戦では、一層、はげまれよ」

永道は大いに頷いた。

「お。惣右衛門殿。よかったの。悪右衛門様のご吹挙なれば安心じゃ」

「は」

惣右衛門の老いつつある胸が期待にふくらんだ。

一〇　大坂夏の陣

天下の孤城

ときは、慶長二〇年（一六一五）春、天下の耳目は引き続き、孤城、大坂城に集まっていた。惣右衛門は藤堂高虎の大身家臣、赤井直義と連絡をとっていたが、大坂冬の陣で世話になった藤堂高清の家中より給金の支払いとともに、次の戦でも陣借をされるかとの問い合わせがあったので、居所とともに、そうさせていただくとの返事をし、葦毛の馬を購入した。

藤堂家はもともと、豊臣家に仕えていたのであるから、徳川家からすれば外様大名なのであるが、聞けば、高虎の献身的な働きが評価をされて大御所家康の信頼は篤く、将軍秀忠も高虎を頼りにしているという。その舎弟高清からではあるが、そんな藤堂家より、次の戦の陣借の意向を尋ねてきたのであるから、徳川家と豊臣家の決戦は、やはり、確実であるようだった。

一旦、笠置の屋敷に戻ってくつろいでいた惣右衛門は、郎党の青山与次に尋ねられた。庭には中間の伝蔵がひかえている。

「旦那様。徳川家と豊臣家の戦がなければ、旦那様の仕官はおぼつきませぬが、豊臣家も豊臣家じゃ。徳川家に勝てると思っておるのでしょうかの」

　惣右衛門は苦笑した。

「む。はっきりいうのう。ま。儂も、藤堂家への仕官のためには戦がおきてほしいがの。したが、豊臣秀長様と秀保様、増田長盛様には世話になったからのう。豊臣家の行く末が気にならぬというと嘘になるの」

「は。気になりますな。豊臣家は太閤秀吉公のころの栄華が忘れられぬのでしょうか」

「うむ。それが大きかろう。ま。あとは、大御所家康様の命数をはかっておるのか……」

「む。大御所様の命数。最前は、家康様がご自身の命数を気にしてと仰せでしたが。それは豊臣家も同様ということで」

「うむ。それはそうであろう。大御所様に万一のことがあらば、徳川家の当主は将軍秀忠様だが、その秀忠様は関ヶ原の戦に遅参した方だからの」

　与次は小さく頷いた。

「そうですな。そういわれれば、秀忠様が関ヶ原に遅参した原因は、大坂城の東南の出城で奮戦された真田左衛門佐《さえもんのすけ》信繁様の真田家でしたな」

「それよ……。豊臣家としては、あの戦下手の秀忠様が徳川家の当主となったらば、豊臣家に寝返る大名が続出するとみておるのやもしれぬ」

「ほう。ありうるやもしれませぬな」

「うむ。だからこそ、秀忠様は汚名をそそぐためにも、みずから左衛門佐殿の首を刎《は》ねたいようなお気持ちであったやもしれぬ」

惣右衛門は庭の伝蔵に目をやりつつ言葉を続けた。

「ふむ。すると、秀忠様と二代征夷大将軍の座を廻って争われていたと聞く庶兄、結城秀康様のお子の松平忠直様が左衛門佐殿を猛然と攻められた際も、忠直様がほとんど敗れられたのをご覧になった際も、秀忠様には、複雑なお気持ちであったであろうな」

「はあ。そうなりますか……」

二人の話がつきると、庭の伝蔵が何かお役目はといったが、惣右衛門は首を振った。

「いや。豊臣家が大御所様の命数が尽きることを念じておるのは間違いなかろうが、そう、うまくはいくまい。さすれば徳川家と豊臣家の決戦となろうが、徳川方の勝ちは、まず、揺らぐまい。藤堂与右衛門様の周囲に気を配っておればよい。心静かに次の戦を待とう。遠くはあるまい」

「は」

与次と伝蔵は揃って平伏した。

若江村の戦

世間の大方の予想の通り、大坂城の豊臣家と徳川家は再戦することとなった。

世にいう、大坂夏の陣である。

豊臣家が牢人を再び集めたことや徳川家が出した戦争回避のための条件を豊臣家がのまなかったことが表向きの要因であったが、要は、大御所徳川家康が自分の目の黒いうちに、豊臣家を滅ぼしてしまいたいということらしい。

惣右衛門としては、結局、家康公のなされていることは、織田信長公を討った明智光秀殿や、織田家の天下を奪った豊臣秀吉公と同じよ。と、思う。ただ、

——家康様の恐ろしいところは、ありていにいえば、主家豊臣家を滅ぼさんとする謀叛に相違ないというに、さほど、謀叛とはいわれぬところよ。

とはいえ、藤堂高清の陣借に過ぎない惣右衛門にとっては、家康のことなどより、藤堂家への仕官の吹挙の話の方がよほど、重要である。

ただ、惣右衛門の屋敷に気になる噂が聞こえてきた。

惣右衛門の当座の雇い主、藤堂与右衛門高清についてである。

高清の軍勢は先の冬の陣で大きな損害を受けた。これは文字通り、高清の怪我の功名だったが、高清は、きたるべき豊臣家との再戦で、より一層の手柄を立てれば、徳川家直属の大名に取り立てられることもあるやもしれぬと高言しているらしい。

ただ、藤堂家当主の高虎としては、年齢が息子ほどに離れた年下の弟である高清の先の戦での

突出を不快に思っているという。そして、高清の藤堂家よりの独立については、なおのこと、不快に思っているとも聞こえている。

――与右衛門様は和泉守様と不仲なのか……。

一抹の不安をもった惣右衛門であったが、不安は現実になった。

しばらくして、高虎は、順当に大御所家康と将軍秀忠より大坂への再出陣を命ぜられたが、一方で出陣にはやる高清に伊賀国名張城での留守居を命じたらしいのである。名張城は松倉重信と重政の親子が筒井家家臣であった時代に城代をしていた城であるが、それを懐かしく思うゆとりはない。

惣右衛門は慌てた。

――留守居の軍勢の陣借では、手柄をあげようがない。

ところが、高清は見事に兄高虎の言い付けに背き、別途、大坂城に向けて出陣するという。惣右衛門のもとにも、約定どおり、高清の陣触れがきた。現地、大坂で参陣されたしということだった。

慶長二〇年（一六一五）四月、惣右衛門は、買い替えたばかりの葦毛の馬にまたがり、いつもどおり、郎党青山与次と中間伝蔵を連れ、笠置を出立した。

藤堂高清が参陣するであろう藤堂高虎勢は河内国方面で徳川方の先鋒をつとめることになったと聞いたので、惣右衛門は奈良を抜け、十三《じゅうさん》峠から生駒越えをした。

惣右衛門は、生駒越えの後、玉串川右岸の万願寺村の南にあった高虎の陣所に入った。

しかし、高清はそこにはいなかった。なんでも高清は、生駒越えをしたところで高虎に目通りをし、従軍を願ったものの、留守居の言い付けに背くとは何事かと高虎の激しい怒りを買ったらしい。

――まさか、名張城にお戻りか……。

焦った惣右衛門であったが、与次をもって高虎本陣にいた赤井直義に問い合わせると、高清は帰国せず、どこぞに移って戦に参加するおつもりらしいと告げてきた。

――なんと。高清様はいずれにおわす……。

惣右衛門は急ぎ、伝蔵に高清の陣所を探させた。

伝蔵はあたりを聞き歩き、ようやく、高清が、手勢とともに玉串川の左岸にあたる河内国若江郡萱振《かやふり》村あたりの藤堂勢に加わっていると知った。この軍勢は高虎本隊の正面西、左翼と右翼の中間に展開していたため、中備《なかぞなえ》ということになる。

惣右衛門は戻ってきた伝蔵の案内のもと、青山与次とともに藤堂勢中備の高清勢のもとに急行した。惣右衛門が高清の家人に着到を告げると、家人はすまなさそうな顔をし、高清が当主高虎の怒りを買ったため、高清勢には、藤堂家の旗印が入った貸し出し用の番指物《ばんさしもの》の配給がなかったと詫びられた。

しかたもないので、惣右衛門は急ぎ、与次に隅取紙《すみとりがみ》の旗指物をつくらせた。隅取紙の旗指物とは、紙製の臨時の旗指物のことである。例がないことはない。惣右衛門は与次に、作法どおり、紙の四隅を切り取らせた。そして、紙の真ん中に藤堂勢の旗印を書きこませ、紐で細竹の先端に結わえさせた。惣右衛門はこれを三つつくらせ、主従三人、それぞれ、背にさした。与次は惣右衛門に向かって口をとがらせた。

「天下の大戦に隅取紙の旗指物とは、いかになんでも……」

「ははは。陣借武者には似合いの旗指物よ」

戦は、大坂夏の陣のうちの激戦、世にいう、八尾・若江の戦である。

藤堂勢北隣の友軍は旗印からして徳川家譜代大名の近江国彦根城主井伊直孝《なおたか》であったが、前面の敵の豊臣方の軍勢はと目をこらしていると、物見に出ていた与次が帰ってきて惣右衛門に告げた。

「敵はおよそ、七、八〇〇〇。旗印からして、木村長門守重成殿と長宗我部土佐守盛親殿とお見受けいたす」

「なに。木村長門守殿とな。因縁があるのう」

「は」

五月六日の早朝、小雨が降るまだ暗いうちから、霧が深い八尾村で豊臣方長宗我部勢と徳川方の藤堂勢中備と藤堂勢左翼が交戦し、若江村あたりで豊臣方木村重成勢と徳川方井伊直孝勢が交戦した。惣右衛門が属する藤堂高清勢が含まれる藤堂勢中備が前進すると、長宗我部勢の脇に見たような旗印が翻っている。惣右衛門は思わず与次を振り返った。

「与次。あれは旧主増田家の旗印ではないか」

「おお。まぎれもなく」

あたりで聞いてきた伝蔵によれば、増田勢を率いているのは、惣右衛門の旧主、増田長盛の子の盛次だった。

「こりゃ、相手が悪い。増田勢と戦うのは御免じゃ」

「いかにも。場所を変えましょうぞ」

「藤堂与右衛門様には申し訳ないが、同じ藤堂勢のうちで移るのであれば、そこは、陣借武者の気ままさ、お許しあろう」

「おそらくは」

「うむ。では、北の藤堂勢右翼に加わろうぞ」

惣右衛門らは、そのまま西の敵勢に向かって進むふりをしながら、乱戦のなか、北へ北へと徐々に移動した。藤堂勢の誰かに見とがめられたらば、押し通るまでと腹をくくっていたが、あたりは暗いうちからの雨があがり、次第に日が差してきたせいか、濃い霧が出て、前を見るのもままならない。惣右衛門は、誰にも見とがめられることなく、藤堂勢右翼に加わることをえた。

藤堂勢右翼は高虎本陣からみて右手の北に張り出す位置に布陣し、友軍の井伊勢と連携しつつ、若江村のあたりですでに木村勢と交戦していた。位置関係としては、大坂城の南東二里ほどの距離にあるのが若江村で、若江から南に半里強の距離にあるのが八尾村である。若江村と八尾村の間にあるのが萱振村であった。

若江村あたりにいる藤堂勢右翼の端の惣右衛門がみるところ、木村勢は軍勢を一七、八段にも分け、それを入れ替え、入れ替えして戦うつもりらしかった。

やがて、戦機が熟したとみえて、木村勢が鉄炮の斉射をおこなった後、鬨の声とともに短兵急に突撃してきた。木村勢の勢いはすさまじく、乱戦のなか、藤堂勢右翼の大将、藤堂良勝《よしかつ》が戦死した。これによって藤堂勢右翼は恐慌状態に陥った。そのあまりの崩れぶりに、器用に鉄炮を撃って援護してくれていた与次が馬上の惣右衛門を振り向く。ひろった長槍で戦う伝蔵も振り仰ぐ。

「旦那様」

「これは……」

「与次。伝蔵。前に出過ぎるな」

藤堂勢右翼はこのまま木村勢の勢いにのまれるかにみえたが、後方の高虎の本陣から高虎の下知を受けた母衣衆の青木忠兵衛《あおきちゅうべえ》と大津伝七郎《おおつでんしちろう》が馬で乗りつけた。

「しずまれ。しずまれ」

「和泉守様ご覧の切所ぞ」

忠兵衛と伝七郎はなんとか軍勢の動揺をおさえた。そして、二人の号令によって残余の藤堂勢右翼はなんとか立て直し、鉄炮の斉射をおこない、あとは、井伊勢と調子をあわせ、木村勢を押し返しはじめた。

半月の前立を打った頭形兜をかぶった惣右衛門も、乱戦のなか、馬上、手になじんだ短槍を振るっていた。惣右衛門が敵を幾人か突き落としたころ、どこぞで見覚えのある敵の騎馬武者が立ちふさがった。

惣右衛門は矢弾が飛び交うなか、手綱を引いて思わず声をかけた。

「おう。そこにおられるは、木村長門守殿がご家臣、木村兵部殿ではないか」

「む。兵部に違いない。ご老体は何者か」

「はは。拙者、丹波の山猿一党の首領でござるわ」

木村兵部も馬上でからからと笑った。

「これは、これは。丹波の山猿殿か。もう御尊名を明かされてもよかろうと存ずるが」

「しかり。拙者は本城惣右衛門。今は藤堂与右衛門高清殿の陣借武者でござる」

「む。本城殿といわれたか。折角じゃ。手合わせねがおう」

「望むところでござる」

笑いをおさめた兵部は馬腹を蹴って惣右衛門に槍を繰り出してきた。惣右衛門は一瞬出遅れたが、右手で持っていた短槍で兵部の槍を下からはね上げた。兵部はすれ違いざまに、見事といって、馬を返し、もう一度、槍をかまえて突進してきた。

――若いのう……。

右手にしびれを感じた惣右衛門は、

「犬槍、御免」

といって、短槍を兵部に投げつけた。短槍は狙いあやまたず飛んだが、身をかがめた兵部に当たらなかった。しかし、兵部の馬が驚き、大きくあがいた。鼻息一つついた惣右衛門は、そのまま、葦毛を操り、兵部の馬の鼻先をだだと横切った。そして、馬を御しつつ、太刀を抜きはらい、がら空きの兵部の左肩めがけて斬り下ろした。ただ、太刀は兵部がとっさに身をよじったため、左肩を薄く斬ったのみであった。

惣右衛門は、馬が走るにまかせ、二、三間、距離をとって兵部を振り返った。兵部は傷を負った左肩をちら、とみて、にやりと笑った。

「本城殿。見事じゃ。したが、拙者は今、ちと忙しい。これにて、おいとまする」

「おう。御武運を」

馬上、軽く一礼した兵部は戦塵のなかに消え去っていった。

合戦がはじまって一刻ほど過ぎ、木村勢にようやく疲れがみえはじめた。とはいえ、木村勢の数度の突撃により、藤堂勢右翼には多大な損害が出て、足が止まりつつあった。惣右衛門も疲労困憊である。高虎本陣より派遣されていた母衣衆の青木忠兵衛と大津伝七郎は声を嗄らして一〇度、二〇度と攻撃を命じたが、疲れ果てた藤堂勢右翼は動かなかった。惣右衛門も伝蔵に拾わせていた短槍を持ちなおし、一息いれざるをえなかった。

ごうを煮やした母衣衆の両名は、

「ええい。これでは我らの面目が立たぬ。我と思わんものは続かれよ」

と、惣右衛門らを睨みつけながら、たった二騎で追撃をかけはじめた。

惣右衛門は、やれやれ、と郎党の青山与次と中間の伝蔵に一瞥をくれ、それでも追撃に参加した。それに引きずられるように足が重い藤堂勢右翼と井伊勢が前進した。追撃戦では藤堂勢右翼よりは損害が少なかった井伊勢が奮闘し、かなりの数の兜首をあげた。木村長門守重成は追撃戦がはじまる直前に井伊勢に討ち取られていたらしい。これもあって、木村勢は、崩れはじめ、一部は大坂城に撤退したものの、それ以外は、壊滅した。

若江村の戦は井伊勢と藤堂勢右翼を中心とした徳川方諸勢の辛勝といったところだった。

隅取紙の無念

惣右衛門は木村兵部こそは討ちもらしたものの、若江村あたりの追撃戦で木村勢の兜首を一つとり、伝蔵に持たせていた。惣右衛門は藤堂勢右翼の進軍がとまったことを受け、この五月六日の夕刻、藤堂高虎本陣に首を持って近づいた。藤堂家への推挙を約束してくれている赤井直義を介し、高虎の首実検に備えようと思ったからだった。

すると、本陣近くで本隊所属らしき若い部将が伝蔵につかつかと近づいてきた。惣右衛門がなにかと思って見ていると、その武士は、その首よこせといって兜首を奪い取った。ふいをつかれた伝蔵は立ち尽くしている。惣右衛門は怒るというより、慌てた。

「その首は儂が取った首じゃ。ご貴殿は何者か」

「儂は和泉守様の近習、飯野式部《いいのしきぶ》じゃ。この首、儂が取ったことにするゆえ、左様、心得よ」

惣右衛門は慌てて下馬し、式部に追いすがった。

「なにをいわれる。この旗指物をみたであろう。烏滸《おこ》な振る舞いはさせぬ」

「笑止な。旗指物などないではないか。老いた陣借風情がなにをいうか」

式部は惣右衛門に銀子の入った袋を投げつけ、本陣に戻っていった。

「……」

惣右衛門は思わず、背に手を伸ばし、旗指物をはずした。背には、旗竿にしていた細竹しか残っていなかった。隅取紙で作った旗印は乱戦の中で破れていたようだった。見れば、与次のも、伝蔵のも、同様だった。

伝蔵が惣右衛門の前にがば、と平伏した。

「旦那様。大事なお首を奪われ申した。申し訳ありませぬ。かくなる上は、やつがれの首をお刎ねになり、兜首をおしつらえくださりませ」

惣右衛門は足元の袋をひろった。そして、中の銀子の重さを確かめながら、自嘲するようにいった。

「馬鹿をいうな。儂らは所詮、陣借衆よ。藤堂高虎様の陣借衆であればまだよいが、ご舎弟藤堂高清様の陣借衆じゃ。高虎様からみれば、又者、陪臣のようなものよ。無念じゃが、諦めよう。伝蔵よ。あの首より、そちの首のほうが、よほど大切じゃ」

そもそも、惣右衛門が陣借している高清本人からして、当主高虎から勘気を受けている。その高清の陣借風情が高虎に苦情を持ち込んでも、無駄というものだった。惣右衛門は、本陣にいるであろう赤井直義には会わず、重い体に鞭打って、高清勢との合流を目指した。

一方、藤堂高虎勢の中備と左翼勢は、五月六日早朝から昼ごろまで続いた八尾村あたりでの合戦で長宗我部盛親勢の猛攻を受け、再起不能な損害を出していた。左翼大将にして藤堂姓を許された重臣、藤堂高刑《たかのり》が討死したらしい。ただ、藤堂勢の中備大将にして藤堂高虎の養子藤堂高吉《たかきち》が踏ん張ったこともあって中備と左翼は壊滅をまぬかれた。しかし、両勢とも、それが精いっぱいで、長宗我部勢が大坂城方面へと撤退していくのを、茫然と見送ることしかできなかったそうだった。

八尾村の戦は豊臣方の優勢勝ちという他なかった。

藤堂勢は、萱振村あたりで澤田元次《さわだもとつぐ》が一番首をあげ、高虎の母衣武者の磯野行尚《いそのゆきなお》が八尾村で豊臣方部将の増田盛次を討ち、藤堂家信が同じく八尾村で長宗我部勢部将の横山将監《よこやましょうかん》と吉田重親《よしだしげちか》を討ち取る功名を挙げていた。しかし、戦死者があまりにも多く、総体としては、意気消沈していた。

徳川方諸勢は、ほぼ同じ時刻に発生していた道明寺の戦で豊臣方部将の後藤又兵衛を討ち取り、翌七日の四天王寺や茶臼山あたりの合戦で真田信繁を討ち取ったことで沸き立った。又兵衛を討ち取ったのは伊達政宗勢であった。信繁を討ち取ったのは、家康の孫で越前北庄城主の松平忠直の軍勢だった。忠直としては、大坂冬の陣においては、信繁の真田丸でほとんど敗北を喫していたため、その雪辱を果たしたかたちとなった。

その後、毛利勝永、大野治房、明石全登ら各所で戦った豊臣方部将は、死場所を求めて本丸のみとなった大坂城に引くなり、戦場を離脱するなりした。徳川方諸勢はこれをみて総攻めを開始したが、被害甚大の藤堂勢は大御所家康と将軍秀忠の配慮により、総攻めからはずされた。

高清勢と合流した惣右衛門の視線の先には、夕闇に包まれつつある物悲しい大坂城の天守閣があった。

城内からはすでに火の手があがっている。城内一番乗りを果たしたのは、真田信繁を討ち取って意気あがる越前松平忠直勢であったという。

戦は乱取の局面になったとみえて、徳川方諸勢は黒煙に追われて城から逃れ出る人々に餓狼のごとく襲いかかる。徳川方諸勢の内の陣借衆としては、かっこうの稼ぎ場だった。本来、豊臣勢の陣借衆だった者も徳川勢の陣借衆のふりをして稼ぎに加わっている。

中間の伝蔵もひと稼ぎして参りますといって出かけていったが、惣右衛門は郎党の与次を従え、口を真一文字に結び、藤堂高清勢の陣所の端を動かなかった。

五月八日の深夜、徳川方諸勢でひときわ大きな歓声があがった。豊臣秀頼とその母、淀殿が自害したということだった。大野治長、毛利勝永、真田信繁の子の真田大助《だいすけ》や大蔵卿局、宮内卿局らも、ともに自害したという。秀頼は二三歳、淀殿は四〇代半ばだった。

豊臣家は滅びた。

惣右衛門は、まんじりともせず闇を見つめていた。ややあって、闇の中から、ひょいひょいと歩く男があらわれた。伝蔵だった。

「殿。兜首を一つとって参りました。ただ、銀子になりそうにはありませぬ」

首は藤堂高虎の近習、飯野式部に似ているようだった。

惣右衛門はひそやかに笑った。

「ようやった。確かに銀子になりそうにないの。そんな首、捨てていけ」

与次は首を放り投げた伝蔵の肩をひとつたたいた。

惣右衛門らは戦場を去った。

一一　武功覚書

備前国岡山城池田家

――戦がなくなるのか……。

大御所徳川家康と将軍徳川秀忠の天下は盤石なものとなった。しかし、屋敷に戻った惣右衛門としては、今後、戦が完全になくなると、思いたくなかった。

笠置は相変わらず静かな集落である。

天下の万民の大方は戦がなくなることを歓迎しているのであろうが、戦場往来の陣借武士は生活に困る。武器商人も同様だろう。武器商人はほかの商品を扱うことでつぶしがきくからまだましだが、陣借武士はつぶしがきかない。

惣右衛門としては、期待していた藤堂家への仕官もかなわなかった以上、早急にほかの大名家への仕官を考えねばならなかった。戦がなくなる予感は確かにある。そんな惣右衛門が期待をしているのは、大坂の陣で大幅な加増を受けた大名家であった。そうした家は、新規召し抱えを多くおこなうだろう。

　まず、念頭に浮かんだのは妻子を預かってくれている大和国五条二見城主松倉重政であった。重政に仕官の打診をするのは、少々、気も、胃も、重い。しかし、重政は大坂の陣での奮戦によって大幅な加増と転封が噂されている。可能性はあった。大坂の陣の前に役目を与えてくれた赤井忠泰とは肌合いの違いが感じられ、重政以上に気が重く、それはあまり考えなかった。

　惣右衛門の旧主、増田長盛はというと、関ヶ原の戦の後、高野山で蟄居の身となり、後に、武蔵国岩槻《いわつき》城主高力清長《こうりききよなが》に預けられていたが、長盛の子の増田盛次が大坂の陣に豊臣方として参戦して討死をした責任を問われ、七一歳にして切腹させられた。盛次率いる増田勢とは戦場で掛け違っていたため、こうなることもあろうかとは思っていた惣右衛門であったが、実際に長盛切腹と聞くと、さすがに気の毒なと、悄然とした。


　元和二年（一六一六）の四月には、大御所徳川家康が七五歳で死去した。

——おお。家康様が……。

　惣右衛門は一つの時代の終わりを感じた。

　しかし、江戸の徳川秀忠政権は盤石で、惣右衛門の期待に反し、戦が起きる気配はなかった。惣右衛門としては、豊臣家が、あと一年、自重していれば、天下の形勢も変わっていたと思わざるを得なかった。

この元和二年の八月過ぎ、松倉重政に預けている妻のお凛より文がきた。読むと「このたび、重政殿が肥前国高来《たかき》郡日野江城四万石に加増、転封されることとなり、大量の牢人を召し抱えている」とあった。惣右衛門は心が躍ったが、続きを読むと「重政殿は日野江に入城したあかつきには、幕府の許可を得た上で大城郭を築き、船団をしたてて呂宋《ルソン》という異国に攻め込むつもりとの噂がある」とあった。そして「重政殿から惣右衛門殿と子供たちに仕官の誘いがあるやもしれぬが、惣右衛門殿や子供たちを異国の戦に送りたくないので、誘いがあっても断ってほしい」と続いた。そして、末尾には「この歳で九州肥前国にいくのは難儀であるため、いい加減、自分と子供たちを引き取ってくれるように」と、結んであった。

――ううむ。豊後守様には呂宋とやらいう異国に攻め込むおつもりなのか……。

惣右衛門としても、体がそろそろいうことを聞かなくなっている年齢でもあるので、異国で戦をしようとまでは思わなかった。

それはそうと、お凛にはもう迷惑をかけられない。可憐だったお凛も、はや、五〇歳の手前である。五条二見でお凛を支える長男小太郎は藤左衛門を名乗り、三〇歳になっている。藤左衛門には勘之丞という子までできていた。奈良で寺侍をしている次男小次郎は金左衛門を名乗って二八歳になっている。

――ああ。儂は孫にまで迷惑をかけている……。

そこで、惣右衛門は伝蔵に路銀を与えて京都・大坂を廻らせ、新規召し抱えを求めている大名家がないか、急ぎ、探させることにした。

伝蔵は半月ほどして笠置の屋敷に戻ってきた。惣右衛門は早速伝蔵の報告を受けた。

「備前国岡山城主池田宮内少輔《くないしょう》忠雄《ただかつ》様が、牢人を少々、召し抱えるとのことです」

「ほう」

惣右衛門は白いものが目立つ眉を動かした。

伝蔵によれば、池田忠雄は、織田信長の乳兄弟《ちきょうだい》池田恒興の子の池田輝政と徳川家康の娘、督姫《とくひめ》の子で、もともと淡路国洲本《すもと》城六万石を領していた。しかし、備前国岡山城主の同母兄、池田忠《ただ》継《つぐ》が慶長二〇年（一六一五）二月に早死にしたため、幕府の命によって岡山城三〇万石余を継承したばかりなのだという。

「おお。それはなかなかの加増だの」

「はい」

加増とはいえ、忠雄は兄忠継の家臣も引き継ぐため、家臣不足ということではないが、池田家自体が織田信長によって引き立てられた新興の大名家であることで家臣の数は十分とはいえず、多少の召し抱えをおこなう、ということらしい。

「ただ、池田忠雄様は池田家の本家の当主ということではありませぬ」

「ほう。ご分家かの」

「そこは少々、やっかいでして」

伝蔵によれば、忠継や忠雄は池田輝政と督姫の間に生まれた五男と六男であるが、今年、元和二年（一六一六）の六月に早死していた輝政の長男の利隆《としたか》の母親は織田家家臣中川氏であったという。

「ふむ。つまり、ご本家は家康公の血をひいていないが、ご分家は家康公の血をひいているということだの」

「そのようで。そのため、どうも、ご分家といういいかたすらもしないようで」

「それはまた……。して、大坂の陣にはご参戦されたのか」

「それが……」

忠雄は大坂冬の陣では博労《ばくろう》ヶ淵《ふち》の戦などで戦功があったが、大坂夏の陣に際しては、淡路国洲本城から備前国岡山城への移封の最中にあったので、幕府の配慮により、忠雄自身の参戦は免除されたというか、願っても許されなかったのだという。

「ほう。して……」

「忠雄様は、亡兄利隆様が夏・冬両陣に出陣されていることもありまして、冬の陣に参戦できなかったことが少々、おくやしかったそうで……」

「ふむ……」

伝蔵がいうには、だからこそ、池田忠雄は家臣を京・大坂にやって武辺者を探しておられるそうだといった。惣右衛門としてもよい話に思える。

「む。好機じゃ。大坂に参ろうぞ」

惣右衛門は一の郎党の青山与次を連れて大坂におもむいた。中間の伝蔵には大和国五条二見に遣わし、一旦、妻お凛、長男藤左衛門、二の郎党の長崎三郎らを山城国相楽郡笠置の屋敷に案内する役目を言い付けてある。

惣右衛門らは大坂に到着すると、池田家の家臣が宿所にしているという大坂城近くの寺におもむいた。

訪いをいれると、惣右衛門は控の間で少々、待たされた後、若い小僧がやってきて池田家の家臣のもとに案内された。

惣右衛門が姓名や生国を名乗り、豊臣秀長家や増田長盛家の牢人であったが大坂の陣では徳川方藤堂高虎の舎弟、藤堂高清の陣借をして兜首をあげたといった話をすると、池田家の家臣は興味深げに耳を傾けていた。ややあって、その池田家家臣は、

「よろしかろう。殿にご吹挙つかまつる」

と、いった。

どうやら、その池田家家臣は、池田家より、三人ほど新たに召し抱えるにたる武辺者を探せといわれていたらしい。すでに二〇代の者と三〇代の者でよい者を見つけていたので、あと一人、四〇代くらいの者をと思っていたところに惣右衛門があらわれたということだった。惣右衛門は五〇代も後半だがといったが、その家臣は、殿は戦場往来の士より戦場話を聞くのをお好みゆえ

といわれ、得心した。

一行は大坂の港に停泊していた池田家の御用船に乗船し、備前国邑久《おく》郡牛窓《うしまど》の港で下船した。あとは陸路をとって岡山にいき、指定の寺に逗留しつつ、吉報を待った。

ややあって、岡山城の池田家重臣より呼び出しがあり、惣右衛門は登城した。登城後、池田家の重臣と面談をしたところ、惣右衛門と同年配の重臣がいて、武辺話で多いに盛り上がった。好感触だった。

数日後、惣右衛門のもとに仕官をさしゆるすとの吉報がきた。禄高は、惣右衛門が増田長盛家の家臣であったころと同様の、蔵米と知行地あわせて四〇〇石という待遇であった。

惣右衛門に否やはなかった。郎党の与次も当然、喜んでいる。久しぶりで、惣右衛門は与次にいった。

「これよりは、池田宮内少輔忠雄様にお仕えするぞ。与次よ、頼む」

惣右衛門が池田家家臣となって半年が過ぎた。

元和三年（一六一七）の正月がすぎ、惣右衛門はついに温暖で暮らしやすい備前国に骨をうずめる決心をつけた。そこで、苦労を掛け通しのお凛を呼び寄せようとしていた矢先、城より、仕官の際以来、何かと世話を焼いてくれた同年配の重臣がきた。

重臣は冬だというのに噴き出す汗を懐紙で押さえつつ、申し訳なさそうな顔で惣右衛門をみたあと、手をついて頭を垂れた。

――これは……。

惣右衛門の悪い予感は的中した。その重臣がいうには、惣右衛門が、いわゆる、本能寺の変に際し、明智光秀勢の先手の一人であったということが備前国岡山城池田家のみならず、本家筋の播磨国姫路城池田家にまで知れたのだという。そして、重臣がいうには、このほど、姫路城池田家が、池田家は織田信長公の乳兄弟池田恒興公が信長公の引き立てによって大名になった家であるのに、その信長公を死に追いやった際の明智勢の先手の者を召し抱えるとは何事かとの苦情を非公式ながら申し入れてきたのだという。

重臣はまた、懐紙をだして額の汗を抑えている。

重臣がいうには、岡山城池田家としては、いわゆる、小牧・長久手の戦で豊臣秀吉方有力部将として徳川家康と戦って討死した恒興よりも、恒興の子の輝政を藩祖と考え、なにより、現君の忠雄が家康の外孫であることを重んじており、姫路と岡山で本家分家の別があるわけでもなし、そのような苦情ははねつけよという向きもあるにはあったといった。ただ、結局、新規召し抱え者一人のために、ことさら同族間で波風をたてる必要もなかろうという意見が大勢をしめてしまい、拙者としても、抗するすべがなかった、ということだった。

――やんぬるかな……。

話が話なので惣右衛門も納得はしたが、無念であった。とはいえ、両池田家のしこりになるつもりもない。惣右衛門は池田家重臣が餞別代わりにといって差し出した銀子の入った袋を受け取ると、しかたもなく、大坂に戻ることにした。

知己との再々会

「また、牢人に戻ったのう」

きた道と逆に、牛窓の港で大坂いきの旅客船に乗り、瀬戸内の潮風に吹かれていると、いいしれぬ不安が惣右衛門を襲った。気分を変えようと、かもめを眺めつつ、手をもんでみたが、もんだ手からは、かさかさと歳寄った音がする。

――このまま、牢人として朽ち果てるしかないか……。

与次も気をつかってか、言葉少なであった。

数日後、惣右衛門と与次は大坂の港についた。大坂は大坂の陣が終わったばかりであるというのに、もう、復興しはじめている。人通りも多ければ、荷駄をつんだ車も多く行きかっている。それに、行きかう人々が京都の人々よりも明朗というか騒がしいほどで、大坂には大坂のよさがあるようだった。与次が道ゆく商人らしき者に聞いたところ、去年ごろより、徳川家による諸大名を動員しての大坂城修築がはじまっているそうだった。

――ああ。活気がある。

沈みがちな惣右衛門も少々、心が軽くなった。

「与次よ。笠置に戻って皆と話をしたいのは、やまやまじゃが、あわせる顔がない」

「はあ……」

「気分もふさぐゆえ、もうしばらく、活気のある、この大坂に逗留し、備前池田家同様、牢人の召し抱えをおこなっておる大名家を探してくれぬか。儂も探す」

すると、長年の郎党与次は、ありがたいもので、表情を明るくさせ、

「承知つかまつりました」

といった。しかし、仕官の口はなかなかに見つからなかった。噂を集めるのに長けた伝蔵は笠置の妻子のもとにいるはずである。武骨一辺倒の惣右衛門と与次では一層、難しかった。元和三年の二月も下旬となり、惣右衛門はそろそろ笠置にいくかと思いつつも、気持ちも足も重く、今日もまた、修築がすすむ大坂城近くを与次を連れて、ぶらぶらと歩いていた。

すると、前から見たような同年配の武士が多数の人数を引き連れて歩いてくる。

二人とも立ち止まった。惣右衛門は思わず声をあげた。

「やや。荻野河内守永道様では」

「おう。本城惣右衛門殿ではないか」

同年配の武士は荻野永道だった。

永道は依然として越前国北庄城主松平忠直に仕えているという。このたび、越前北庄城七五万

石松平忠直家、つまり、越前松平家は、幕府による大坂城修築に合力せよとの命令に応じて大坂にかなりの人数を送っているそうで、永道はその人数を指揮する奉行の一人になっているらしい。

永道は惣右衛門の肩をたたきながら、つもる話があるゆえ、今宵、宿所に参られよといい、その場所を告げた。

その晩、惣右衛門が与次を連れて永道の宿所を訪れた。

永道は顔を見知っている与次の分まで別室で酒食を用意して待っていてくれていて、互いの近況話に興じた。

「おう。おぬし、大坂夏の陣にも出たのか」

と、永道はいった。惣右衛門は永道と大坂冬の陣で偶然出会い、互いの武功話に興じていた。永道は冬の陣の軍功によって三五〇〇石から四〇〇〇石に加増されていたらしい。ただ、永道は次の夏の陣では北庄城の留守居を命じられ、大坂には出陣しなかったという。それを聞くと、惣右衛門はおもむろに、夏の陣でも藤堂高清勢の陣借で戦に出たこと。旧主増田長盛の子の盛次が豊臣勢の部将で、これと戦場でゆき違ったが、さすがにつらく、戦えなかったこと、激戦のなか、木村重成勢の兜首を一つあげたこと、そして、その兜首を藤堂高虎に献じようとしたところ、高虎の側近に奪われたことを語った。

「なんと。兜首を奪われた。惣右衛門殿。それは無念でござったろう……」

「はい」

永道は持っていた盃を置いた。

「さすれば、藤堂様ご家臣の赤井悪右衛門直義様に頼るという話は……」

「は。あの話は、自然、なくなったと心得申す」

少し目を落とした惣右衛門は、そうしたこともあって、新たに主家を探すべく、大坂にいき、運よく備前国岡山城池田家に仕官したが、いたしかたのない事情で、半年で牢人になったという最々近の話もした。ここで永道の眼が光ったようだった。

「では、惣右衛門殿よ。いっそ、当家、越前松平家に仕えぬか」

中将忠直の葛藤

惣右衛門の越前松平家への仕官話は順調にすすんだ。

四〇〇〇石の大身家臣、荻野河内守永道が熱心に後援したので反対する者は特にいなかった。

この際、惣右衛門は、隠し事をしてもと思い、さすがに、山賊稼ぎのことは伏せたものの、明智光秀に仕えていたことは申し立てた。すると、さすがに、本能寺の変にまで参加したという惣右衛門の来歴に難色を示す者もいた。すると、この小さな騒ぎが当主、松平忠直の耳に入ったらしい。

忠直は徳川家康の次男、結城秀康の子である。家康の三男でありながら家康の後継ぎとなり、二代将軍となった秀忠からすれば、庶兄秀康はやっかいな存在であった。その秀康は慶長一二年

（一六〇七）に三四歳で死去していたが、秀忠は、秀康の子の忠直にも非常に気をつかい、自身の三女、勝姫を嫁がせたほどであった。

忠直は父に似て勇猛だった。忠直率いる越前勢が、大坂冬・夏の陣で奮闘したのは同じ戦場にいたので惣右衛門もよく知っている。越前勢は冬の陣では真田信繁の、いわゆる、真田丸で苦杯をなめさせられたものの、夏の陣ではその信繁を討ち取った上、大坂城一番乗りを果たしていた。

ただ、戦後、忠直に特に加増はなかったらしい。官位のみは公儀の推挙を受け、従三位参議左近衛権中将に進み、忠直卿と尊称されるようになってはいた。それと、初花という大名物の茶器の下賜があったが、所詮、それのみだった。無論、家康と秀忠、特に秀忠としては、危険な忠直にそれ以上の恩賞を与えようがなかったということであったらしい。

以来、忠直は楽しまない日々を送っている。

――予は、関ヶ原の前に、将軍秀忠公が倒せなんだ真田安房守昌幸の子、左衛門佐信繁を討ち取った者ぞ。あまつさえ、その血脈たるは、将軍家の兄たる家の者ぞ。

唇をかまぬ日はない。

そんなある日、本能寺の変で明智勢の一人であった老武士の仕官を許すべきか否かで騒ぎになっていると、忠直の耳に届いた。忠直はそれを聞くと、

「戦国乱世に謀叛はつきものじゃ。かまわん。旧禄どおり、四〇〇石くれてやれ」

と、いった。

元和四年（一六一八）正月、惣右衛門は晴れて越前松平家の家臣となった。惣右衛門は六一歳である。惣右衛門は、これが最後になれと、与次にいった。

「これよりは、松平中将忠直様にお仕えするぞ。与次よ、頼む」

禄は増田家時代からかけることなく、蔵米と知行地のあわせて四〇〇石であった。長年の知己にして上役の荻野永道の配慮により、雪解けを待って北庄城下に移住した惣右衛門は、諸事、永道の指図を仰ぎ、その配下として働いた。惣右衛門が知行地としてあてがわれた村は、この北庄にほど近いところにあった。惣右衛門は城務めの一方で、人一倍、村の経営にも気を配った。そして、余暇には、家中の若い同輩らの求めに応じて戦国の武功話をしたので、惣右衛門は、尚武の気風が強い越前松平家にすみやかにとけこむことができた。

そして、惣右衛門はついに、笠置から妻子眷属を呼び寄せることにした。

その翌年の春過ぎ、中間の伝蔵に守られ、妻のお凛や子や孫が、眷属が、ついに北庄城下の本城家屋敷にやってきた。伝蔵による先触れがあると、惣右衛門や一の郎党、青山与次は門から走り出て、一行に駆け寄った。足に不自由があったが闊達で明るかった二の郎党、長崎三郎は先年、笠置で病死し、みなで丁寧に供養してきたらしい。三郎はこの乱世に珍しく、八〇歳を超えての大往生であったそうだった。

「苦労をかけた」

惣右衛門はお凛に頭をさげた。

お凛も五〇歳を超えている。怒っているのであろうし、嬉しくも思ってくれているのであろう。歳相応に皺寄った目に涙が浮かんでいる。

「すまなかった」

惣右衛門はもう一度、深々と頭をさげて謝った。お凛はようやく、笑顔をみせていった。

「ご一緒できなかった日々のお話を、これからたんとしていただきますよ」

郎党与次と伝蔵は万感極まり、惣右衛門と同年配の顔を涙に濡らしている。

ようやく、惣右衛門の幸せな武家生活がはじまった。

長男藤左衛門と奈良の寺侍をやめてきた次男金左衛門の城への出仕も認められた。藤左衛門の子の勘之丞は城下の寺に通って学問に励んでいる。

——ああ。夢のような……。

ときは幸福に過ぎた。

惣右衛門は四〇〇石取の侍となっても、昔の癖で、家老とした青山与次や中間頭とした伝蔵を連れ、ぶらぶらと城下町を歩くことがある。ある日、ふと惣右衛門はおどけた顔をした。

「与次よ。伝蔵よ。道ゆく者は、われらが丹波の山猿一党とは誰も思うまい」

「確かに」

「思いますまい」

惣右衛門としては、こうした静かな日々が永遠に続くことを期待していた。

しかし、仕官してしばらくたつと、少々、雲行きが怪しくなってきた。越前松平家当主の松平忠直が、大坂の陣の戦功に対する恩賞の不足を蒸し返し、江戸の公儀に不服従の態度を強めているらしい。最近、病を理由に国許にい続け、江戸への参勤をおこなっていない。

とはいえ、元和六年（一六二〇）五月、忠直は重い腰を上げ、江戸に出発した。しかし、領内の南条郡今庄《いまじょう》という宿場町で病を理由に数日を過ごした後、北庄城に引き返してしまった。

翌、元和七年正月になって忠直は病が少々癒えたとして参勤のため北庄城を出発したものの、やはり、今庄の宿場町で病を理由に数日を過ごし、その後、美濃国関ヶ原まで進むも、その宿場でやはり病を理由に長逗留し、結局、公儀に参勤は無理だと使者をたて、北庄城に引き返してしまった。

惣右衛門はいずれの江戸参勤の行列にも加わっていたが、忠直の不参勤は、越前松平家の家中でも、本当に病によるという者と幕府に含むところがあるゆえの仮病であろうという者がいた。

その直後、将軍秀忠は、忠直の病を見舞うという名目で、越前松平家家臣から五三〇〇石の大身旗本に転身していた近藤縫殿助用可《こんどうぬいのすけもちよし》を使者として派遣したが、用可は忠直を見舞った帰りの二月一〇日、相模国大磯で落馬をして死去してしまった。

――公儀の上使が落馬で死ぬなどということがあろうか……。

惣右衛門もほかの越前松平家家臣も、騒然とした。

しかも、忠直は北庄城に帰ると、しばらくして正室勝姫のお付きの男女、二、三名をみずから斬り捨てたらしい。そのほかにも重臣永見《ながみ》右衛門尉貞澄《さだすみ》が忠直の命に背いたということで、貞澄本人とその家族が自害に追い込まれた。

家中では大騒動となった。

正室勝姫は将軍秀忠の娘なので、これらのことは当然、秀忠の耳にも伝わり、元和九年、秀忠は忠直に隠居を申し渡した。聞かねば、秀忠自身、兵を率いて忠直討伐に乗り出すという。

そんな戦国乱世に戻ったかのようなある日、北庄城下の惣右衛門の家に使者が訪れた。使者は重臣荻野河内守永道の家臣だった。屋敷に来てくれという。惣右衛門は上役ながら長年の知己でもある永道の屋敷を気楽に訪れた。ただ、いつもと様子が違った。いつも通される客間とは別の部屋に通されると、襖を前にして永道が端座していた。

「惣右衛門殿よ。いつものとおり、戦国の武功話をしたい。が、今日は、襖の奥に、さる貴人がおわすと心得てくだされ」

「は」

――さる貴人……。

惣右衛門はかしこまって平伏した。

「惣右衛門殿よ。本能寺の話をたのむ」

――今このときに、本能寺……。

惣右衛門としては、悟るところがあったが、ひとしきり、事変の話をした。すると、襖の奥の人物が襖越しに永道に何かいったようだった。永道がいう。

「惣右衛門殿。明智殿の謀叛はなぜ、成就したか。しかし、なぜ、明智殿は天下人になれなんだのかとのお問じゃ」

惣右衛門は、頭をたれ、少し、考えた。

「成就したは、明智殿が謀叛のことを限られた者にしか明かさなんだからやに存じまする……」

襖の奥の気配が動いた。惣右衛門は、言葉を選んだ。

「また、明智殿が天下人になりになれなんだは、織田様をお討ちになった後、どのようなまつりごとをおこないたいのか定かではなく、その上、大義名分がなかったゆえかと存じまする」

襖の奥より、若い声が響いてきた。

「家の筋をただし、父の無念をはらさんとする義挙は謀叛とみなされるや、また、それは成就なるや」

惣右衛門は唾をのみ込んだ。

――このお声は、やはり……。

若い声がいら立ったように続く。

「当家が挙兵したらば、江戸を倒せるか」

惣右衛門は戦場のように丹田に力を込め、声を張った。

「ご無理というものです。今このときの挙兵は、謀叛以外のなにものでもありませぬ。援軍を送る大名など、ありますまい」

「むう。忠輝《ただてる》の叔父上はいかがじゃ。伊達は。毛利は。島津はどうか」

若い貴人は、配所で存命中の松平忠輝の名前まで出した。惣右衛門の胸中に、場合によっては天下人になりえた、若い貴人へのあわれさが沸いた。三法師織田秀信しかり、豊臣秀頼しかり、そして、この御仁も。しかし、ここは戦乱を生き抜いた武士の一人としての甘えのない観測を述べることに徹した。竹束楯で踏ん張るような心持だった。

「いずれのお方も、援軍など送ってはこられませぬでしょう。豊臣家の生き残りが挙兵するのであればいざ知らず、ご当家の挙兵では、大義名分が足りませぬ」

「……」

――斬られるか……。

惣右衛門は頭をたれたまま、総身に汗を覚えた。

ややあって、襖の奥より嘆息が聞こえた。

「そうか。戦場往来の士たるそちがみても、無理か。成就はならぬか。予には、大義名分がないか。無念じゃ。いっそのこと、当家のみでも江戸へ押し寄せ、予みずから先頭にたって、斬り死にいたそうか……」

惣右衛門は襖に向かって首を振った。

「それは、なりませぬ。武士の討死が美しゅうみえるは、軍記物のなかだけでござる。負ける戦はすべきではありませぬ」

「……」

襖の奥がしんとしずまる。惣右衛門は、ふと、父を想いだした。

「俗に、命あっての物種、と申します。ともかくも、長生きするのが勝ちと存じまする」

「何。命あっての物種とな……」

襖の奥の貴人は悩んでいるようだった。

少しく、ときが流れた。襖の奥より、重いながらも、明るみを帯びた声がした。

「あい分かった。予は病にかかろう。一生、癒えることはあるまい。したが、長生きにはつとめよう」

惣右衛門は荻野屋敷を辞去した。

結局、中将松平忠直は隠居し、幕府が定めた豊後国府内への配流も受け入れた。

越前国北庄七五万石は、五〇万石に減封の上、忠直の弟で越後国高田城主の松平忠昌《ただまさ》が継いだ。その際、北庄の地名は福井に変わった。そして、忠直の子の松平仙千代《せんちよ》は、福井城主となった忠昌といれかわりに、越後国高田城二五万石に封ぜられることとなった。

荻野河内守永道は福井松平家に残ることになった。しかし、隠居して息子たちに家を譲った。

惣右衛門もまた、福井松平家に残ることになったが、やはり、隠居して息子たちに家を譲った。

隠居後も惣右衛門は永道のもとを、しげしげと訪れた。

今日も惣右衛門は永道が出した茶を喫している。

「あの襖の奥の貴人は、ご健勝でしょうか」

「ご健勝であろう」

「あれでよかったのでござろうか」

「よいのさ。戦に敗れれば、大勢、人が死ぬ。惣右衛門殿はそれを未然に救ったのよ。よい働きであったわ。儂も吹挙した甲斐があったというものよ」

「は。そういっていただけると嬉しゅうござる」

「ただ……」

「ただ、なにか」

永道が、にやりと笑った。

「惣右衛門殿よ。それはそれとして、あくまで、他愛のない茶飲み話だがの……。もし、あの折、戦となったらば、当家はいかがすべきであったか」

惣右衛門は笑いながら茶碗を置いた。

「ははは。河内守様も物騒な。はて。それでしたらば、まずは、敦賀と金ヶ崎を押さえねばなりますまい……」

戦国を知る老武士たちの茶のみ話は、いつ尽きるともしれなかった。

武功覚書

惣右衛門は越前国福井でなおも生きた。

妻のお凛よりも、盟友の荻野河内守永道よりも長く生きた。

ときは、寛永一七年（一六四〇）、惣右衛門は八三歳。世は二代将軍徳川秀忠の子である三代将軍徳川家光《いえみつ》の治世に移り変わっていた。

すでに、さんざん世話になった家老の青山与次も寡黙な中間頭の伝蔵も死んでいる。

惣右衛門が壮年期に関係があった肥前国日野江城四万石の松倉豊後守重政は、入部後、石高に見合わぬ規模をもった島原城を築城した。重政は幕府と協議しつつスペイン領呂宋侵攻の機会をうかがいつつ、領民から年貢を搾り取った。かつ、幕府がおしすすめていたキリシタン弾圧に協力し、多数の信者を処刑した後、呂宋侵攻は果たせぬまま、寛永七年に死去した。六〇代であったという。重政の子の松倉勝家は後を継ぐと、父同様、領内で過酷な政治をおこない、寛永一四年、いわゆる島原・天草一揆の発生を招いた。老中松平信綱《のぶつな》率いる幕府軍はキリシタン天草四郎《あまくさしろう》時貞《ときさだ》を主将とする一揆勢が立て籠もった肥前国原城を攻略したが、戦後、幕府は、勝家の責任を追及して斬首とし、松倉家は断絶となっている。

大坂の陣で陣借した藤堂高虎は寛永七年に七五歳で死去し、今は藤堂家領伊賀上野城代をつとめているという弟の藤堂高清は五〇代半ばとあってまだ壮健であるとも、病が篤いとも聞いている。惣右衛門が若年時に世話になった堀尾吉晴を祖とする出雲国松江城堀尾家二四万石も、寛永一〇年、吉晴の孫の忠晴《ただはる》の代で、無嗣断絶となっている。

これらのことに惣右衛門は寂寥感を覚えるが、息子や孫に不満はない。長生きせよとの父の遺言を守っている自分にも、温かな満足を感じている。松平忠直は、豊後国の配所でまだ健在であるという。

惣右衛門は、脇腹の古傷をなでた。

体中にある無数の古傷は、寒くなると、うずき、痛む。自分の死も遠くはないだろう。となると、戦国乱世を生きぬいた証を、そして、武功の証を残したいと思った。それに、何やら、最近、世間でもてはやされている戦国のころを題材にした軍記物を幾つか読んでみたが、何かが違う。本能寺の変にいたっては、

――何をいうか。あのとき、儂より先に本能寺に入ったなぞという者がおれば、それはみな、嘘つきよ……。

との憤りもある。

書きたいこと、書かねばならないことは多い。が、

――おお。漢字は結局、苦手なままじゃ。

惣右衛門は歳のわりには若い口元に苦笑を浮かべた。

「ま、よいわ。そもそもが、山賊働きの地侍なのじゃ……」

惣右衛門は武功の覚書を書くべく、この日から枯れた手に筆をとった。形式は子や孫に宛てた書置きのようにし、出だしは、こう書いた。

儂なりの功績を書き置く。もはやどうでも良いことではあるが、歳を取り、死去することもあろうから、形見に書き置く。多少の慰みに、時々は見るように。

惣右衛門は、少しずつ少しずつ、書いては思い出し、書いては思い出しして、書き続けた。ただ、記憶が曖昧なところもあるし、山賊働きの詳しい様子は、どうにも具合が悪いので、避けた。戦ったものの首をあげていない働きについても触れなかった。本能寺の奥で遭遇した男についても書かなかった。

惣右衛門は、半年ほどたって、覚書をおよそ書き上げた。

そして、末尾に、こう書いた。

儂は生まれ悪く育ち、昔は山賊・強盗ばかりして暮らしていた。山賊をやっているときに殺した女や子供は数え切れぬ。八〇、九〇まで生きたが、地獄行きは間違いない。しかし、いまさら、地獄行きをのがれるための臆病な仏事をしようとは思わぬ。とはいえ、息子たちの安寧は、日々祈っておる。

宛て先は子や孫の本城藤左衛門殿、同金左衛門殿、同勘之丞殿とした。

惣右衛門は自身の武功覚書を読み返してみた。

――下手な文章じゃ。しかし、ま、儂らしくてよい。これでいつ死んでもよいわ。

と、思った。

が、数年たっても、惣右衛門は壮健だった。儂もなかなか死なぬものだなと思いながら、覚書の末尾に、こう、書き足した。

また申す。儂には首を刎ねる桟敷に座らされるほどのことが何度もあった。喧嘩もやったし、主君より受けた命をし損じ、鉄炮二挺で、三間の距離で、二度撃たれたことまであった。しかし、死なんだ。よくも生き延びおってと追われたものだが、そのようなことは何度もあって書きつくせぬ。

惣右衛門は筆をおいた。

――蛇足とはこれよの。ま、よかろう。これで満足じゃ……。

惣右衛門は今度こそ覚書に満足し、死に備えた。しかし、また数年たっても体の壮健ぶりに変わりはなかった。惣右衛門は古傷をさすりつつ苦笑するほかない。

「儂はいったい幾つまで生きるのじゃ。命あっての物種ゆえ、長生きさせよとは、父上も罪な遺言を残されたものじゃ……」

惣右衛門はゆるゆると首を振り、大きくのびをした。

今日の越前福井の空はめずらしく青いようだった。

【企画協力】　株式会社クロスメディア　佐倉寛二郎

【著者】浅倉徹（あさくら・とおる）

作家、日本史研究者。著書に『黒き侍、ヤスケ』。また、研究者として別名義で著書がある。大学で講義を行うかたわら、日本全国の史跡を取材。戦国時代や江戸時代の侍の歴史に関心がある。

戦国《せんごく》を生《い》き抜《ぬ》いた男《おとこ》

織田《おだ》・豊臣《とよとみ》・徳川《とくがわ》と
主君《しゅくん》を渡《わた》り歩《ある》いた侍《さむらい》、
本城惣右衛門《ほんじょうそうえもん》武功録《ぶこうろく》

●

2023年3月27日　第1刷

著者…………浅倉《あさくら》 徹《とおる》

装幀…………一瀬錠二（Art of NOISE）

発行者…………成瀬雅人
発行所…………株式会社原書房

〒160-0022 東京都新宿区新宿 1-25-13
電話・代表 03（3354）0685
http://www.harashobo.co.jp
振替・00150-6-151594

印刷…………新灯印刷株式会社
製本…………東京美術紙工協業組合

ISBN978-4-562-07266-8, Printed in Japan